LINAJE DEFECTUOSO

GARY GERLACHER

Black Rose Writing | Texas

Para la CJ de verdad, quien entiende la amistad
y la lealtad mejor que la mayoría.

Para Katy Paolini, quien me abrió la puerta al mundo de la escritura
en sexto año con esas redacciones de 500 palabras sobre por qué debía
prestar más atención en clase. Bueno, al final sí que presté atención.

LINAJE DEFECTUOSO

CAPÍTULO 1

Domingo 10 de abril
2:38 p. m.

Acechando a su presa, el hombre se deslizó silenciosamente de árbol en árbol. A cada paso, su excitación crecía a medida que le consumía el hambre de su próxima presa. Esta vez, sin embargo, habría dos cadáveres, la primera vez para él. Uno de ellos sería una mujer, también la primera vez. La anticipación retumbaba en sus venas mientras acortaba la distancia entre ellos.

La pareja, felizmente inconsciente del peligro que los acechaba, iban agarrados de la mano, riendo y coqueteando mientras caminaban por el sendero. La luz del sol se filtraba a través de los árboles y una brisa moderada mantenía el aire agradable y hacía crujir tranquilamente los álamos temblones. Se apartaron del sendero y encontraron un claro para almorzar.

El asesino observó cómo se quitaban las mochilas y extendían una manta. Al acercarse, el hombre rodeó a la mujer por detrás con sus brazos, apretándole el pecho con una mano mientras le besaba el cuello. La mujer se dio la vuelta, poniéndose de puntitas para devolverle el beso. El largo y apasionado beso llevó a la pareja a buscar entre la ropa del otro.

El asesino retrocedió hacia los árboles para observar. La pareja se quitó las playeras y los shorts, mostrando cuerpos musculosos de excursionistas experimentados. Rodaron sobre la manta, y la mujer acabó encima del hombre, cabalgándolo enérgicamente. El asesino observaba fascinado, la escena excitaba aún más su estado emocional. El hambre en su interior crecía a medida que aumentaba su intensidad y, cuando llegaron al clímax, ya no pudo contenerse más. Su corazón latía con fuerza mientras caminaba hacia sus cuerpos desnudos. Todos sus sentidos hormigueaban al acercarse a ellos. Hora de volver a matar.

La mujer lo notó primero y gritó mientras se incorporaba e intentaba cubrirse con la manta. Su pareja se quedó paralizado de miedo. Vieron ante ellos a un hombre que agitaba entre los dos una gran pistola con una cruel sonrisa curvada en el rostro. El hombre les arrojó dos palas a los pies.

—Pónganse las botas y pónganse a cavar.

El asesino no pudo ocultar la emoción en su voz cuando dio la orden.

La pareja miraba atónita y horrorizada mientras giraban sus cabezas de las palas a la pistola. Finalmente, el hombre habló.

—Espera un minuto, es que...

El disparo sonó como un cañón a corta distancia. Las llamas salieron disparadas del cañón de la pistola cuando la bala del calibre 45 cayó al suelo entre ellos. El asesino habló despacio.

—Que se pongan las botas y que caven un pinche hoyo.

La pareja se levantó lentamente, cubriéndose aún con la manta. La mujer empezó a recoger su ropa, pero el asesino tenía otras ideas. Esta iba a ser su mejor asesinato hasta el momento.

—Sin ropa, solo las botas.

La mujer sollozaba mientras el hombre la miraba impotente. Resignados a lo inevitable, recogieron sus botas y se las ataron.

—Muy bien. Ahora necesito que caven un hoyo de un metro de profundidad y lo suficientemente ancho para dos cuerpos.

La mujer sollozaba desconsoladamente y el hombre temblaba de miedo, pero encontró el valor para hablar.

—Tenemos dinero. ¿Qué quieres?

El asesino se acercó a él y vio cómo aumentaban los temblores del hombre. La anticipación del asesino era casi incontrolable.

—Todo lo que quiero es que caven ese hoyo. Si lo hacen, les prometo una muerte rápida y sin dolor. Si a mí me hacen cavar, los voy a destripar, tirarlos a ese hoyo y enterrarlos vivos. Les sugiero que tomen el camino fácil y que caven un buen hoyo.

El hombre se agachó con cautela y recogió las palas, entregándole una a la mujer. Tímidamente, escarbaron entre las lágrimas.

El asesino apenas podía contener sus emociones. La impotencia de la pareja era más estimulante que todos sus otros asesinatos combinados. Pidieron clemencia, sin darse cuenta de que las súplicas alimentaban su deseo de matar. Fueron los treinta minutos más largos y satisfactorios de su vida.

Por fin, el hoyo era lo bastante profundo y les ordenó que tiraran las palas y se pusieran de rodillas. La pareja se volvió hacia él por última vez. La suciedad y el sudor cubrían sus cuerpos desnudos, y todo intento de pudor había desaparecido hacía tiempo. La mujer se puso a rogar una vez más.

—Por favor, haremos lo que sea. Déjanos ir. Por favor.

El asesino apenas la oyó mientras la sangre corría por su cuerpo. Sus músculos se crisparon y su respiración se volvió superficial a medida que se acercaba el momento. Ansiosamente les señaló que se pusieran de rodillas.

Perdida toda esperanza, la pareja se giró y se arrodilló, apoyándose el uno al otro y agarrados de la mano, susurrando palabras que el asesino no pudo oír. Fue perfecto. El asesino nunca se había sentido tan emocionado. Flotó en el aire, observando desde arriba cómo apretaba el gatillo dos veces, y sus cuerpos crispados se desplomaban lentamente el uno sobre el otro.

Fue demasiado, y el asesino cayó hacia atrás, con la vista entrecerrada, mientras la adrenalina alcanzaba su punto máximo. Permaneció sentado hasta que su corazón y su respiración volvieron a la normalidad, luego se levantó y admiró su obra. La mujer aterrizó encima del hombre, sus cuerpos y su sangre entrelazados para siempre. Sacó su celular y tomó unas cuantas fotos para añadirlas a su colección.

Lleno de energía, tiró sus pertenencias encima, tomó una pala y rellenó rápidamente el hoyo. Con cada palada, repetía el momento en que los cuerpos caían uno sobre el otro. En un abrir y cerrar de ojos, terminó. Llevaba sus palas con una sonrisa mientras caminaba hacia su carro, con el recuerdo del asesinato sonando una y otra vez.

CAPÍTULO 2

Lunes 2 de mayo
2:42 p. m.

—Banshee, manejar de Houston a Montana tiene que ser de las cosas más tontas que hemos hecho… y eso ya es decir, porque hemos hecho unas realmente estúpidas.

No esperaba respuesta, ya que Banshee tenía la cabeza fuera de la ventana, explorando todos los olores de Wyoming, con la lengua al viento. Al parecer, Wyoming olía diferente que Texas. Ciertamente parecía diferente. La pradera se extendía sin fin hasta el horizonte en un paisaje desolado, sin árboles ni signos de vida. La vasta extensión era hermosa por su apertura, pero deprimente por su vacío.

Mi compañero de viaje era un belga malinois, que siempre estaba a mi lado. Banshee, un antiguo perro policía, entendía más de 200 comandos verbales y visuales. Era 27 kilos de puro músculo y cerebro que pasaba la mayor parte del día como una mascota amistosa. A la orden, se convertía en una máquina de guerra. Su pelaje marrón oscuro brillaba a la luz del sol y sus ojos negros no pasaban nada por alto.

Nos detuvimos en una parada de camiones para comer algo, hacer ejercicio y repostar. Mi Mercedes G Wagon era un vehículo impresionante, pero no conseguía el mejor kilometraje de gasolina, especialmente al acelerar su motor de 600 caballos de fuerza, pero era lo suficientemente grande para Banshee y todas nuestras cosas que necesitaríamos durante los próximos tres meses.

Banshee saltó ansiosamente y corrió hacia un poco de hierba para hacer del baño y explorar olores desconocidos. Lo perdí de vista, pero no me preocupaba. Banshee sabía cómo mantenerse alejado de los problemas, o causarlos, según fuera necesario.

Cuando terminé de echar gasolina, me di la vuelta y vi que se me acercaban dos tipos. Odio estereotipar a los lugareños, pero enseguida pensé en ellos como «Cletus» y «el otro Cletus», como si salieran de una parodia gringa del sur. Tipos grandes y tontos con barrigas cerveceras colgando de una playera que hace 20 kilos les quedaría bien. El jabón y el detergente para la ropa no parecían ser prioritarios. Fueran primos o hermanos, estaba seguro de que el árbol genealógico de los Cletus tenía unas cuantas ramas enredadas de forma inapropiada. Hizo falta una endogamia dedicada para producir a estos dos.

Cletus sonrió, dejando ver sus tres dientes de siempre. Evidentemente, la pasta de dientes tampoco es una prioridad. Me hizo preguntarme cómo comería un elote. ¿Mordería un solo grano a la vez, o movería la mazorca de lado a lado, una hilera a la vez? Se detuvieron a un metro de distancia, lo bastante cerca para intimidar, pero no para amenazar. Todavía.

—Señor, es un carro bien elegante. Quizá quieras pagarme para que lo proteja mientras entras en la tienda —murmuró Cletus.

—Sí, somos bastante buenos vigilando carros como este. El precio por cuidar este es de 100 dólares para cada uno de nosotros para asegurarnos de que no le pase nada a este bonito carro.

Una paliza de unos campesinos en medio de Wyoming sería un fastidio después de un día ya de por sí largo. Estoy seguro de que veían en mi metro 95 de estatura y 85 kilos un blanco fácil. Con mis shorts, playera gris lisa, lentes de sol Oakley y cómodas sandalias, debí de parecer el típico turista fácilmente intimidado por su corpulencia. Me quité los lentes de sol para revelar la ira controlada que irradiaba mis gélidos ojos azules.

—Gracias, amables caballeros, por la oferta, pero va a tener que ser otro día.

—Seguro que algo malo le va a pasar a este carro sin vigilancia —amenazó Cletus.

—Lo siento, déjenme aclarar. No quise decir que lo dejaría sin vigilancia. Quise decir que no necesito que ustedes dos lo cuiden. Banshee lo hará.

—¿Qué chingados es un Banshee? —preguntó otro Cletus.

—Dense la vuelta y vean, pero les recomiendo que lo hagan despacio.

Se giraron para encontrar a Banshee sentado en posición de firmes a medio metro de ellos. Se acercó en silencio al ver que los hombres se arrimaron a mí y ahora esperaba órdenes. Golpeé con dos dedos en mi antebrazo derecho y él tenía su orden:

—GRUÑE.

Banshee enseñó los dientes y lanzó un gruñido grave desde lo más profundo de su ser. Los dos dieron un paso atrás, pero se recuperaron rápidamente.

—Señor, ese maldito perro no va a proteger su carro. Tenemos muchos perros más aterradores que él por aquí. Ahora danos nuestro dinero —exigió Cletus.

No sabía nada de los perros de Wyoming, pero estaba seguro de que no había perros más aterradores que Banshee. Otro Cletus miró fijamente a Banshee, qué gruñó pacientemente mientras esperaba una nueva orden.

—CARA —dije con calma.

Instantáneamente, Banshee se impulsó con sus patas traseras hacia el aire a metro y medio, lo que significaba que su cabeza estaba a unos dos metros del suelo y mirando al Otro Cletus. Cuando tomó altura, Banshee estaba casi un palmo por encima de la cara del Otro Cletus, que soltó un ladrido e intentó morder su cara. No hizo contacto, ya que la orden era solo para intimidar, no para atacar, pero el Otro Cletus no lo sabía. El otro Cletus solo vio a un perro endemoniado que había levitado frente a él y que ahora caía sobre él para comérselo vivo. Se cayó hacia atrás y probablemente se meó en los pantalones, aunque sería difícil saberlo por todas las demás manchas.

Banshee aterrizó grácilmente en su ubicación anterior y esperó tranquilamente su siguiente orden. Solo cuatro segundos fueron suficientes, aturdiendo a las dos Cletus como una pregunta de Jeopardy. Palmeé el cofre de mi G Wagon.

—ARRIBA —ordené y Banshee saltó sobre el cofre—. GUARDIA —ordené de nuevo, y me volví hacia los gemelos Cletus—. Caballeros, voy a entrar a usar el baño y comprar algo para botanear. Banshee está de guardia y sus servicios no son necesarios. Que tengan un buen día.

Me di la vuelta y entré en la tienda, confiado en que Banshee me tenía cubierto. Cuando volví cinco minutos más tarde, Banshee seguía encima del G Wagon y Cletus y el Otro Cletus no se veían por ninguna parte. Abrí la puerta y Banshee saltó al asiento del copiloto.

—Buen trabajo, chico —le dije mientras le daba un poco de cecina—. Salgamos de Wyoming y vayamos a nuestra nueva casa en Montana.

Banshee estaba demasiado ocupado comiendo la cecina como para debatir los méritos del plan.

· · ·

Atardecía cuando por fin nos acercábamos a Waterford, Montana, nuestro hogar durante los próximos tres meses. Elegí Waterford por su pequeño tamaño y su proximidad a las montañas. Una ciudad de 28,000 habitantes, descansaba en la base de las montañas Beartooth, con fácil acceso al bosque nacional Custer Gallatin, cerca de Yellowstone. Ofrecía una agradable combinación de patrimonio rústico y comodidad moderna.

Waterford tenía un gran hospital para una ciudad de ese tamaño, pero también atendía a la zona regional. Bozeman y Billings eran las ciudades más cercanas, cada una a más de 90 minutos. El centro de atención terciaria más cercano estaba en Salt Lake City, a más de 800 km. Estaba muy lejos de mi hospital de traumatología de nivel 1 en Houston.

Llegué a las afueras de la ciudad y frené mi vehículo cuando las temidas luces intermitentes azules y rojas rebotaron en mis retrovisores. Una patrulla de policía se acercaba rápidamente y encendió la sirena por si no me daba cuenta de que estaba a medio metro de mi parachoques.

—Bueno, Banshee. Logramos manejar casi dos mil kilómetros sin que nos multaran ni una vez, pero ahora toca conocer a los lugareños.

Le di una palmadita tranquilizadora en la cabeza.

—AMIGO —le ordené y me detuve.

Se acercó un oficial y bajé la ventanilla.

—Licencia y seguro.

El policía era todo negocios. Entregué mi licencia y mi seguro, así como una copia de mi permiso para portar un arma oculta.

—Buenas noches, oficial. Aquí está mi permiso de portación de armas ocultas. Actualmente tengo dos pistolas y una escopeta en el carro, ninguna al alcance.

Mantuve las manos en el volante. El oficial miró mis papeles y luego volvió a mirarme.

—Alguacil. Yo soy el Alguacil aquí, no un oficial. ¿Por qué vas a toda velocidad en mi ciudad?

—Mis disculpas, Alguacil. Pensé que iba al límite de velocidad.

—No es así. Ahora, ¿qué estás haciendo en ese carro de lujo en mi ciudad? No es temporada turística y no queremos problemas.

—Bueno, señor, me acabo de mudar aquí para empezar un nuevo trabajo en el hospital. Soy AJ Docker, el nuevo médico de urgencias.

Extendí mi mano como ofrenda de paz. La actitud del Alguacil se suavizó de inmediato.

—Perdóname por la brusca bienvenida. Por nuestra ciudad pasan muchos ricos irrespetuosos, y aquí nos gusta la tranquilidad. Bienvenido a Waterford —me dijo mientras me devolvía la documentación—. Soy el Alguacil Stein. ¿Puedo ayudarte a llegar a algún lugar?

Antes de que le contestara, levantó la mano mientras sonaba su radio.

—Alguacil, ¿está disponible?

El Alguacil respondió por el micrófono.

—Aquí Stein. ¿Qué tienes?

—Si está por la zona, ¿puede pasar por la casa de Esther? El bandido de la caca la atacó de nuevo, y ella llamó al 911 como siempre.

El Alguacil se echó a reír.

—Voy para allá con luces y sirenas. Cambio y fuera.

Lo miré interrogante.

—¿Bandido de la caca?

—Sí, el gran bandido de la caca de Waterford anda suelto. Esther es una amable anciana a la que le gusta su jardín y llama al 911 cada vez que el perro de alguien deja excrementos. Pasamos cada vez para mantenerla contenta. Las alegrías de un Alguacil de pueblo. Qué perro más chulo tienes ahí. ¿Es un belga malinois?

—Sí, señor. Era un perro policía, pero resultó herido en un tiroteo. Perdió un riñón y tuvo que retirarse del servicio activo. Así que ahora anda conmigo.

—Perro valiente.

—Exactamente. Recibió una bala por mí. El pequeño me salvó la vida.

Le rasqué las orejas y Banshee sonrió por la atención.

—Con suerte, no tendremos ninguna emoción como esa por aquí.

—Por eso dejé Houston y acepté un trabajo aquí. Buscaba un poco de calma y tranquilidad en mi vida.

—Has venido al lugar adecuado. El bandido de la caca es nuestro criminal más buscado estos días. Ahora, ¿puedo ayudarte a llegar a algún lugar?

—Vine a conocer a un abogado en la ciudad para firmar unos papeles y recoger las llaves de mi casa. Se llama Travis algo.

La sonrisa del Alguacil Stein se tensó.

—Travis Foster. Lo conozco bien. Sígueme y te enseño el camino.

El Alguacil abrió el camino hacia el pueblo. Pasamos por delante de algunos restaurantes comerciales de comida rápida y hoteles en el perímetro, pero en la zona central de la ciudad solo había negocios locales, como una barbería, una tienda de botas, tiendas de ropa, una cafetería y una armería. Grandes árboles daban sombra a las banquetas, que estaban llenas de familias. El centro de la ciudad albergaba las oficinas del condado en un magnífico edificio de piedra de tres plantas. Un amplio parque al otro lado de la calle acogía a niños y perros juguetones. Banshee tenía la cabeza fuera de la ventana, haciendo horas extras para observarlo todo.

Se detuvo frente a un pequeño escaparate con la palabra «ABOGADO» escrita en letras descoloridas sobre la puerta. Le di las gracias al Alguacil por traerme hasta aquí, pero ya se estaba alejando. Banshee y yo saltamos del carro, nos estiramos y entramos por la maltrecha puerta de cristal.

El despacho de Foster parecía no haber sido limpiado en los últimos diez años ni decorado en los últimos 30. Un enorme escritorio dominaba el centro de la sala. Tres sillas disparejas, colocadas en ángulos obtusos, parecían encogerse ante él. Dos de las paredes estaban repletas de estanterías y archivadores. Había carpetas y papeles esparcidos por todas partes. Me preguntaba cuántos árboles habían muerto para proporcionar todo ese papel. Una barra de licores bien surtida y frecuentemente utilizada ocupaba la tercera pared.

Un pesado olor a humo de puro impregnaba la habitación y debía ser insoportable para el pobre olfato de Banshee. La fuente de aquel olor acre daba caladas a su puro mientras descansaba detrás de su enorme escritorio de roble. Inmediatamente se puso de pie.

—Buenas noches, señor. Soy el abogado, Travis Foster, para servirle —dijo con un diálogo ensayado—. Supongo que usted es el distinguido Doctor Docker. Siéntese, por favor. ¿Puedo traerle algo a usted o a su acompañante?

—Encantado de conocerlo, señor. Por favor, llámame Doc. El Dr. Docker lo hace sonar como un trabalenguas; y no hay por qué ser formal. Puedes tutearme. Gracias, nada para mí ni para Banshee. Comimos hace un rato y queremos llegar a descansar en la nueva casa.

—Claro, claro.

Se acercó a la barra y rellenó su vaso de bourbon antes de sentarse. Se movía con agilidad para un hombre de unos 60 años que no era ajeno a la bebida y el tabaco. Su esbelta figura sugería que estaba en mejor forma de lo que su estilo de vida podría indicar. Un escandaloso pelo blanco despeinado le cubría la cabeza y desviaba la atención de su nariz, que mostraba importantes indicios de haber bebido y peleado en el pasado. Sus agudos ojos eran de un azul claro que no parecía pasar nada por alto. El abogado Foster no era ningún tonto.

—Veamos, aquí tengo el contrato de renta y las llaves —dijo, mientras sacaba un sobre de una de las muchas pilas que tenía sobre la mesa—. Parece que son tres meses en el viejo lugar de los Werner. Bonito terreno. Unas dos hectáreas y magníficas vistas. Aquí están las llaves. Firma aquí para que puedan irse a descansar.

Firmé los papeles y se los devolví. Los tiró en la fotocopiadora y se volvió hacia mí.

—Entonces, ¿hay algo más con lo que te puedo ayudar esta tarde?

—Supongo que sabes bastante sobre esta ciudad.

Se echó hacia atrás y soltó una carcajada que se convirtió en un ataque de tos. Señaló a su derecha.

—Hijo, nací a medio kilómetro por ese camino hace 64 años, y voy a ser enterrado a medio kilómetro por ese otro camino —señalando a la izquierda—, en un futuro no muy lejano. Excepto por la escuela, he pasado toda mi vida en esta ciudad. Conozco lo bueno, lo malo y lo feo de este lugar.

—Llevo poco tiempo aquí y no he visto ni lo malo ni lo feo.

Se lo pensó un momento.

—Vi que el Alguacil te trajo aquí. Supongo que te paró para multarte de camino a la ciudad.

—Sí, pero me dio una advertencia, no una multa.

—Eso es bueno. Si conociste al Alguacil, entonces ya viste algo de lo malo y lo feo de este pueblo, pero no te quiero aburrir con chismes.

Solo vas a estar aquí tres meses y vas a oír muchos más chismes en urgencias. Hay mucha gente buena en esta ciudad, pero como en cualquier lugar, se mezclan algunas manzanas podridas.

—¿Como el bandido de la caca?

Travis se rió a carcajadas.

—El más buscado de Waterford. Pobre Esther.

Se levantó de repente, indicando que nuestra reunión había terminado. Se acercó al escritorio para darme la mano y rascar a Banshee detrás de las orejas.

—Un placer conocerte, Doc, y a ti también, Banshee. Aquí están las copias de tu contrato de renta y mi tarjeta. Dudo que lo necesites, pero si puedo ayudarte con algo mientras estás aquí, házmelo saber. Déjame acompañarte. Necesito ir al bar de Tully antes de que termine la hora feliz. Si me la pierdo, probablemente me denuncien como persona desaparecida. Disfruta de tu tiempo aquí.

—Gracias. Disfruta de tu hora feliz. Banshee y yo vamos a descansar un poco.

• • •

Manejamos al norte, hacia las afueras de la ciudad, mientras yo repetía distraídamente la conversación. Foster interpretaba el papel de un viejo borracho, pero era evidente que tenía una mente aguda y un profundo conocimiento del funcionamiento de esta ciudad. Su disgusto por el Alguacil era palpable. Mantendría los ojos abiertos, pero con suerte, mi estancia en la ciudad no tendría nada de especial.

Llegué a la propiedad y me llevé una grata sorpresa. Las recientes reformas de la casa de 60 años eran evidentes, ya que descansaba sobre dos hectáreas de exuberante terreno verde. Una ligera ondulación del terreno soportaba árboles centenarios. Las montañas se alzaban en el horizonte estrellado en la distancia. El aislamiento casi total de los vecinos me parecía perfecto.

La casa, cómodamente moderna, era mucho más grande de lo que necesitaba, pero el terreno y la intimidad merecían el dinero extra. Me dirigí a la parte trasera de la casa para asegurarme de que tenía la única característica obligatoria que había solicitado. Una nueva puerta para perros brillaba a la luz del porche trasero. Todo lo que Banshee necesitaba para ser feliz.

Salí y cerré la puerta.

—Banshee, aquí —silbé, curioso por ver cuánto tardaba en descubrir la puerta para perros. Rascó el plástico transparente y, cuando se movió, rascó con más fuerza. Cuando se abrió lo suficiente, introdujo la cabeza y lanzó su cuerpo. Me miró, esperando su merecida aprobación.

—Chico listo —le dije mientras le rascaba las orejas—. Como recompensa, quiero que «EXPLORES».

Extendí mi mano y señalé hacia el paisaje. Banshee despegó como un cohete, corriendo de un árbol a otro. Le llevaría un tiempo clasificar todos los olores frescos y marcar su territorio. Volví a entrar para deshacer la maleta. Empezaría mi primer día de trabajo por la mañana.

CAPÍTULO 3

Martes 3 de mayo
7:51 a. m.

El Felton Memorial Hospital, un centro de tamaño medio de solo cuatro pisos de altura, ofrecía unas vistas impresionantes de las montañas y bosques circundantes. Compuesto de piedra y ladrillo, el exterior parecía más el de un complejo turístico que el de un hospital. El hospital solo ofrecía 74 camas, ocho de ellas reservadas a cuidados críticos. Con cuatro quirófanos y 15 camas de urgencias, atendía más que adecuadamente a la comunidad. Los Felton han donado una importante cantidad de dinero para construir este complejo.

Me estacioné en el estacionamiento arbolado y medio vacío y le puse la correa a Banshee. A él no le hacía gracia, y a mí tampoco, pero la gente se sentía más cómoda con él usando correa cuando lo conocían.

Entramos en un vestíbulo abierto, bien iluminado, con una cascada, un estanque y plantas por todas partes, sin un solo detector de metales; sin duda, una sensación diferente a la de los grandes hospitales de ciudad a los que estaba acostumbrado.

Seguí la señalización hasta llegar a urgencias, donde encontré otra sala de espera limpia, bien iluminada y vacía, otra diferencia a la que me gustaría acostumbrarme. Me presenté a la recepcionista y me guió a la zona principal de urgencias, donde 15 salas de reconocimiento rodeaban un puesto de enfermería. Luminoso, moderno y, una vez más, casi vacío con solo dos habitaciones ocupadas, iba a tener que acordarme de llevar un libro al trabajo.

Una voz amistosa gritó:

—Dr. Docker, ¡qué alegría conocerte por fin en persona! Y este también debe ser el famoso Banshee. Bienvenido a urgencias.

La Dra. Christina Johnson, Directora de urgencias, Jefa de Personal del hospital y portavoz del mismo, y yo mantuvimos muchas llamadas antes de que aceptara este trabajo. La Dra. Johnson, o CJ, como le gustaba que la llamaran, era un personaje pintoresco conocido por la energía positiva que aporta al trabajo cada día. Siempre tenía una sonrisa, una palabra amable y un traje colorido. Hoy llevaba pantalones negros con una blusa de leopardo y zapatos de tacón de leopardo a juego. El número total de zapatos que poseía seguía sin confirmarse, pero apostar por menos de 100 pares sería un error.

Se había formado en Washington DC y se trasladó a Montana hace unos 15 años para alejarse del estrés urbano. Le encantaba hacer senderismo, pescar, jugar al golf y esquiar en su tiempo libre. Muy respetada por sus conocimientos médicos, informaba con frecuencia al público en las redes sociales y los noticieros. No estaba claro cómo se las arreglaba fácilmente para todo eso y aún le quedaba tiempo para criar a dos adolescentes felices y a un perro.

—Buenos días, CJ. Di «HOLA» Banshee.

Banshee se levantó sobre las patas traseras, inclinó la cabeza hacia delante y soltó un ladrido educado. El efecto fue una reverencia y un breve saludo.

Al personal le encantó y aplaudió la actuación de Banshee. Todos menos una persona.

—¿Qué hace ese maldito perro en mi sala de urgencias?

CJ torció los ojos y se volvió hacia la voz sin humor.

—Buenos días, Lois. Este es el Dr. Docker, nuestro nuevo médico, y su perro de servicio, Banshee. Doc, ella es Lois. Es la enfermera jefe de urgencias.

Hice contacto visual con Lois, y la experiencia no fue agradable. Lois era una mujer enfadada con un semblante severo que no había esbozado una sonrisa en esta década, y probablemente tampoco lo haría en la siguiente. Cruzó los brazos delante de ella y plantó firmemente los pies como si buscara pelea.

—Repito, ¿qué hace ese maldito perro aquí?

Decidí ver si el encanto funcionaría.

—Encantado de conocerte, Lois. Solo he oído hablar bien de ti y estoy deseando trabajar contigo. Banshee es mi perro de servicio y estará aquí conmigo en los turnos. Está bien entrenado y no va a ser un problema.

Inmune a mi encanto, frunció el ceño y miró de mí a CJ y de nuevo a mí.

—Si ese perro mea o caga en este suelo aunque sea una vez, se va de aquí. Y que Dios me ayude, si muerde a alguien aquí, yo misma arrastraré su culo hasta la perrera. ¿Quedó claro?

—Perfectamente claro —dije con una sonrisa aún en la cara.

Tras un momento de más miradas hacia mí y luego hacia Banshee, Lois se volvió hacia el personal y gritó:

—¡Vuelvan todos al trabajo!

CJ llamó mi atención.

—Vamos a mi oficina y repasemos la orientación.

Volvimos a la zona de administración y CJ esperó a que estuviéramos fuera del alcance de sus oídos antes de hablar.

—Lo siento. Lois tiene problemas con las habilidades sociales. Lleva aquí treinta años y es un poco anticuada. Es difícil, pero mejora cuando te conoce.

—No te preocupes. No es la primera enfermera jefe que me molesta el primer día.

—Seguro que no. ¿Te has instalado bien?

—Sí. Anoche deshice mis dos maletas y estoy listo para trabajar.

—¿Solo dos maletas? Es lo que yo llevo en un viaje de un fin de semana. El plan es que trabajes conmigo los tres primeros turnos, y te voy a enseñar el funcionamiento y el sistema de documentación. Somos un servicio de urgencias lento, con solo 40 o 60 visitas al día, según la época del año, pero cubrimos toda la región y vemos algunos traumas causados por personas que toman malas decisiones. Los accidentes de senderismo, las caídas y los accidentes por manejar ebrio encabezan la lista de gravedad. Podemos hacer mucho a nivel local, pero los traumatismos graves y los accidentes cerebrovasculares deben trasladarse por aire a Salt Lake City. Es un buen equipo, y además de Lois, todo el mundo es muy amable. ¿Listo para empezar?

—Después de tí.

• • •

El día transcurrió sin incidentes hasta primera hora de la tarde, cuando el servicio de emergencias nos avisó de un accidente de moto. La ambulancia llegó con un joven que estaba despierto y alerta gracias a su casco, pero en evidente peligro. El informe del paramédico fue breve.

—Se trata de un varón de 22 años, previamente sano, que se cayó de la moto mientras hacía unos trucos. Afortunadamente, llevaba casco. Desafortunadamente, su pierna derecha quedó atascada entre la moto y la banqueta. Mueve tres de sus extremidades, pero no muy bien la pierna derecha.

El informe se quedaba definitivamente corto. La pierna derecha se había comprimido básicamente como un acordeón y deformado desde la cadera hasta el tobillo, el tipo de lesión que lleva a la amputación.

CJ y yo empezamos nuestro examen verificando la vía aérea, la respiración y la circulación —o *ABC* por sus siglas en inglés—, como siempre. Las vías aéreas estaban abiertas. Respiraba bien. La circulación era buena en todas partes excepto en el pie derecho. Las extensas heridas habían comprimido y lesionado los vasos que suministran sangre a la pierna. Para salvar la pierna, teníamos que restablecer el flujo sanguíneo rápidamente.

Miré a CJ en la cabecera de la cama, donde ella estaba recibiendo un poco de historia del hombre angustiado.

—¿Cuál es nuestra situación en orto? No tengo pulso aquí abajo.

CJ se volvió hacia uno de los técnicos.

—Llama a la Dra. Jenkins y que venga inmediatamente, por favor. —Se volvió hacia una de las enfermeras—. Vamos a preparar una intubación de secuencia rápida. Necesitamos controlar el dolor y reducción inmediata, y ortopedia lo querrá en el quirófano lo antes posible. Y que venga radiología a ver qué tenemos.

El resto del equipo ya trabajaba en la toma de muestras de sangre, el establecimiento de una segunda vía intravenosa y la administración de algunos fluidos y del tan necesario fentanilo. Calmaría el dolor, pero el control total del dolor tendría que esperar hasta después de la intubación.

Afortunadamente, su lesión se localizó en la pierna, y CJ pudo liberar su columna cervical de la lesión. El paciente recibió oxígeno al 100 % para respirar mientras se realizaban los preparativos. Cuando todo estuvo listo, CJ pidió que se administrarán los medicamentos.

La primera medicación administrada fue Etomidato, utilizado para calmar al paciente y provocar amnesia para todo lo que estaba a punto de suceder. A continuación llegó el fentanilo para ayudar a controlar el dolor y sedar al paciente. Por último, añadimos Rocuronio, un paralizante de acción rápida para relajar todos los músculos del cuerpo.

La enfermera administró los medicamentos por vía intravenosa y el paciente se adormeció de inmediato y luego dejó de responder. El terapeuta respiratorio le ayudó a respirar insuflando aire en los pulmones mediante una bolsa y una mascarilla bien ajustada a la cara. En treinta segundos, el paciente estaba sedado, paralizado e inconsciente de lo que ocurría.

CJ colocó al paciente en posición y luego deslizó un laringoscopio por la boca y la garganta con la mano izquierda. El dispositivo tenía una luz brillante que iluminaba la parte posterior de la boca y la garganta. Movió el dispositivo hasta visualizar su objetivo, las cuerdas vocales, dos estructuras verticales de color blanco nacarado con una pequeña abertura entre ellas. Sin apartar los ojos de las cuerdas, extendió la mano derecha y el terapeuta respiratorio le colocó un tubo de respiración. Introdujo el tubo semirrígido en la boca hasta que la punta llegó a las cuerdas vocales, y luego lo hizo avanzar lentamente a través de las cuerdas. Siguió avanzando el tubo hasta que las dos líneas impresas en el tubo llegaron a las cuerdas vocales. Luego, retiró el endoscopio y mantuvo el tubo en su lugar.

El terapeuta respiratorio confirmó la correcta colocación del tubo, lo pegó en su lugar y conectó al paciente al ventilador. El paciente estaba ahora sedado de forma segura con control del dolor, y la pierna pudo entablillarse sin más dolor.

Las radiografías llegaron en menos de diez minutos y confirmaron el alcance de las lesiones. La cadera derecha estaba dislocada; el fémur derecho, fracturado; la rótula derecha, dislocada; la tibia y el peroné derechos, fracturados; y el tobillo derecho, dislocado. Su pierna, que antes era recta, ahora parecía una serie de curvas en zigzag sin pulso alguno.

—Buenas tardes, amigos. ¿Qué tienes para mí? —La menuda y atlética treintañera llevaba el pelo negro azabache recogido hacia atrás, resaltando sus cálidos ojos café oscuro. Mientras observaba la habitación, se mostraba muy seria—. Tú debes ser el nuevo. Soy Kirsten, ortopedista. ¿Qué sabemos?

—Encantado de conocerte. Soy Doc. Todo, desde la cadera hasta el tobillo, está dislocado o roto, sin pulso en el pie.

Ella escaneó los rayos X mientras yo hablaba. Se volvió hacia mí con una sonrisa de satisfacción:

—Doc, ¿eh? Original. —Se volvió hacia CJ—. ¿Ha tomado analgésicos?

—Bastante fentanilo hasta ahora.

—Bien. Dale un poco más. Estoy a punto de hacer una mierda de cavernícola en esa pierna antes de ir al quirófano.

Me intrigaba saber qué tipo de «mierda cavernícola» que estaba a punto de hacer.

Las enfermeras introdujeron otra dosis de fentanilo por vía intravenosa y luego me llamaron.

—Doc, sujétalo de la pelvis y no dejes que se mueva, pase lo que pase.

Me incliné sobre el paciente y coloqué ambas manos sobre la pelvis para estabilizarlo. Kirsten saltó sobre la cama como una gimnasta sobre una viga. Le agarró el pie derecho y se lo puso en el hombro. Ella colocó delicadamente su pie izquierdo en la ingle de él, evitando las joyas de la familia. Me miró fijamente a los ojos.

—¿Estás listo? Esto solo funciona si la pelvis no se mueve.

Sabía exactamente lo que estaba a punto de ocurrir.

—Sí, listo cuando tú lo estés.

Ella asintió con la cabeza.

—A la de tres entonces. Uno. Dos. Tres.

A la de tres, se levantó y tiró de la pierna derecha con todas sus fuerzas. Simultáneamente, la cadera produjo un ruido seco y el tobillo un chasquido más suave al volver a alinearse. Los tres huesos principales de la pierna, el fémur, la tibia y el peroné, se estiran y los extremos superpuestos vuelven a encajar en su lugar. Cada fractura producía una serie de grietas a medida que se realineaba. Todo el proceso tardó solo un violento segundo en revertir los daños del accidente. El resultado fue una serie superpuesta de chasquidos y crujidos alarmantes y una pierna notablemente recta.

Kirsten mantuvo la tensión en la pierna mientras bajaba fácilmente de la cama. Tenía la mano en la parte superior del pie y una sonrisa sorprendentemente bella iluminaba su rostro.

—Por favor, documenta que el pulso se restablece en el pie derecho a las 14:14, no es el mayor pulso de Montana, pero es suficiente para llegar al quirófano.

Se volvió hacia CJ.

—Vamos a entablillar la pierna para mantener la tracción y prepararlo para el quirófano. Tengo un par de pacientes en el consultorio que atenderé rápidamente y luego lo voy a llevar a reparar.

Me dirigió una sonrisa cautivadora y me ofreció la mano.

—Buen trabajo, y gracias por la ayuda, chico nuevo. Estoy segura de que volveremos a vernos.

—Vas a ser mi primera opción cada vez que necesitemos hacer alguna mierda de cavernícola aquí abajo.

Con un rápido agradecimiento a todos, salió por la puerta. La vi marcharse y me volví hacia CJ. Llevaba una expresión pensativa mientras me miraba con una sonrisa brillante que yo no había visto antes.

CAPÍTULO 4

Miércoles 4 de mayo
9:26 a. m.

De vuelta en la oficina de CJ, discutimos el plan del día.

—¿Cómo le fue al hombre de la moto anoche? —pregunté.

—Bastante bien. Kirsten fijó el fémur y la tibia con placas y tornillos. Necesitará más operaciones para arreglar los ligamentos de la rodilla, el tobillo y la cadera, y alrededor de un año de rehabilitación para aprender a caminar de nuevo, pero conservó la pierna y mantendrá la mayor parte de la función.

—El mejor resultado que podía esperarse dadas sus lesiones. Kirsten sabe lo que hace, ¿verdad?

—Lo hace. Y hay algunas cosas más que debes saber sobre ella. En primer lugar...

La puerta de su oficina se abrió de golpe y Lois entró furiosa.

—Informe de un tirador activo en la secundaria. Ya hay múltiples heridos.

CJ hizo una pausa de un segundo y luego dio órdenes mientras se levantaba y recogía sus cosas.

—Llama a Código Negro para el hospital. Quiero a todos los pacientes no críticos fuera de urgencias y 12 camas listas para recibir pacientes. Llama al quirófano y diles que necesito tres salas en espera con equipos quirúrgicos completos listos para recibir pacientes. Avisa al banco de sangre y tengan preparada inmediatamente toda la sangre O negativo disponible, y estudia la posibilidad de crear un centro de donación de sangre. Llama a todo nuestro personal y diles que quiero a todos disponibles aquí inmediatamente. Y dile a seguridad que cierre el perímetro. Esto se va a convertir en un zoológico rápidamente. Doc, estás conmigo en el lugar para la estabilización y el triaje. Mis hijos están en esa escuela. Vámonos.

Nos apresuramos a entrar en urgencias, que ya era un hervidero de actividad para prepararse para recibir los múltiples pacientes heridos de bala. El personal excedente de todo el hospital estaba presente en urgencias para prestar apoyo específico a cada sala. Nos detuvimos el tiempo suficiente para tomar un paquete de traumatismos y salimos corriendo hacia el estacionamiento.

Le tiré las llaves a CJ y le dije:

—Tú manejas y nos llevamos mi carro.

—¿Por qué nos llevamos el tuyo?

—Porque el mío tiene otro paquete de trauma y todo el equipo de Banshee. Sabes cómo llegar a la escuela, así que tu manejas. Voy a ponerme el equipo y el de Banshee antes de llegar.

CJ tomó su lugar en el lado del conductor, adelantó el asiento dolorosamente lento y arrancó, utilizando todos los caballos de potencia disponibles.

—¿Qué haces ahí detrás?

—Preparando a Banshee para hacer su trabajo.

Le quité el chaleco de servicio y lo sustituí por un chaleco táctico de Kevlar. Añadí placas de titanio a los lados. Añadía peso, pero después de su último tiroteo, la protección extra valía la pena. Después puse la cámara sujeta alrededor de su cabeza con tapones integrados. La cámara me permitiría ver lo que Banshee estuviera mirando en mi iPad, y los tapones para los oídos me permitirían comunicarme con Banshee a distancia. Lo último que adjunté fue un pequeño altavoz que me permitiría ser escuchado dondequiera que estuviera Banshee. Terminé de comprobar su equipo cuando CJ entró rápidamente en el estacionamiento de la escuela.

—¿Vas a estar bien? —pregunté.

CJ se volvió hacia mí.

—Conozco a la mayoría de los niños de esa escuela. Hoy no perdemos a nadie. Vámonos.

Recogimos nuestras mochilas de trauma y nos dirigimos al centro de la acción. El Alguacil Stein ya estaba tomando el control de la caótica escena. CJ y yo corrimos hacia él.

—¿Qué sabemos, Alguacil? —preguntó CJ.

—No mucho. Probablemente un tirador con una pistola, visto por última vez en la cafetería. Múltiples bajas reportadas. La mitad de los niños están encerrados y la otra mitad ya ha escapado fuera. Mis hombres están en camino y vamos a entrar por la fuerza en unos seis minutos.

Oí disparos ocasionales desde el interior del edificio.

—No tenemos seis minutos, Alguacil. Déjeme enviar a Banshee. Puede localizar al tirador y posiblemente neutralizarlo sin más disparos.

El Alguacil miró dudoso al perro.

—No puedo ser responsable de que el perro entre ahí.

—No se preocupe, Alguacil, está entrenado para este ambiente.

Encendí la cámara, los tapones y el altavoz, y di la orden:

—CAZA, Banshee.

Banshee despegó como un cohete hacia la puerta principal del edificio mientras lo veíamos en el iPad.

—¿Cómo llego a la cafetería? —pregunté.

—Por el pasillo principal y a la izquierda. Una gran zona abierta —respondió el Alguacil.

Banshee se acercó al final del pasillo y di la orden:

—DESPACIO, MIRA A LA IZQUIERDA.

Banshee se detuvo en la esquina y se asomó a la cafetería. Su cabeza giraba de un lado a otro mientras esperaba su siguiente orden. La escena que teníamos ante nosotros mostraba al menos a siete niños caídos y sangrando, algunos conscientes y otros inmóviles. Había sangre por todas partes.

En medio de la cafetería, un hombre corpulento gira en círculos y dispara una pistola al azar.

—Maldita sea, ese es el chico de Tom Heller —dijo el Alguacil. Los ojos ansiosos de CJ examinaron la pantalla, buscando a sus hijos.

Me volví hacia CJ.

—Pon a los paramédicos en fila. Nos movemos en treinta segundos después de que Banshee neutralice al tirador. Alguacil, tenga a sus hombres listos tan pronto como Banshee lo derribe. Sigamos adelante.

Dirigí a un grupo al pasillo delantero mientras el Alguacil organizaba a sus hombres y CJ a los paramédicos.

Le di la siguiente orden a Banshee:

—ACECHO, ARMA.

Banshee entró en la cafetería y se acercó lentamente al pistolero. Se movió en silencio, manteniéndose agachado detrás de mesas, sillas y cuerpos. Cuando se acercó a menos de seis metros, di la orden:

—ALTO.

Banshee bajó al suelo y se quedó quieto. Esperé a que el pistolero se apartara de Banshee y di la siguiente orden.

—DESÁRMALO.

Inmediatamente, Banshee salió disparado con sus patas traseras y aceleró hacia su objetivo. Solo tenía ojos para el brazo que sostenía la pistola. A dos metros del pistolero, se lanzó al aire. El pistolero no tuvo tiempo de reaccionar antes de que Banshee se estrellara contra su brazo y lo aprisionara. El resultado de que un perro de 27 kilos atrapara su brazo a 30 km/h y mordiera con una fuerza de 90 kilos por centímetro cuadrado fue instantáneo. Al perder el equilibrio, el arma voló lejos de él. Cayó al suelo con Banshee agarrado a su brazo.

Me adelanté con CJ, el Alguacil, otros cuatro oficiales y una fila de paramédicos. Ordené a Banshee

—GUARDIA.

Inmediatamente se soltó y se colocó sobre el pistolero con un gruñido bajo y constante. Hablé a través del altavoz con el pistolero.

—No te muevas, o el perro te atacará. Quédate donde estás, y mantén las manos donde podamos verlas.

El aterrorizado pistolero no tenía ningún deseo de volver a ser mordido y se quedó inmóvil.

Veinte segundos después, entramos en la cafetería y examinamos los daños. Un recuento rápido mostró nueve bajas. Los hijos de CJ no estaban en la cafetería. Inmediatamente dejó su equipo y se puso a trabajar con una chica que yacía inconsciente con una herida de bala en el pecho. Me giré hacia los paramédicos.

—Quiero un equipo para cada paciente. Estabilicen, pero no muevan a nadie. Enviamos primero a los heridos más graves.

Miré hacia Banshee para ver que la policía tenía cubierto al tirador.

—Aquí, chico —le dije, y se sentó alegremente a mi lado.

Fui a trabajar con los paramédicos y evalué los daños. Tuvimos tres pacientes con disparo en el intestino. Grave, pero deberían sobrevivir si los llevamos pronto al quirófano. Había disparado a cinco pacientes en las extremidades, y controlamos la hemorragia. Todos lo conseguirían.

La paciente de CJ no veía bien. Intubación completa, CJ colocó un tubo torácico en el lado izquierdo. Me miró.

—Consígueme un quirófano, ahora. Vamos a saltarnos urgencias. Yo voy con ella. Vamos gente, muévanse.

Ya estaba al teléfono con urgencias.

—CJ va a toda velocidad con un paciente crítico, mujer adolescente con un solo disparo en el pecho izquierdo. Tubo torácico colocado con hemorragia importante. El paciente está colapsando. Tenemos que ir directamente a un quirófano con un cirujano torácico.

—El equipo torácico está listo en la sala tres. La recibiremos directamente. ¿Qué más tienes?

—Tres heridas en el vientre. Todos están estables, pero necesitan cirugía exploratoria para evaluar el daño.

—Tengo dos habitaciones más preparadas ahora y voy a tener una tercera lista en treinta minutos. Los dirigiremos directamente hacia arriba. ¿Qué más? —la calma era refrescante.

—Tengo cinco heridas en las extremidades, todas estables. Van a necesitar atención ortopédica cuando los otros casos salgan de quirófano, pero todos sobrevivirán. Y el tirador también viene con una mordedura de perro en la muñeca.

—Repito, ¿una mordedura de perro?

—Te lo explico cuando llegue. Manos a la obra; ya estamos enviando a los primeros pacientes.

Me quedé para organizar el transporte de todos los pacientes y asegurarme de que los más enfermos llegaran primero para disponer del mayor número de recursos. Las lesiones torácicas fueron las primeras, seguidas de las del vientre y, por último, las ortopédicas. En 20 minutos, habíamos preparado a todos y los enviamos al área de urgencias, excepto al tirador.

Me dirigí hacia donde lo vigilaban los tres oficiales. Se quedó tirado en el suelo después de que los oficiales lo registraron en busca de otras armas. Me senté a su lado.

—¿Por qué no te sientas y me dejas revisar esa muñeca?

Uno de los oficiales iba a decir algo y miró a Banshee, que estaba sentado a mi lado. Asintió y me permitió revisar la muñeca, más o menos lo que esperaba después de un ataque de Banshee, un completo desastre. Grandes desgarros en los lados anterior y posterior dejaron al descubierto músculo y tendón. Tenía sensibilidad en los dedos y los movía, pero su amplitud de movimiento en la muñeca era limitada.

—¿Cómo te llamas? —pregunté, mientras envolvía suavemente su herida con una gasa.

—Marcus.

—Bueno, yo soy Doc, y él es Banshee. Siento la herida de tu muñeca, pero necesitábamos neutralizar el arma —dije con naturalidad—. Vas a necesitar cirugía y antibióticos intravenosos para esta lesión. Y también puedes tener la muñeca rota. Lo resolveremos en el hospital.

Me miró por primera vez.

—¿Por qué me ayudas después de lo que hice?

—Porque soy tu médico y tú eres mi paciente. Eso significa que cuido de ti sin importar lo que haya pasado antes. La policía y los abogados se encargarán de todo lo demás. solo estoy aquí para cuidar de tu brazo. Vámonos. Voy a ir en la ambulancia contigo.

Un oficial se adelantó.

—No creo que sea necesario, Doc.

—Es absolutamente necesario. CJ se llevó mis llaves y tengo que volver al trabajo. Así que Banshee y yo vamos con Marcus. Son bienvenidos a unirse a nosotros.

El Alguacil Stein se acercó.

—Quiero a dos oficiales en la ambulancia con él, y quiero una patrulla siguiéndolos. Todos los demás se quedan aquí para despejar el resto de la escuela y procesar esta escena. Tenemos algunos oficiales más que vienen de varios organismos para ayudar.

Se volvió hacia mí.

—Gracias. No me emocionaba la idea de un tiroteo en un gimnasio lleno de gente. Ese perro puede unirse a nosotros cuando quiera.

—Gracias, Alguacil. Parece que a los dos nos queda mucho trabajo por hacer.

Banshee y yo subimos a la ambulancia con los dos oficiales y partimos hacia el hospital.

—¿No quieres saber por qué lo hice? —preguntó Marcus.

Le miré fijamente a los ojos.

—Marcus, he visto muchos disparos a lo largo de mi carrera. Solía preguntarme por qué y tratar de entenderlo, pero me di cuenta de que no hay una buena respuesta para explicarlo. Seguro que tenías una razón que tenía sentido para ti, pero no lo tendrá para mí. Así que no nos preocupemos por el porqué ahora mismo y centrémonos en arreglar tu brazo. Estos caballeros probablemente te informaron de tu derecho a permanecer en silencio. También te aconsejaría que no hablaras con nadie excepto con tu abogado. ¿Te parece bien?

—Se oye como un plan. Gracias.

—De nada, Marcus. De nada.

CAPÍTULO 5

Miércoles 4 de mayo
10:08 a. m.

En la ambulancia de CJ, un paramédico ventilaba a la paciente con una bolsa situada en la cabecera de la cama, mientras otro le colocaba una segunda vía intravenosa para administrar más líquidos. CJ mantenía una presión implacable sobre la herida, deseando que la ambulancia fuera más deprisa. Sintió que los rápidos latidos bajo su mano aumentaban de velocidad, pero se debilitaban, mientras el corazón luchaba por bombear más sangre para compensar tanta pérdida.

—¿Cuánto tiempo hasta el hospital? —preguntó CJ.

—Unos siete minutos —respondió un médico.

CJ calculó rápidamente que la chica no disponía de siete minutos.

—Prepárense para una toracotomía, y tengan lista la Epinefrina. Estamos a punto de perder el pulso.

Un médico preparó la Epinefrina para la inyección, mientras otro recuperaba el kit de toracotomía. CJ notó la pérdida de pulso bajo su mano mientras el monitor emitía un sonido agudo indicando asistolia.

—Dale la primera dosis de Epinefrina y pásame ese bisturí.

CJ palpó sus puntos de referencia, encontrando la cuarta y quinta costilla. Localizó la quinta costilla, justo debajo del pecho izquierdo, e hizo una incisión de 12 centímetros a lo largo de la parte superior de la costilla. Tuvo que dar tres pasadas con el bisturí para cortar el músculo, los tendones y los ligamentos de la pared torácica.

La zona entre las costillas era demasiado estrecha para que pasara la mano, y en la ambulancia no había separadores de costillas. CJ indicó con calma al médico que agarrara una costilla con cada mano para separarlas. El médico, un hombre atlético de unos 20 años, se esforzó por separar las costillas. Un horrible crujido acompañó al chasquido de los huesos, lo que le hizo aflojar la presión, pero CJ lo animó a seguir tirando hasta que metió la mano en la cavidad torácica.

Palpó el corazón, y parecía intacto, aunque ominosamente inmóvil. Profundizó más y palpó la aorta, siguiéndola a medida que se ramificaba desde el ventrículo izquierdo y viajaba hacia abajo. Unos cinco centímetros por debajo del corazón, sintió una disrupción de la aorta. Una exploración más exhaustiva con los dedos confirmó que la bala había atravesado la aorta por debajo del corazón.

—Dame esa pinza. Tenemos una oportunidad.

CJ guió la pinza grande en el pecho con su mano izquierda mientras que su mano derecha la guió a la aorta. Cuando la tuvo colocada sobre la zona lesionada, cerró la pinza con fuerza sobre la aorta.

—Comiencen las compresiones y den otra ronda de epinefrina.

El médico comenzó las compresiones mientras CJ estabilizaba la pinza. La sangre que sale del corazón por la aorta ya no se filtraría por la zona herida. CJ había cortado efectivamente cualquier flujo de sangre a la mitad inferior del cuerpo, pero la sangre todavía regresaba al corazón desde la parte inferior del cuerpo, y si había suficiente sangre en el sistema, el corazón comenzaría a latir de nuevo.

—Dos minutos para la puerta —gritó el conductor.

CJ evaluó el equipo circundante. Un médico realizó compresiones enérgicas a 100 pulsos por minuto. Otro la ventilaba y un tercero le suministraba fluidos por vía intravenosa. CJ siguió sujetando la pinza crucial.

—Mantén las compresiones, comprueba el pulso —gritó CJ.

El médico detuvo las compresiones y buscó el pulso en el cuello. CJ colocó su mano libre sobre el pecho de la chica y se concentró. Sintió el pulso, débil, pero persistente. El médico le palpó el cuello y sonrió a CJ:

—Tengo un pulso débil en el cuello.

Todos suspiraron colectivamente y CJ anunció:

—Anoten la hora del retorno de la circulación espontánea. ¿Cuánto tiempo estuvimos sin pulso?

El médico que controlaba las vías respiratorias había estado mirando la hora.

—El tiempo total sin pulso fue de tres minutos y 40 segundos, pero tuvo compresiones durante más de dos minutos de ese tiempo.

CJ forzó una pequeña sonrisa.

—Gran trabajo, a todos. Todavía tiene una oportunidad. Hay que llevarla al quirófano, rápido, pero con cuidado. Esta pinza la mantiene viva.

La ambulancia llegó al hospital, donde un equipo los escoltó hasta el quirófano. CJ se agarró a la pinza durante todo el trayecto en ascensor hasta el quirófano. El cirujano torácico esperó con su equipo mientras CJ daba su informe.

—Lesión en la aorta a unos cinco centímetros por debajo del corazón. Pinza en su lugar por encima, y el tiempo total sin pulso fue de menos de cuatro minutos.

El cirujano tomó el control de la pinza de CJ.

—Buen trabajo. Nosotros nos encargaremos de aquí en adelante.

CJ se fue a revisar urgencias.

• • •

Llegamos al hospital y nos encontramos con una actividad frenética. Las autoridades habían establecido un perímetro para contener a la multitud y a los medios de comunicación, pero el número de curiosos aumentó. Llevamos a Marcus a una sala de reconocimiento. Pedí una radiografía y luego revisé a los demás pacientes.

Tres de los cuatro que debían ser operados ya estaban en el quirófano y al cuarto lo estaban preparando. A los demás pacientes se les hicieron exámenes iniciales, radiografías y analgésicos. Las familias de los estudiantes heridos esperaban ansiosas ver a sus seres queridos. Nunca me olvidaré de verlos entrar en urgencias, abrumados por el miedo y la ansiedad, para luego transformarse en pura alegría al ver a sus hijos con vida. urgencias es una montaña rusa de emociones.

Le pregunté a Lois dónde estaba CJ.

—Todavía en el quirófano. Tuvo que hacer una toracotomía en la ambulancia después de que la niña perdiera el pulso.

Fue una noticia terrible. El hecho de que siguiera allí arriba ofrecía esperanza. El paciente seguía luchando.

—Avísame cuando llegue. Gracias.

Obtuve la radiografía, que indicaba que Banshee le había roto la muñeca a Marcus. El radio presentaba una fractura por torsión por girarlo rápidamente, que requirió cirugía para repararlo y limpiar las heridas. Las mordeduras de perro suelen causar infecciones. Banshee estaba limpio, pero no era muy aficionado al cuidado dental. Le receté antibióticos y analgésicos por vía intravenosa y me puse de acuerdo con los traumatólogos para llevarlo al quirófano cuando hubiera uno disponible. Mientras tanto, permaneció esposado a la cama por la muñeca que aún estaba sana.

Le conté el plan y encontré a su padre junto a su cama. Me presenté y le expliqué que necesitaba cirugía y antibióticos por vía intravenosa. Marcus ya estaba adormilado por la morfina.

—¿Es este el perro que mordió a mi hijo? —preguntó el padre.

—Sí, señor. Este es Banshee —dije con cautela.

—Bueno, quiero darle las gracias por salvar la vida de mi hijo. Sé que si la policía hubiera entrado allí, seguro le disparan. Así que, de verdad, gracias Banshee.

Bajé dos dedos, la señal para que Banshee sonriera, lo que provocó una ligera sonrisa en el padre de Marcus, probablemente la última que tendría en un buen tiempo.

Salí y encontré a CJ caminando por el pasillo con la blusa salpicada de sangre pero con alivio en la cara.

—¿Y qué has estado haciendo? —pregunté.

—Sujetando una pinza en su aorta hasta que los cirujanos la repararon y restablecieron la circulación. El tiempo total sin pulso fue solo de unos cuatro minutos, y tuvo compresiones durante la mayor parte de ese tiempo. Cuándo pincé la aorta, pudimos restablecer la circulación inmediatamente. Crítico, pero la hemorragia mayor está bajo control. Hay muchas pequeñas hemorragias que arreglar, pero que no deberían ser un problema. Probablemente lo consiga. ¿Cómo les fue a los demás?

—Los tres vientres están ahora en el quirófano. Las lesiones de las extremidades subirán pronto. Todos deberían estar bien. Parece que la única baja es esa blusa —dije, señalando su arruinada blusa.

—Me preocupan más los zapatos. Me encantan estos zapatos —dijo, mirando con desesperación los tacones de leopardo cubiertos de sangre.

—Supongo que vas a tener que ir a tu casa y cambiarte antes de hablar con los medios.

CJ se rió.

—No me conoces muy bien. Tengo tres conjuntos más listos en el armario de mi oficina en todo momento. Una chica tiene que estar preparada para todo.

—Bueno, hoy sí que estabas preparada. Una toracotomía y una pinza de aorta en la parte de atrás de una ambulancia en marcha, ¿eh? Puede que seas la chingona mejor vestida de América.

El Alguacil Stein se acercó.

—¿Una *chingona*?

—Así le decimos a los que se rifan en la sala de urgencias —respondí.

—Los dos fueron chingonas hoy, eso es seguro. Y ese perro también. Nos salvó el pellejo ahí dentro. Límpiate. Tenemos que hablar con los medios después de que hable con Marcus. Luego tengo que hacer unas 50 horas de papeleo.

—No olvide que el bandido de la caca aún anda suelto —bromeé.

El Alguacil sacudió la cabeza y sonrió brevemente.

—Probablemente tenga otro par de días de libertad con todo este lío.

Se alejó mientras CJ me miraba interrogante.

—¿Bandido de la caca?

CAPÍTULO 6

Miércoles 4 de mayo
12:27 a. m.

CJ salió de su oficina preparada para la rueda de prensa, perfectamente peinada y maquillada, con un traje nuevo y unos zapatos de plataforma igualmente fabulosos. Tuvo unos momentos para ver cómo estaban los pacientes que quedaban en urgencias, hablar con sus padres y dar las gracias al personal por su increíble trabajo. Era una clase magistral de liderazgo.

La alcancé en un pasillo tranquilo.

—¿Estás bien? —pregunté.

—Sí, bien. ¿Por qué lo preguntas?

—Tus hijos estaban en esa escuela. Ni una sola vez intentaste llamarlos o siquiera los mencionaste.

Se detuvo un momento mientras revivía la experiencia.

—Tenía demasiado miedo de llamarlos. ¿Y si no contestaban? Asumiría que algo horrible había sucedido. Solo quería llegar y entrar. Si estaban entre los heridos, entonces sabría que les había dado la mejor oportunidad de sobrevivir. Si no estaban entre los heridos, sabría que estaban a salvo. La verdad es que me siento terriblemente culpable. Por haberme sentido aliviada de que los hijos de otra persona estuvieran en el suelo y no los míos. ¿Me convierte eso en una mala persona?

—No, te hace humano. No puedo imaginarme tener que entrar allí, sin saber si mi hijo era uno de los heridos o si estaba muerto.

—Bueno, espero que esta sea la última vez para mí. No puedo creer que todos esos niños hayan sobrevivido. Increíble. La chica que recibió el disparo en el pecho se llama Hailey y juega al fútbol con mi hija. No quiero volver a hacerle eso a nadie, y menos a alguien que conozco.

—Es asombroso. Hoy lo hemos hecho bien. Aunque tengo que admitir que estoy un poco enojado contigo.

CJ parecía ofendida.

—¿Enojado? ¿Por qué estás enojado conmigo?

—Me dijiste que este lugar era tranquilo todo el tiempo, y es más emocionante que las urgencias de una gran ciudad —dije, sacudiendo la cabeza.

Sonrió.

—Supongo que eso fue un poco engañoso. Vamos, hora del circo mediático.

· · ·

Organizaron la rueda de prensa en el vestíbulo, la única zona lo suficientemente grande para celebrarla. Los políticos locales se disputaban el tiempo ante las cámaras. CJ señaló al alcalde, al jefe de bomberos, a varios concejales, al director general del hospital, al superintendente de escuelas y a miembros del consejo escolar. Parecía que cada vez se unían más personas. Finalmente, el Alguacil Stein llamó al orden. Me quedé atrás con Banshee.

Resumió el Alguacil Stein.

—A las 9:21 de esta mañana, recibimos la primera llamada de un tirador activo en la escuela secundaria. Este es un escenario para el que, por desgracia, hemos tenido que entrenarnos ampliamente. Se hizo un llamamiento general para que todas las unidades disponibles convergieran en la escuela. Los servicios de emergencias y el hospital también fueron alertados e iniciaron sus propias respuestas de emergencia. La escuela hizo un anuncio para que todos los estudiantes y el personal se refugiara en el lugar.

»Cuando las primeras unidades llegaron al lugar, la información de algunos estudiantes que habían escapado indicaba que un solo estudiante con un arma de fuego había disparado a varios estudiantes en la cafetería. Oímos disparos ocasionales que continuaban en el edificio.

»Cuando el equipo del hospital llegó al lugar, tenían con ellos un antiguo perro policía que se había retirado debido a lesiones anteriores. Ese perro tenía un equipo audiovisual que le permitía entrar en el edificio y proporcionar imágenes de lo que estaba ocurriendo. Cómo seguían llegando oficiales, enviamos al perro adentro. Las imágenes mostraban a varios estudiantes heridos y a un único tirador en la cafetería efectuando disparos ocasionales. El perro desarmó al tirador, lo que permitió al personal médico entrar en la zona y atender a las víctimas, mientras los oficiales retenían al tirador y aseguraban el área. En este momento, creemos que el tirador actuó solo, y no hay más amenaza para la escuela. Quisiera dedicar un momento a reconocer al héroe que hoy ha evitado más lesiones. ¿Puedes por favor traer a Banshee aquí arriba?

No sabía que íbamos a participar en la rueda de prensa, pero nos abrimos paso entre docenas de personas hasta el podio.

El Alguacil Stein continuó:

—Señoras y señores, me gustaría presentarles a nuestro nuevo miembro honorario, el oficial Banshee.

Hice que Banshee subiera y pusiera las patas en el podio para recibir su sonoro aplauso. Le susurré al oído:

—SONRÍE —y Banshee se animó ante el público, que respondió con más aplausos e incluso algunas risas. La foto de Banshee sonriendo en el podio fue noticia nacional ese mismo día.

—Antes de aceptar preguntas, la Dra. Johnson nos dará una breve actualización de los pacientes.

—Gracias, Alguacil Stein. Cuando recibimos la llamada, nuestro hospital puso inmediatamente en marcha nuestros protocolos para hacer frente a este tipo de emergencias. El Dr. Docker, Banshee y yo nos dirigimos al lugar para supervisar la estabilización y el transporte de los pacientes. Una vez asegurada la escena, entramos para encontrar múltiples heridos en la cafetería. Todos eran alumnos de la escuela secundaria. Entre los heridos había un disparo en el pecho, tres disparos en el abdomen, cinco en las extremidades y un alumno con una mordedura de perro en la muñeca. Hemos ingresado a todos los pacientes en el hospital, y la mayoría de ellos serán operados esta tarde de sus heridas. El paciente con el disparo en el pecho se encuentra en estado crítico, todos los demás están graves pero estables. Esperamos que todos los pacientes sobrevivan.

Levanta la vista de sus papeles y mira directamente a la cámara.

—Hay que poner fin a esta epidemia de violencia armada en las escuelas. Mis hijos van a esa escuela, y yo no sabía cuando entraba en la cafetería si vería a mi hijo, a mi hija o a uno de sus amigos tirado en el suelo en un charco de sangre. Afortunadamente, no fue así, pero otros hijos e hijas yacían allí, asustados porque iban a morir. No tengo todas las respuestas, pero tenemos que unirnos y encontrar la manera de poner fin a esto. Nuestros hijos son demasiado valiosos para ser masacrados en un tiroteo escolar. Gracias, señor. Tengo que volver al trabajo y luego ir a abrazar a mis hijos.

CJ abandonó el estrado con elegancia y se dirigió a urgencias.

—Vamos, Banshee. Nosotros también tenemos trabajo que hacer.

CAPÍTULO 7

Jueves 5 de mayo
7:43 a. m.

CJ me recibió a la mañana siguiente en urgencias.

—Me sorprende que hayas vuelto. Pensé que estarías a medio camino de vuelta a Texas después de lo de ayer.

—¿Y perderme toda esta emoción? De ninguna manera. Además, Banshee es una celebridad local y le encanta la atención. ¿Verdad, chico? —Banshee sonrió apreciativamente —¿Qué hay en el orden del día?

—Hoy, tú diriges urgencias y yo me pongo al día con el papeleo y las entrevistas con los medios. Van a dar una actualización de los pacientes en una hora.

—¿Cómo están todos?

—Noche dura para Hailey, pero salió adelante. Si no ocurre nada inesperado, debería lograrlo. Todos los demás superaron la operación y se están recuperando. Un pequeño milagro que nadie muriera ayer.

—Definitivamente superó las probabilidades. Esperemos que la buena suerte continúe.

—Esperemos no necesitar tener suerte hoy.

Dejé a CJ con su papeleo y me dirigí a urgencias. Tras el caos del día anterior, la tranquila sala de urgencias volvía a la normalidad, con solo dos pacientes a la espera de los resultados de laboratorio.

CJ vino después del almuerzo y nos llevó a Lois y a mí a un lado.

—Prepárense, el paciente VIP está en camino.

Lois suspiró y sacudió la cabeza.

—Dejame adivinar ¿es Carol?

—Buena suposición —confirmó CJ—. Al parecer, tuvo otra caída y tiene una lesión en la muñeca y una laceración en el cuero cabelludo.

—Genial. Voy a preparar una cama y a ver si encuentro una alfombra roja para extenderla —murmuró Lois mientras se marchaba.

—¿Cliente frecuente? —pregunté.

—La más frecuente de nuestros clientes. Carol Felton está casada con el tipo cuyo nombre está en la fachada de este edificio. Tiene mucho dinero y se lo gasta en alcohol y pastillas. Si alguna vez necesitaran la foto de una ricachona dramática y borracha para el diccionario, Carol sería la modelo. Ah, y ella y Lois no se soportan.

—Bueno, al menos tenemos algo en común. A Lois tampoco le caigo bien.

CJ le hizo un gesto con la mano.

—A Lois no le cae bien nadie. Tiene una lista de gente que tolera. De todos modos, buena suerte. Y ten cuidado. La Sra. Felton es un poco acosadora con los hombres cuando está borracha.

Diez minutos después, conocí a la Sra. Felton. En cuanto se abrió la puerta, la oímos gritar arrastrando las palabras.

—Tardamos mucho en llegar. ¿Hemos atravesado todo el puto valle en una excursión turística? Debo habérmelo perdido, porque ustedes, pendejos, me encerraron en la parte trasera de esa jaula de acero. Un montón de idiotas es lo que son. Sácame de esta maldita cosa y llévame a una habitación.

Esperé mientras la acomodaban en la habitación. Los paramédicos salieron muy sonrientes.

—Buena suerte. Ahora ella es tu pedo —dijo el primero.

—Tienes suerte. Hoy está de buen humor. Algunos días es realmente desagradable.

Ambos rieron mientras salían del edificio. Tenía ganas de subirme a la ambulancia y escapar con ellos.

Me armé de valor y entré en la habitación con Banshee a mi lado. La paciente se sentó en la cama y tenía un aspecto desastroso, con un nido enmarañado de pelo rubio bañado de sangre por un corte en el cuero cabelludo. La sangre que escurría por su frente competía con el maquillaje que corría por su rostro para rellenar las grietas de toda una vida de sol. Los 54 años que había pasado en este planeta habían sido duros para ella.

—Buenas tardes, Sra. Felton. Soy el Dr. Docker, pero puedes llamarme Doc. ¿En qué puedo ayudarle hoy?

—Se me ocurren muchas maneras en las que un joven tan guapo como tú podría ayudarme. ¿Qué tenías pensado?

Me preguntó con una voz que seguro pensaba era sexy. En realidad, era un murmullo confuso, difícil de entender.

—Bueno, para empezar, creo que vamos a limpiar y reparar esa fea laceración que tiene en la cabeza. Y creo que le haremos un TAC de la cabeza para asegurarnos de que no haya lesiones cerebrales. Tengo entendido que también se lastimó la muñeca. —Levantó un brazo hinchado que los paramédicos ya habían entablillado—. Hagamos una radiografía de eso también. ¿Le parece un buen plan?

—Es el principio de un plan. Pero tengo más en mente.

—Seguro que sí, señora. Déjeme hacer un examen rápido.

Tenía una pequeña y fea laceración de cinco centímetros en el cuero cabelludo, y su muñeca estaba definitivamente rota, pero no parecía haber otras lesiones.

—¿Supongo que me dará algo para el dolor, doctor? —preguntó.

—Creo que está bastante bien medicada, pero seguiremos observando ese nivel de dolor.

—Y yo te observaré a ti, Doc. ¿Necesitas que me desnude y me ponga una bata? Me duele el brazo, así que puede ser que necesite tu ayuda.

—Las enfermeras le van a ayudar con eso mientras preparo algunas órdenes.

Cuando salí de la habitación, la oí hablar con las enfermeras.

—Se está haciendo el difícil. Definitivamente le gusto.

La tomografía computarizada de la cabeza dio negativo, pero la radiografía de la muñeca mostró una fractura no desplazada del radio. Le pedí a la enfermera que llamara a ortopedia mientras yo le reparaba la laceración del cuero cabelludo. Serenada por una letanía de sugerencias suyas que harían sonrojar a un sargento instructor, me detuve varias veces mientras me temblaban las manos de la risa.

Kirsten entró en la habitación cuando terminé.

—Hola de nuevo, Sra. Felton. Otra caída, supongo.

La Sra. Felton se tomó un momento para enfocar sus ojos en el nuevo intruso.

—Por el amor de Dios, no la doctora lesbiana otra vez.

Sin inmutarse, Kirsten examinó la muñeca herida mientras la señora Felton se volvía hacia mí.

—Todos esos fornidos doctores especialistas en huesos, y siempre me lesiono cuando esta enana está a cargo de urgencias. Le gustan los huesos pero no le gusta el deshuesado, ya me entiendes.

Su astucia le arrancó una carcajada.

Kirsten me miró con un atisbo de sonrisa en la cara mientras examinaba con cuidado la muñeca herida.

—¡Ay! puta de mierda. Eso duele.

—Lo siento, parte del examen. Ahí es donde está la ruptura. Te voy a poner un yeso, pero sin cirugía esta vez. ¿Alguna pregunta?

—No. Saca ese culo flaco de aquí y déjame un rato a solas con este hombre.

Aproveché la oportunidad para escapar.

—Voy a mover mi culo fuera de aquí también. Buenos días, Sra. Felton.

Kirsten y yo volvimos a la enfermería. Me miró a los ojos.

—No está bien que me la hayas encasquetado.

—Lo siento. Pensé que hoy estabas de guardia en urgencias.

—Lo estoy, pero aún así no es agradable.

—Realmente lo siento.

Se detuvo un momento.

—¿Cuándo termina tu turno?

—A las seis.

—De acuerdo. Nos vemos en el restaurante de Tito a las siete. Puedes invitarme a cenar y continuar con tus disculpas. Me voy de aquí antes de que aparezca el viejo. Es tan malo como ella.

Giró sobre sus talones y se marchó.

Miré a Banshee.

—Las mujeres de las montañas son tan diferentes de las tejanas. —Banshee jadeó confirmando.

Mientras completaba mi papeleo, el Sr. Felton y su hijo llegaron para recoger a la paciente. John Felton era el típico ranchero de Montana. Con una altura de 1.72 metros y un peso de 73 kilos, era todo músculo. Cojeaba ligeramente de una fractura de cadera sufrida en un accidente de rodeo años atrás, pero tenía un andar decidido que hacía caso omiso de las molestias. Todas sus prendas, desde el sombrero hasta las botas, eran de alta calidad, compradas en la zona, estaban desgastadas y cubiertas de polvo. Caminaba con confianza, como un hombre dueño de la ciudad, que lo era.

Su hijo contrastaba con esa imagen. Connor tenía 21 años y estaba en forma como su padre, pero sus movimientos eran vacilantes. Sus ojos estudiaban furtivamente la habitación sin cesar. Sus ropas estaban desaliñadas y sucias, no polvorientas. En su cinturón llevaba dos fundas actualmente vacías que sus manos buscaron inconscientemente hasta que recordó que no llevaba armas.

John habló con voz autoritaria.

—¿Dónde está? ¿Cómo está y cuándo podremos salir de aquí? —preguntó a la sala.

—Sr. Felton, por favor llamame Doc. Estoy a cargo del cuidado de su mujer. Está en la habitación seis. Tiene un corte en el cuero cabelludo, que hemos reparado, y una muñeca rota que está escayolada. El TAC de la cabeza es normal.

John asintió con la cabeza a su hijo.

—Connor, ve a prepararla.

Connor salió corriendo hacia la habitación seis.

John me miró con profesionalidad.

—Solo puedo imaginar lo que te dijo. Disculpas por su comportamiento. La bebida saca lo peor de ella.

—No se preocupe. La atendimos bien.

—Gracias. Y gracias por tu trabajo ayer. Oí que tú y tu perro contribuyeron a salvar a esos niños.

—Fue un esfuerzo de equipo. Solo hicimos nuestra parte para ayudar. Me alegro de que no saliera peor.

—Maldita sea. Niños disparando en escuelas. ¿A qué ha llegado este mundo?

—No puedo estar más de acuerdo. —Repasé con él las instrucciones para el alta—. ¿Alguna pregunta, cree necesitar algún analgésico para ella?

John se rió por primera vez.

—Seguro notaste, Doc, que a la señora le gusta automedicarse. Lo último que necesita son más pastillas para el dolor. Con lo que tenemos en el rancho es más que suficiente.

No quise preguntarle qué tenía en el rancho, pero supuse que si era lo bastante fuerte como para sedar a un caballo, probablemente funcionaría con ella. Al menos durante un tiempo.

—Está bien, recuerde, debe volver en cinco días para que le quiten las grapas.

John pensó un momento.

—Tengo una idea mejor. Ya que a mi mujer no le gusta viajar. ¿Qué te parece si vienes al rancho en cinco días y se las quitas en la casa? Me encantaría enseñarte el lugar. ¿Qué dices, Doc?

Normalmente ni siquiera me plantearía algo así, pero sentía curiosidad por el rancho. Parecía más una orden que una invitación.

—Por supuesto. Voy a encargarme de las grapas y conocer el rancho.

John me dio un número al que llamar para concertar la visita mientras Connor salía de la habitación empujando a su madre en una silla de ruedas.

—Hola nena, ¿estás bien? —John preguntó.

—Estoy bien. No tan bien como ese médico de ahí. Pero estoy bien.

—Cuídese, Sra. Felton. La voy a visitar en el rancho dentro de cinco días para quitar esas grapas.

—Y yo voy a estar lista para ti —dijo sugestivamente.

Connor habló por primera vez.

—Y yo también.

Me miraba fijamente con una extraña intensidad. Sus ojos brillaban con un nivel de animosidad impropio de la situación, y cada vez que sus ojos se desviaban hacia Banshee, sus manos echaban mano a sus fundas vacías.

• • •

CJ pasó por aquí en cuanto se fueron.

—Bueno, ¿cómo te fué? ¿Te hizo algún comentario inapropiado?

—Estoy bastante seguro de que todos sus comentarios fueron inapropiadamente sugerentes.

—No te sientas demasiado halagado. Es así con todo el mundo. Si no hay hombres, elige a una mujer. Me enorgullece decir que me ha hecho ofertas que no oía desde mi época universitaria.

—Qué familia tan rara. ¿Qué pasa con ellos? Especialmente ese chico espeluznante.

—Y vaya que son raros. Los Felton son ganaderos de tercera generación. Son dueños del Rancho Felton Forty al este de aquí. En realidad, al este y al sur de aquí. Son unas 16,000 hectáreas con Dios sabe cuántas cabezas de ganado. También poseen un tercio de los terrenos de la ciudad y son propietarios de muchos de los comercios y viviendas.

»El viejo Felton es un mezquino y desagradable hijo de puta que viene de una larga línea de mezquinos y desagradables hijos de puta.

Lleva varias décadas dirigiendo el rancho y este pueblo. Su encantadora esposa se toma la primera copa al despertarse y deja de hacerlo cuando se desmaya cada noche. Supongo que es la única forma que tiene de soportarlo, pero va que vuela hacia una tumba prematura. No hay forma de que ese hígado dure otros dos años.

—¿Y el muchacho? —pregunté.

CJ se estremeció visiblemente.

—Perdona mi lenguaje, pero ese chico está loco como una puta cabra. Provocaba incendios y lastimaba a los animales en la escuela primaria. Pasó a las drogas, las peleas y los robos en su adolescencia. Y no me hagas hablar de cómo se comporta con las mujeres. Es un sociópata y un delito andante a punto de ocurrir.

—Me sorprende que no esté en la cárcel.

—Ha estado allí varias veces. Y cada vez su papá hace alguna gran donación a la ciudad, las pruebas se pierden milagrosamente y los testigos se olvidan. Su viejo probablemente ha gastado el 20 por ciento de sus bienes manteniendo a ese chico fuera de la cárcel. Se rumorea que la donación que hizo posible este hospital fue para saldar una acusación de violación. El edificio es bonito, pero el dinero que hay detrás es sucio.

—Parece que al viejo se le va a acabar pronto el dinero o la paciencia con su hijo.

—Se podría pensar, pero parece tener un suministro infinito de ambos. La familia es importante para él y dejar el rancho a la siguiente generación es lo único de lo que habla. Pero si quiere hacerlo, es mejor que adopte pronto. Connor fue un desastre desde el momento en que nació de una madre borracha y un padre abusivo. El muchacho nunca tuvo una oportunidad en la vida.

—Entonces, ¿es seguro para mí ir dentro de cinco días a quitarle las grapas?

CJ se rió.

—Ella te convenció de una visita a domicilio ¿eh?, es seguro. No me gustaría estar solo en una habitación con la esposa o el hijo, pero es seguro. Y es precioso. Algunos dicen que es el rancho más bonito de

Montana. Deberías verlo. Te ayudará a entender cómo se financia esta ciudad. Tengo algunas reuniones pendientes. Disfruta del resto del turno.

—Va que va —le dije mientras se alejaba.

Me preguntaba cuánto dinero podría ganar un rancho. Me prometí investigar un poco antes de mi visita.

CAPÍTULO 8

Jueves 5 de mayo
6:45 p. m.

Mientras me vestía para encontrarme con Kirsten para ir a cenar, dudé en llamarlo una cita, pero supongo que lo era. Elegí unos pantalones de mezclilla, una camisa abotonada y unas botas vaqueras negras. Basándome en cómo se visten otras personas en esta ciudad, eso funcionaría. Pasé por alto la hebilla del cinturón y el sombrero vaquero, ya que parecía que había que ganarse el derecho a llevarlos y, de todos modos, yo no tenía ninguno de los dos.

Había planeado dejar a Banshee en casa, pero el héroe de la ciudad me miró de forma tan patética que cambié de opinión.

—De acuerdo amigo, puedes ir. Pero tienes que llevar el chaleco de perro de servicio y una correa.

Banshee saltó de emoción. Salir significaba olores desconocidos y un plato que había que limpiar.

Nos dirigimos al restaurante de Tito y llegamos a tiempo. Receloso de un restaurante mexicano en Montana, mi impresión inicial resultó favorable. Limpio, de colores vivos y bien iluminado, el apetitoso aroma de la salsa fresca me recibió calurosamente. Una banda sonora de mariachis rebotaba en la pintura neón que rodeaba treinta mesas, llenas hasta la mitad. Todos los asientos del bar estaban ocupados por clientes que miraban intermitentemente un pequeño televisor instalado en una esquina.

Busqué a Kirsten por toda la sala y casi no la veo en la barra. Estaba absolutamente deslumbrante con un vestido negro corto y botas vaqueras color canela. El ceñido vestido mostraba una figura equilibrada que su uniforme de quirófano ocultaba en el trabajo. Se había peinado y maquillado y llevaba un bonito sombrero vaquero inclinado sobre la cabeza. *Esto es definitivamente una cita.*

Esbozó una enorme sonrisa cuando vio a Banshee.

—No sabía que ibas a traer a Banshee. ¿Puedo acariciarlo?

—Por supuesto. —Me volví hacia Banshee y le di la orden—: AMIGO —y se acercó a ella para que le rascara las orejas—. Ten cuidado. Si lo acaricias mucho, te va a seguir a casa.

—No me parece algo malo —dijo juguetonamente.

—Es un lugar muy bonito —observé mientras una anfitriona adolescente nos llevaba a una mesa.

—Sí. No es exactamente Tex-Mex, pero yo lo llamo West-Mex. La ternera, el cerdo y el pollo son de primera, como era de esperar, pero los condimentos no son precisamente su fuerte.

Miré el menú.

—¿En serio, $5.99 dólares por totopos y salsa? Un verdadero tejano nunca paga por totopos y salsa. Se supone que lo sacan en grandes cestas y lo rellenan gratis sin parar. Hace que a todo el mundo le de más sed, así que terminan pidiendo más bebidas.

—Se lo voy a sugerir a los dueños.

—¿Conoces a todo el mundo aquí?

Se rió.

—No a todo el mundo, pero conozco a mucha gente. Nací aquí y, salvo por la escuela, he vivido aquí toda mi vida.

—Tenía curiosidad por saber cómo acabaste aquí.

—Este lugar es como un agujero negro del que no puedes escapar. En la escuela secundaria era bastante buena en la gimnasia y conseguí una beca para Oregón. Era lo suficientemente buena para la universidad, pero ahí se acabó la gimnasia. Me interesé por la medicina y acabé en la facultad de medicina de la UCLA.

—Eso lo entiendo, pero ¿cómo diablos acabaste en ortopedia? No quiero ser insensible, pero no encajas exactamente en el estereotipo de residente de ortopedia.

Sonrió.

—¿Lo dices porque mido 30 centímetros menos y peso alrededor de 50 kilos menos que el promedio de los residentes de ortopedia? ¿O es porque soy una mujer en un campo de hombres?

Le devolví la sonrisa.

—En realidad, las dos cosas. La mayoría de las clases de orto están llenas de manadas de machos alfa neandertales.

—Sin duda, esa es también una descripción adecuada para nuestra clase. Algunos de los chicos eran bastante primitivos, pero me encanta por todas las lesiones que vi al crecer en la gimnasia. Las fracturas de brazos y piernas eran muy comunes, y me interesé por arreglarlas. Una cosa llevó a la otra, y aquí estoy de nuevo en la ciudad haciendo ortopedia.

—¿El vórtice te arrastró de vuelta a la ciudad después de la graduación?

—Inmediatamente. Me necesitaban y, después de 12 años fuera, extrañaba las montañas, el aire puro y los cielos abiertos. Volver fue una decisión fácil.

Vino el camarero y Kirsten eligió fajitas de pollo y yo fajitas de res para dos.

—¿Seguro que lo quieres para dos? Es mucha carne para una sola persona.

—Por favor, traiga un plato extra, estoy seguro de que mi asistente me va a ayudar.

Banshee ya estaba salivando.

—¿Lo llevas a todas partes? —preguntó Kirsten.

—Más o menos. Se porta bien y hemos pasado por muchas cosas juntos. Banshee recibió una bala por mí.

Kirsten enarcó una ceja.

—Parece una historia interesante.

—Te aseguro que lo es.

Estaba contando la historia de cómo Banshee y yo localizamos a una banda ucraniana cuando Kirsten se puso visiblemente rígida, mientras se concentraba en algo por encima de mi hombro. Me giré y vi que Connor Felton se acercaba con una cerveza en la mano.

—Bueno, hola linda doctora. Te ves muy bien esta noche.

Connor prácticamente babeaba sobre Kirsten, que no apartaba la mirada pero tampoco le respondía.

—Veo que te dejé sin palabras. ¿Por qué no dejas a este pendejo y vienes a mi mesa a tomar unos tragos?

Kirsten habló por fin.

—Connor, te dije antes que te mantuvieras alejado. Vete ahora, antes de que te parta la madre.

—Me gusta rudo. Y no te preocupes por este pendejo de aquí. No tiene los huevos para actuar como un hombre de verdad. —Luego miró a Banshee, una vez más con la mano en la cintura—. Y este maldito perro no es un héroe. El único uso que le veo a ese animal es hacer una bonita y suave alfombra para el suelo de mi habitación, donde puedo tirarte y cogerte bien duro.

Yo no tenía ningún problema con que me llamara un pendejo, pero nadie le hablaba así a Kirsten delante de mí, y nadie iba a convertir a Banshee en una alfombra.

Me incliné hacia Banshee y le dije en voz baja:

—CARA.

Antes de que pudiera emitir el último sonido, Banshee se lanzó directamente al aire hasta que sus patas traseras quedaron a la altura del pecho de Connor. Se abalanzó sobre su cara y soltó un gruñido digno de una película de terror.

Connor debe haber estado de acuerdo, ya que se puso blanco como un fantasma y retrocedió. Se le atoraron los pies en una silla y cayó de espaldas con la bebida derramada por todas partes. Una mesera que pasaba por allí perdió el control de su bandeja cargada de totopos y salsa. Eso también cayó sobre él.

El restaurante se quedó en silencio, con todo el mundo mirando a Connor. Su mirada se clavó en mí con un odio intenso que, por desgracia, ya había visto antes. Se levantó y parecía un cómico desastre cubierto de margarita y salsa, con algún que otro fragmento de totopo pegado. Volvió a nuestra mesa con evidente furia.

—GUARDIA.

Banshee se colocó inmediatamente entre Connor y yo, tensó el cuerpo y bajó las patas traseras, listo para lanzarse hacia delante. Mostró los dientes y gruñó desde muy adentro, lo que detendría a cualquier hombre cuerdo. Al parecer, Connor estaba cuerdo después de todo, ya que se congeló y miró de mí a Banshee y viceversa.

—No te molestará a menos que te acerques a mí. Por favor, vete y déjanos disfrutar de nuestra cena.

Connor siguió sopesando sus opciones, concluyendo correctamente que solo tenía una.

—Jódete tú y tu putita. Juro por Dios que mataré a ese perro y haré una alfombra con él.

Se llevó la mano a la funda al salir del restaurante.

—TRANQUILO.

Banshee se transformó inmediatamente de asesino en adorable mascota al recostarse en el suelo.

—Bueno, eso fue interesante. Lo siento —dijo Kirsten.

—No es necesario disculparse. Siento haber hecho una escena.

Kirsten sonrió con una risa melodiosa y contagiosa.

—Este es el tipo de escena que necesita esta ciudad. Por la mañana, el 90 % de la ciudad se habrá enterado de esto, y el 100 % de ellos se va a alegrar.

—Connor no es muy popular por aquí, supongo.

—¿Qué comes que adivinas? Mala genética, una madre borracha, un padre abusivo, dinero, privilegios. Ese muchacho es el ejemplo a seguir de los sociópatas. Lo que viste esta noche, lo hace con muchas mujeres en esta ciudad. Gracias por interferir. Ver a Banshee saltar así y darle un susto de muerte a Connor me hizo el día.

—Y la noche aún es joven, solo hay un problema. El camarero derramó mis totopos y salsa sobre Connor. Son $5.99 dólares tirados a la basura.

Esa risa musical me hizo bailar el corazón.

—No me sorprendería que comieras gratis aquí durante un mes. Odian a Connor, pero en serio, ten cuidado. Es violento y está loco.

—No te preocupes. Banshee y yo hemos pasado por cosas peores.

Disfrutamos de la cena y la conversación, y Banshee aprobó su filete. El dueño incluso se pasó por allí y nos trajo unas fajitas extra para llevar para Banshee, que sin duda aprobaba las raciones extra.

—Ha sido una noche encantadora, con una pequeña excepción —señalé.

—Absolutamente memorable. ¿Quieres pasar por mi casa a comer el postre conmigo? Tengo un pastel de ayer.

—Justo estaba pensando que tengo antojo de un poco de pastel de ayer.

—Muy bien. Sígueme. No está lejos.

• • •

Llegamos a su casa ocho minutos después. En un barrio con casas de hace 20 años con grandes árboles que se alzan sobre ellas, la casa estilo rancho de Kirsten descansaba en un recodo de la carretera, lo que permitía disponer de un patio trasero de casi una hectárea. Recién pintada y con un patio bien cuidado, la casa tenía una hermosa vista de las montañas y el bosque a lo lejos.

Banshee y yo saltamos del G Wagon y nos dirigimos a la puerta principal.

—¿Banshee va a estar bien corriendo por ahí atrás? —preguntó Kirsten.

—Sí, no te preocupes. —Abrí la puerta trasera, ordené—: EXPLORA.

Banshee salió a marcar su nuevo territorio.

Kirsten tomó un par de platos de pastel y una manta y salió.

—Vamos con él. Los chicos de ciudad nunca ven un cielo nocturno de verdad. Lo siento de nuevo por lo de esta noche. Los Felton llevan tres generaciones atormentando este pueblo.

—¿Así que no son muy queridos?

—Más bien odiados. El problema es que son dueños de la mitad de los negocios y un tercio de las tierras del pueblo, así que todos tienen que fingir que les agradan. Eso fue un buen truco con Banshee. Bien merecido lo tiene el maldito imbécil.

Kirsten caminó hasta el límite de su propiedad, lejos de todas las fuentes de luz. Extendió la manta y se tumbó con el pastel entre los dos.

Miré al cielo nocturno con sus millones de estrellas brillantes.

—Qué bonita vista la que hay aquí por la noche.

—Es mi momento favorito para estar aquí. A veces, me acuesto de espaldas y miro al cielo. El viento silbando entre los árboles es el único sonido. Deberías probarlo alguna vez, sobre todo después de un día estresante.

Me acosté boca arriba y me quedé mirando las estrellas. Nunca había visto tantas estrellas claras y brillantes a la vez. Su infinita extensión aportaba perspectiva a los problemas cotidianos, induciendo definitivamente a la relajación.

Me giré hacia Kirsten para besarla y noté que tenía un trocito de escarcha pegado al labio. Al parecer, se dio cuenta de mi interés.

—¿Qué estás mirando? —preguntó a la defensiva.

Me acerqué más.

—Hay un poco de glaseado en tu labio superior, y me muero por probarlo.

Se inclinó hacia delante, ofreciéndome sus labios, y pronto quedamos atrapados en un apasionado abrazo. Al cabo de unos instantes, rompió el beso y acurrucó la cabeza en mi pecho. Nos quedamos en silencio unos instantes antes de que ella se levantara y se marchara.

Confundido, le pregunté:

—¿Está todo bien?

Se detuvo y miró por encima del hombro.

—Todo bien. Necesito darme un baño después de lo de hoy.

Volvimos dentro y pusimos los platos en el fregadero.

—Bien, déjame ir por Banshee, y nos vamos.

Respondió con una sonrisa.

—Qué pena. Estaba esperando que quisieras acompañarme.

Se bajó la cremallera del vestido, se lo quitó y se volvió hacia el dormitorio.

Su cuerpo era firme y ágil gracias a sus años de gimnasta, lo que convirtió el baño en un acto activo. La primera vez siempre se trata de pasión y energía, y ella cumplió, dejándonos satisfechos y sin aliento en el suelo del baño. Nos ayudamos mutuamente a lavarnos y enjuagarnos, tomándonos nuestro tiempo.

Para cuando salimos de la regadera, un lento segundo asalto nos llevó a múltiples clímax antes de compartir uno juntos.

Nos asomamos para ver a Banshee acurrucado en el sofá y le seguimos la corriente para una noche de sueño sin sueños.

CAPÍTULO 9

Viernes 6 de mayo
7:46 a. m.

A la mañana siguiente me desperté y vi que Kirsten seguía dormida, roncando adorablemente. No quería despertarla, así que me vestí en silencio y me deslicé hasta el asiento del conductor de mi carro cubierto de rocío.

—¿Qué dices, amigo? ¿Nos detenemos en algún lugar a comer algo?

Banshee emitió un breve ladrido, que interpreté como una respuesta afirmativa. No había estado en el restaurante de Manny, pero había oído hablar bien de él al personal de urgencias.

Banshee y yo llegamos a la puerta mientras Travis Foster, el abogado que habíamos conocido el primer día, se acercaba también.

—Después de ti, abogado —le dije mientras abría la puerta.

Se agarró a la puerta.

—Médicos y famosos antes que abogados. Después de ti.

Entramos en una cafetería moderadamente concurrida que se parecía a cualquier otra cafetería decente. Unos cuantos ancianos leen el periódico, mientras otros están absortos con sus teléfonos, mientras sorben café y comen sus huevos. Los camareros correteaban entre las mesas llevando hasta ocho platos a la vez sin bandejas. Banshee definitivamente lo aprobó, mientras su olfato trabajaba horas extras para categorizar los olores grasientos del desayuno fresco.

—¿Quieres acompañarme, Doc? —preguntó Travis, mientras se dirigía hacia una cabina abierta.

—Por mi encantado de tener compañía.

Me senté y eché un vistazo al menú. No necesité leer más allá del waffle belga para mí y unas salchichas para Banshee. Travis eligió dos huevos estrellados con tocino y pan tostado y, por supuesto, una mimosa, que probablemente no sea su primera bebida del día.

—Has causado una buena primera impresión en la ciudad esta semana —observó Travis.

—Sin duda fue un poco más emocionante de lo que esperaba.

—Buen trabajo con ese tiroteo en la escuela. Es increíble que no muriera nadie. Y quiero agradecerte tu amabilidad con Marcus. Mucha gente no sería tan compasiva en esa situación.

—¿Le representas?

—Así es. Conozco a la familia desde hace mucho tiempo. Extraoficialmente, padece esquizofrenia y su compañía de seguros ha estado negando el pago de sus medicamentos. Es un buen muchacho con la medicación, pero batalla sin ella.

—Parece que deberías demandar a su compañía de seguros.

—Me leíste la mente. Ya estoy recopilando información.

—¿Qué le va a pasar?

—Es difícil de decir. Definitivamente va a tener que cumplir condena. Con suerte, vamos a conseguir un entorno de mínima seguridad donde pueda recibir la terapia que necesita. Ayudó que nadie muriera. Pero tendremos que esperar y ver. Depende del juez que nos toque.

—Buena suerte. Odio que se castigue la enfermedad mental en lugar de tratarla.

—Sin duda voy a brindar por eso. —Tenía la sensación de que bebería casi por cualquier motivo—. Así que, he oído que tuviste un poco de emoción anoche.

Me sorprendió el comentario.

—¿A qué te refieres?

—Al pequeño altercado en el restaurante de Tito —sonrió—. Un pajarito me dijo que tú y tu peludo compañero pusieron a Connor de culo en medio del restaurante.

—En realidad, una pata de silla y su mal equilibrio mandaron su culo al piso. Banshee solo lo ayudó.

Travis se rió entre dientes.

—Pagaría por ver eso. Ese chico es un abusivo y una vergüenza. Es bueno verlo recibir lo que se merece.

—¿Qué pasa con esa familia? Entiendo si no puedes hablar de ellos porque son tus clientes.

Travis reflexionó un momento sobre la pregunta.

—No, definitivamente no son mis clientes. Utilizan algunos abogados de la ciudad de Bozeman. De hecho, acabo litigando contra ellos la mayoría de las veces. Parece que todos los juicios en esta ciudad los involucran de alguna manera. Disputas sobre rentas. Litigios sobre arrendamientos. Disputas territoriales. Siempre están demandando a alguien o están siendo demandados. Son gente horrible, pero sin duda es bueno para el negocio.

—No parecen muy populares por aquí.

—Cierto, pero generan muchos puestos de trabajo y mucho dinero a la ciudad. Si el dinero deja de fluir, los corren de la ciudad al día siguiente.

—¿De dónde sacan todo ese dinero? Pensé que los ranchos no eran tan rentables hoy en día.

—Esa, amigo mío, es la pregunta del millón. Los ranchos van bien, y los grandes pueden ganar algo de dinero, pero normalmente no tanto. He intentado citar sus registros financieros, pero tienen abogados y jueces con mucho dinero en el bolsillo. Los registros que conseguimos son demasiado confusos para tener sentido. El tipo tiene más empresas y filiales bajo su rancho que una gran corporación.

—¿Es normal para un rancho?

—No es normal para un país pequeño. Probablemente solo es un excéntrico y sus abogados de lujo le convenzan de hacer todo esto para conseguir más ingresos para ellos. Lo creas o no, no todos los abogados son éticos.

—No lo dudo. ¿Son peligrosos?

Travis observó la habitación mientras reflexionaba sobre la pregunta.

—Hay algo definitivamente mal con el muchacho. Ha estado involucrado en algunas peleas y palizas a lo largo de los años, pero también lo han estado muchos otros peones de rancho. Hay rumores de cosas peores. Mucho peores, pero nunca se ha demostrado nada. Sé que le gustan las armas, especialmente esas Colts gemelas que lleva en el cinturón la mayor parte del tiempo. Y es muy rencoroso. Yo diría que es muy peligroso.

—Gracias por el consejo. Creo que debo pagar el desayuno a cambio.

—Tienes razón, pero si se corre el chisme de que te hice pagar el desayuno, va a haber consecuencias, y como ya comprobaste, la gente es chismosa.

—Gracias, abogado, y que tengas un buen día.

—Tú también, Doc.

—Vamos chico. Hora de volver a casa.

Nos dirigimos a casa para darnos un baño y cambiarnos de ropa. Abrí la puerta principal y Banshee entró de un salto, pero enseguida se sentó y me miró. No es bueno. Que Banshee se sentara así dentro de la puerta significaba que olía a alguien nuevo en la casa.

—Espera, Banshee. Olvidé el celular en el carro —dije a quien pudiera estar allí.

Volví al carro y busqué mi pistola Glock .17 en la consola central. Era un arma fiable con 17 cartuchos de 9 mm en el cargador. Presioné para confirmar que había uno en la recámara.

Me apresuré a volver y me incliné cerca de Banshee.

—BUSCAR.

Banshee se fue y olfateó metódicamente toda la casa, y yo lo seguí hasta que solo quedaron la cocina y la puerta trasera. Banshee entró en la cocina e inmediatamente gruñó. Subí mi arma y entré detrás de él, pero me lo encontré gruñendo a su plato de comida. Alguien había matado a una ardilla, le había cortado la cabeza y la había puesto en el plato de comida de Banshee, junto con una sola bala encima de la cabeza.

Un hombre más inteligente llamaría a la policía, pero sabía que se correría la voz por toda la ciudad en pocos minutos, así que llamé a Travis.

—Travis Foster, esquire, a su servicio. ¿Cómo puedo ayudar esta mañana?

—Travis, soy Doc, y quería contratarte para algo.

—¿Qué tipo de problema has encontrado en los últimos minutos para que necesites un abogado?

—En realidad, los problemas me encontraron esta vez.

Le expliqué cómo habíamos llegado a casa y encontrado la cabeza de la ardilla y la bala en el plato de Banshee. Travis dudó antes de hablar.

—¿Y para qué quieres contratarme exactamente? Esto parece un asunto policial.

—Digamos que no confío precisamente en que la policía sea imparcial, y no quiero que esta noticia recorra toda la ciudad.

—Tienes razón en todo. Te voy a decir algo, mi consejo oficial, que sé que vas a ignorar, es que llames a la policía. Ahora ya no es necesario. Esto es lo que vamos a hacer. Graba un video de todo exactamente como lo encontraste, y luego graba mientras metes esa bala en una bolsa de plástico sin tocarla. Cierra la bolsa con cinta adhesiva y fírmala a lo largo de la cinta. Envíame el video por correo electrónico y deja la bolsa en mi oficina la próxima vez que estés por aquí. No es perfecto, pero es lo mejor que podemos hacer.

—¿Y la cabeza de ardilla?

—Eso es asunto tuyo. Lo voy a guardar todo, y podremos usarlo más tarde si es necesario. Te estoy cobrando un dólar por el momento como enganche, para que tengamos privilegio abogado-cliente, pero si hay que hacer algo más, mi tarifa habitual es de $300 dólares la hora.

—Gracias, Travis. Te lo voy a llevar hoy mismo.

Filmé todo y metí la bala en una bolsa. La cabeza de la ardilla saltó la cerca hacia un campo vacío donde sería un buen bocado para alguna criatura.

Una vez hecho esto, llamé a Kirsten, que contestó al tercer timbrazo.

—Buenos días. No creí que fueras del tipo de pisa y corre.

—Lo siento. Me levanté temprano y no quería molestarte. Y tenía hambre, así que decidí escaparme, desayunar algo y dejarte dormir.

—Gracias. Necesitaba dormir después de lo de la semana pasada. —Hizo una pausa—. La pasé muy bien anoche.

—Yo también. Me encantaría que volviéramos a reunirnos.

Se lo pensó un momento.

—Recógeme mañana a las diez y lleva zapatos cómodos y ropa de montaña.

—Sale, me gusta el plan. ¿Hasta dónde vamos de excursión?

—No muy lejos. Yo me encargo de llevar el almuerzo.

—Hasta mañana.

•　　•　　•

Me dirigí al hospital para el turno de tarde.

—¿Lista para salir? —le pregunté a CJ mientras salía de la sala de reconocimiento.

—Claro. Solo tengo una paciente para entregarte, una señora de 50 años con dolor abdominal. El examen es normal y los análisis están pendientes. Probablemente pueda irse a casa si los laboratorios se ven bien.

—¿Eso es todo?

La salida en una sala de urgencias muy concurrida involucra diez o más pacientes y se tardaba media hora.

—Solo un paciente. Trabajar en una ciudad más pequeña tiene algunas ventajas.

—¿Cómo les va a los niños de la escuela? —pregunté.

—Bastante bien. Tres de ellos deben poder irse a casa hoy. Hailey sigue en la UCI, pero cada día está más fuerte. Deberían poder extubarla hoy más tarde. Todos los demás ya están en planta. He oído que anoche la pasaste muy bien —dijo con un brillo en los ojos.

—Para que no haya confusión. ¿A qué te refieres?

—Se chismorrea que anoche fuiste a una consulta ortopédica en el restaurante de Tito.

—¿Hay algún secreto en esta ciudad?

—No muchos. Si los chismes son ciertos, parece que Banshee y Connor también pasaron un buen rato juntos.

—Deberías haber visto la expresión de su cara.

—En realidad, sí la vi. Alguien grabó un video de todo y lo está compartiendo en las redes sociales. Casi toda la ciudad ya lo vió.

—Chingon, mi primer video viral en Montana.

—Sinceramente, Banshee se robó el espectáculo. La forma en que salta en el aire y ladra en la cara de Connor es una obra maestra cinematográfica. Y la cara de Connor cuando se cae y queda cubierto de margaritas, totopos y salsa, digna de un Oscar. Se lo merecía por ese tipo de lenguaje. Me alegro de que acabara sin violencia, aunque Connor parecía empapado de sangre cubierto de salsa de esa manera.

Estaba pensando que podría llegar a un Connor cubierto de sangre eventualmente, pero contuve mi pensamiento.

—Entonces, ¿cómo fue la cena con Kirsten además del desmadre de Connor? —preguntó CJ.

—Es una buena compañía. No es la típica traumatóloga.

—Probablemente sea algo bueno. No te imagino cenando con un wey llamado Biff que te dice que aún puede levantar tanto peso como en la universidad, cuando ganó un campeonato de remo.

—Nunca se dijeron palabras más ciertas. El otro día estabas a punto de contarme algo sobre Kirsten cuando nos interrumpió todo el asunto del tiroteo en la secundaria.

—Hay una cosa que definitivamente debes saber sobre ella. Ella es....

Se oyeron gritos en la sala de espera. Salimos corriendo y encontramos a una niña de diez años con el cuero cabelludo y la cara cubiertos de sangre. Llevada en brazos por su padre, lloraba suavemente y mamá gritaba algo ininteligible. Los llevamos directamente a una habitación.

CJ calmó a los padres mientras yo revisaba a la paciente.

—Buenos días, señorita. ¿Cómo te llamas?

Balbuceó una respuesta entre lágrimas.

—Brooke, pero todos me llaman Ardilla.

—Muy bien, Ardilla, seguro que ahí hay una historia a la que volveremos, pero ¿por qué no me cuentas primero qué ha pasado?

Exploré su cuero cabelludo en busca del origen de la hemorragia mientras hablaba.

—Estaba haciendo unas volteretas con mis amigos y me caí hacia atrás y me golpeé la cabeza con algo.

—Claro que sí. ¿Se te dan bien las volteretas?

Ardilla me contó todo sobre las volteretas mientras exploraba su cuero cabelludo. La distracción es la mejor medicina para los niños. Cuando terminó de contarme lo de sus volteretas, ya había encontrado la laceración, que en realidad solo medía unos dos centímetros, pero las heridas del cuero cabelludo son famosas por sus hemorragias agresivas. Incluso un corte leve puede parecer una herida mortal con toda la sangre. Apliqué presión y la hemorragia remitió de inmediato. Me volví hacia los padres.

—Buenas noticias. Sé que parece mucha sangre, pero el corte solo mide unos dos centímetros y solo atraviesa la piel. El hueso de debajo está bien. Podemos suturarla y enviarla a casa en poco tiempo.

Los padres sonrieron, pero Ardilla lloró.

—¿Qué pasa, Ardilla?

—Odio las agujas. No quiero agujas.

—Ardilla, yo también odio las agujas, así que te propongo un trato. Sin agujas, ¿sale? Voy a arreglar esto usando tu pelo y algo de pegamento, pero sin agujas. ¿Te gustan los perros?

Al oír eso, se animó.

—Me encantan los perros. ¿Tu perro es amistoso?

—Ardilla, me gustaría presentarte a Banshee.

Le hice un gesto para que se subiera a la cama y Ardilla se rascó las orejas. Banshee se puso de espaldas inmediatamente en busca de un masaje en la barriga.

Asentí a CJ que todo estaba bien y que podía irse a casa mientras arreglaba la laceración. Empapé la gasa en un poco de lidocaína con epinefrina y la coloqué sobre el corte. La epinefrina detuvo completamente la hemorragia en pocos minutos.

—Ardilla, vamos a limpiar esa sangre.

Nos dirigimos a un lavabo y le lavé la sangre del pelo y de la cara. Volvía a parecer una niña normal. Con la herida limpia y la hemorragia detenida, el corte no parecía tan impresionante, pero aun así había que cerrarlo.

—Muy bien, Ardilla, mientras arreglo esto sin agujas, cuéntame cómo te pusieron ese apodo.

Banshee apoyó la cabeza en su regazo mientras Ardilla explicaba. Cuando tenía dos años, recogía todas las bellotas que caían en su vecindario y llegó a tener un cubo de cinco galones. A partir de entonces, se la conoció como ardilla. Esa es la versión corta, pero Ardilla estaba contando la versión extendida, describiendo todos los mejores lugares para encontrar bellotas.

Esterilicé la herida y limpié el pelo, separando una fina tira de pelo de cada lado de la herida. Agarré unos mechones de pelo de cada lado, junté suavemente los bordes opuestos y los anudé por encima de la herida. El pelo cerró eficazmente la herida. Apliqué un poco de pegamento de piel en los bordes expuestos para sellarlo. Terminé casi al mismo tiempo que Ardilla terminó su historia.

—Ardilla, ya hemos terminado, y lo mejor es que no hace falta que vuelvas. Déjalo así durante cinco días. Después, puedes desatar el pelo y lavarlo como de costumbre.

Ardilla me sonrió.

—Ha sido divertido. Gracias, Doctor, y gracias, Banshee.

Le dio un último abrazo antes de saltar de la cama.

—Gracias por ser tan valiente. Vamos a sacarte de aquí.

Terminé su papeleo y busqué a CJ. Quería terminar nuestra conversación sobre Kirsten, pero ella ya se había ido. La alcanzaría en el siguiente turno.

CAPÍTULO 10

Sábado 7 de mayo
9:55 a. m.

Banshee y yo recogimos a Kirsten justo a tiempo. Llevaba leggings, una playera deportiva sin mangas y unas robustas botas de montaña. Su coleta colgaba por detrás de una gorra de béisbol con un logotipo de huesos rotos en la parte delantera. Tiró su mochila Osprey en el asiento trasero y subió al G Wagon. Un beso rápido en la mejilla para mí y un abrazo para Banshee, y nos pusimos en camino.

—¿Vas a decirme por fin a dónde nos dirigimos, o debo adivinarlo? —pregunté, mientras salía a la carretera.

—Dirígete al oeste y te digo dónde girar.

—Sale. ¿Cuánto dura la caminata de hoy?

—Es una caminata ligera, solo unos siete kilómetros, con 730 metros de cambio de elevación. Deben ser unas tres horas, más las paradas para comer y cualquier descanso por el camino.

—Se oye bien. No he podido subir a las montañas desde que llegué. Me emociona poder hacer algunas actividades al aire libre por el camino.

Kirsten se recostó en su asiento y sonrió.

Nos acercamos rápidamente a una enorme estructura de piedra que se arquea sobre una carretera de doble carril a la derecha.

—Órale, eso sí que es una entrada. Alguien está compensando algo —observé. El arco debía tener nueve metros de alto y al menos 15 de ancho. Dos portones de acero estaban abiertos, y en la parte superior del arco se podían ver las palabras «Felton Forty» y la marca «F40» grabadas en enormes letras doradas.

—Esa es la entrada al rancho de los Felton. Empezaron con 16 hectáreas y ahora se acercan a las 16,000. Son dueños de todo lo que se ve al norte de aquí, hasta el parque nacional —explicó Kirsten.

—El Rancho Felton Forty. No es el peor nombre para un rancho.

—Un chiste común es que el nombre del rancho, Felton Forty, describe el coeficiente intelectual promedio que hay entre los habitantes. Esa gente está loca.

—Bueno, se supone que tengo que ir allí en un par de días para quitar las grapas del cuero cabelludo de Carol.

Kirsten se echó a reír.

—Lo mejor es que andes con cuidado ahí. Carol se te echará encima si tiene la oportunidad. Es como una perra en celo que se coge la pierna de cualquier desconocido que se encuentre.

—No te estarás poniendo celosa, ¿verdad? —me burlé.

Se rió más fuerte.

—No podrías cubrir lo que se gasta en alcohol.

—Intentaré escapar con mi virtud intacta.

—Escapar de ese lugar en sí es un logro.

Nos detuvimos en la zona de estacionamiento del inicio del sendero, un pequeño terreno de grava en el que solo había otra camioneta. Nos echamos las mochilas al hombro y emprendimos el camino.

—¿Banshee va a hacer los siete kilómetros completos? —preguntó Kirsten.

—No te preocupes por él. Probablemente hará más de treinta kilómetros en esta caminata con todas sus excursiones laterales.

—¿No te preocupa que esté sin correa? Hay animales salvajes ahí fuera.

—Banshee puede luchar contra casi todo lo que nos encontremos, y puede correr más rápido que el resto.

Grandes abetos sombríos con una mezcla de píceas, álamos y álamos temblones refrescaban el sendero mientras nos acomodábamos a un ritmo relajado.

Kirsten se detuvo y señaló hacia un gran abeto.

—Mira a mitad de camino.

Mis ojos buscaron entre las ramas para caer sobre unos enormes ojos oscuros que me miraban fijamente.

—¿Es un águila calva? —El pájaro saltó del árbol y se elevó sobre el bosque, con sus grandes alas surcando graciosamente las corrientes de aire—. Es el pájaro más grande que he visto en mi vida.

—Crecen mucho más grandes. Aquí hay muchos animales. Tenemos alces, ciervos mulos, bisontes, borregos cimarrones y osos negros.

—¿Tenemos que preocuparnos por los osos?

—No son demasiado activos en esta época del año, y los osos negros son bastante tímidos. Si agitas los brazos y haces mucho ruido, se irán. Normalmente.

—¿Normalmente? Siento que debería haber recibido más entrenamiento sobre osos para esta excursión.

—Tengo algo de spray para osos en mi mochila por si lo necesitamos. Además, tenemos a Banshee de nuestro lado.

—No creo que conozca el comando «lucha contra el oso».

Kirsten se echó a reír.

—Relájate y disfruta del paseo. Yo te protejo.

Banshee corría delante de nosotros por el sendero, catalogando nuevos olores, y de repente se quedó quieta. Me acerqué con cautela para ver qué le había asustado y me encontré con una cierva madre y su cervatillo en el sendero delante de nosotros. La madre retrocedió y su cervatillo trató de seguirla, pero dio un pequeño grito y levantó la pata trasera del suelo.

—La pobre está herida —me susurró Kirsten.

—Algo le pasa a esa pierna. ¿Qué hacemos?

—Quédate aquí y déjame ver si puedo acercarme a ella.

Le hice un gesto a Banshee para que permaneciera quieta y en silencio mientras Kirsten se acercaba lentamente al cervatillo, murmurando palabras tranquilizadoras mientras caminaba. El cervatillo hizo otro intento de retroceder, pero no pudo debido a la pata herida. La mamá ciervo bajó la cabeza y parecía dispuesta a embestir, pero Kirsten siguió acercándose despacio y con palabras tranquilizadoras. Finalmente, se arrodilló junto al cervatillo y tendió una mano al asustado animal. Acarició lentamente el pelaje del animal bajo la atenta mirada de la madre.

El cervatillo se calmó cuando Kirsten la abrazó con más fuerza. Lentamente, exploró la pata herida del animal sin dejar de acariciarla con la otra mano. Empezó por la cadera y fue bajando por la pierna sin que el animal diera muestras de incomodidad hasta que solo quedó la pezuña. Levantó suavemente la pierna y una sonrisa se dibujó en su rostro. Apretó fuerte al cervatillo con una mano y, con la otra, le quitó rápidamente una gran astilla de la pezuña. El cervatillo lanzó un pequeño grito, pero Kirsten lo sujetó con fuerza y siguió susurrándole. Kirsten ignoró a la madre ciervo, que la miraba con preocupación.

Kirsten sostuvo al cervatillo hasta que se calmó, luego lo soltó y retrocedió un par de pasos. La cervatilla puso la pata en el suelo tentativamente y añadió más peso cuando no sintió dolor. Un primer paso cauteloso dio paso a otros más confiados, y el cervatillo corrió hacia su madre y saltó a su alrededor, rebosante de alegría.

Kirsten extendió los brazos con entusiasmo, y la madre y el cervatillo parecieron dar las gracias con la cabeza antes de salir corriendo hacia el bosque.

—¿Los ortopedistas también reciben formación veterinaria? —le pregunté mientras la alcanzaba.

—Tuve suerte de que solo fuera una astilla. Incluso un médico de urgencias podría haberlo manejado.

—No estoy seguro de que mamá ciervo me dejara acercarme tanto. Parecía lista para una pelea.

—Todas las madres protegen a sus crías, pero saben en quién confiar.

—Sin duda les has alegrado el día. ¿Lista para ver qué más nos espera en el camino?

—Adelante, Banshee.

Kirsten me agarró de la mano mientras seguíamos caminando.

Paramos a comer junto a una pequeña cascada a unos dos tercios del camino. Kirsten había metido en la maleta aperitivos, fruta y botanas, y yo había traído comida para perros y rebanadas de pavo para Banshee. Después de comer, nos recostamos en la manta con la luz del sol colándose entre los árboles y el murmullo de la cascada a nuestras espaldas. Kirsten se inclinó para besarme.

—Sabes, si no estuviéramos en un camino público, esto podría ponerse muy interesante —observó.

—¿Eres gallina? solo había otro carro en el estacionamiento.

—Es un pueblo pequeño, y no me gustaría que alguno de mis pacientes doblara la esquina y nos encontrara desnudos aquí.

—Entonces tengo grandes noticias para ti. —Miré a Banshee—. LADRA, CERCA —y señalé hacia el sendero.

Banshee se levantó y corrió por el sendero, desapareciendo de la vista.

Kirsten me miró con desconfianza.

—¿De verdad confías en que ese perro nos avise si alguien se acerca?

Me acerqué y le quité la camisa.

—Ahora mismo, un Navy Seal no podría acercarse a menos de 30 metros sin que Banshee ladrara. Así que relájate y disfruta del momento.

Y vaya que Kirsten disfrutó cada minuto.

Veinte minutos después, estábamos vestidos de nuevo.

—Eso fue más agotador que la caminata —observó.

—Mi tipo de ejercicio favorito. ¿Seguimos con nuestra aventura?

Limpiamos nuestra zona, empaquetamos nuestras provisiones y di un silbido rápido. Un momento después, Banshee salió silenciosamente del bosque.

—Es aterrador lo silencioso que es. Me alegro de que no me esté cazando.

—Si te estuviera cazando en este bosque, no te darías cuenta hasta que fuera demasiado tarde. Vámonos.

Caminamos hasta la cima del sendero y nos detuvimos para hacer fotos juntos antes de bajar por la parte trasera de la colina boscosa. Caminar por un sendero de montaña bordeado de árboles con una mujer hermosa e inteligente a mi lado bajo un cielo cerúleo despejado fue un día perfectamente relajante.

Banshee me trajo un palo liso y gris que lancé al bosque, y él saltó tras él para volver a lanzarlo.

—¿Se cansa alguna vez? —preguntó Kirsten.

—Eventualmente, pero nunca antes que yo.

Lancé el palo con fuerza hacia el lado derecho del sendero y Banshee desapareció tras el. Le oímos hurgar en el bosque, pero de repente se quedó quieto y ladró agudamente.

Kirsten me miró inquisitivamente y yo me encogí de hombros.

—Ven aquí, chico —lo llamé. Banshee volvió a ladrar.

—¡VUELVE! —Ordené, y oímos el acolchado a través de la maleza en su camino de regreso a nosotros. Llegó con otro palo en la boca y se sentó obedientemente frente a mí—. DAME —le ordené.

Banshee dejó caer una mano humana a mis pies.

CAPÍTULO 11

Sábado 7 de mayo
12:48 p. m.

Una pareja normal huiría gritando, pero un médico de urgencias y una traumatóloga solo se quedaron extrañamente intrigados, evaluando la mano. Kirsten se inclinó para inspeccionarla.

—Parece una hembra adulta. Los cartílagos de crecimiento están fusionados. No hay evidencia de artritis, demasiado pequeña para ser un hombre. Creo que estamos ante una mano femenina joven.

Sin duda llevaba tiempo enterrado. Algo de tejido blando aún se aferraba a los huesos, pero algo o alguien se había dado un festín.

Kirsten se levantó y me miró.

—¿Alguna sugerencia sobre los próximos pasos?

—Podríamos embolsarla y traerla a la ciudad con nosotros, o podemos llamar a la policía y que vengan aquí. No creo que debamos ir al bosque a buscar el resto del cuerpo. Probablemente estropearíamos cualquier prueba, y encontrar el resto de su cuerpo ahora mismo no ayudaría a nadie. Yo digo que llamemos y que se reúnan con nosotros aquí.

Kirsten asintió resignada.

—De acuerdo. Voy a llamarlos.

—¿Crees que funciona el 911 aquí?

Sacó su teléfono y mostró que tenía señal.

—Tengo una forma más rápida.

Marcó un número y puso el teléfono en altavoz.

Al cabo de dos timbres, contesta una voz masculina.

—Alguacil Stein, ¿en qué puedo ayudarle?

—Papá, soy Kirsten. Tengo un problema en el sendero de Granite Peak.

Kirsten soltó una risita ante mi incredulidad, evidente en toda mi cara. No tenía ni idea de que el Alguacil Stein era su padre.

—¿Qué tipo de problema?

—Estoy de excursión con un amigo, y su perro encontró una mano humana en el bosque fuera del sendero.

Hubo un momento de silencio.

—¿Dijiste que un perro encontró una mano humana ahí fuera?

—Sí. Una mano humana, probablemente una hembra joven, ha estado en el suelo un tiempo.

—¿Y el resto del cuerpo?

—Creemos que también está fuera del camino, pero no nos hemos acercado.

El Alguacil recuperó la compostura.

—Está bien, ¿dónde estás exactamente?

Ella abrió sus mensajes de texto con «Papá» y le envió nuestra ubicación actual.

—Está bien, quédate ahí, y no toques nada ni te salgas del camino. Tengo que reunir a mi equipo de la escena del crimen, y nos vamos a tardar unos 40 minutos en llegar. Esperenme.

—Sí, señor. —Terminó la llamada y me miró divertida—. Bueno, pues mi papá es el Alguacil aquí.

—¿Tu padre es el Alguacil Stein? ¿Por qué no lo sabía?

—¿Por qué lo sabrías? Aún no estamos en la fase de conocer a los padres del otro.

Sacudí la cabeza.

—Creía que los pueblos pequeños no tenían secretos. ¿Por qué el apellido es diferente?

Kirsten se sentó en la tierra y se relajó contra una roca, y yo me encaramé a su lado.

—Mi padre y yo tenemos una relación complicada. Cuando se divorció de mi madre, ella volvió a usar su apellido de soltera, Jenkins, y yo también me cambié el apellido a Jenkins. Cuando volví a vivir aquí después de terminar la carrera, me pidió que volviera a cambiarme el nombre, pero nunca lo hice. Ya no nos vemos mucho. Vivimos vidas separadas.

Nos sentamos en el sendero y nos pusimos cómodos, disfrutando de la apacible sinfonía del canto de los pájaros acompañado de una brisa que susurraba entre las hojas, mientras nos esforzábamos por ignorar la mano tendida a tres metros. Al cabo de casi una hora, unos vehículos de cuatro ruedas se dirigieron hacia nosotros. Banshee tenía los pelos de punta, pero lo calmé, mientras el Alguacil Stein y otros tres oficiales se acercaban en sus vehículos todoterreno cargados de equipamiento. Saludó a Kirsten con una educada inclinación de cabeza y a mí con una mirada severa. Nos miró brevemente y luego se giró para hacer las presentaciones.

Larry, el experto en la escena del crimen encargado de recoger pruebas, tenía unos 50 años, una complexión frágil y entradas en el cabello. Sus gruesos lentes magnificaban el entorno y hacían que sus propios ojos parecieran enormes e insectiles. Descargó su equipo con eficiencia y determinación.

—Desde el principio, para todos, díganos qué pasó —pidió el Alguacil Stein.

Le expliqué cómo había estado lanzando el palo mientras caminábamos y Banshee lo había perseguido hasta los árboles. En el último lance, se había detenido y ladrado, lo que era anormal en él.

—Y cuando le dije que volviera, dejó caer la mano a nuestros pies.

Todo el grupo se acercó lentamente a la mano del sendero y la rodeó. Larry hizo fotos desde todos los ángulos antes de recogerla con las manos enguantadas y acercársela a la cara. Sus ojos se abrieron de par en par tras las gruesas lentes mientras lo observaba por todos los lados y luego lo sellaba en una bolsa de pruebas.

—¿Dónde encontró esto el perro? —preguntó con voz nasal.

Señalé en la dirección general.

—Banshee debe poder llevarnos directamente al lugar —ofrecí.

Larry se lo pensó un momento.

—De acuerdo. Tú, yo y Banshee vamos a volver allí primero después de que nos vistamos para minimizar la contaminación de la escena.

Larry abrió otra bolsa y me entregó una bata de una pieza, cubrecalzado y una cofia. Cuando ambos estuvimos listos, le pedí que me diera la bolsa que contenía la mano.

Se la mostré a Banshee.

—BUSCA, DESPACIO —le ordené.

Banshee levantó la nariz y se adentró despacio y con confianza entre los árboles, conmigo a su lado y con Larry siguiéndole. Banshee olfateaba constantemente, haciendo pequeños ajustes de rumbo mientras caminaba. A unos diez metros de la arboleda, pasamos junto a dos robles gemelos y salimos a un pequeño claro. El centro era en su mayor parte tierra desnuda con solo un ligero crecimiento de malas hierbas. La tierra parecía removida, donde al parecer habían estado cavando algunos animales. Se veían claramente trozos de ropa y huesos, algunos de los cuales habían quedado esparcidos por la zona. Ordené a Banshee que se sentara y me volví hacia Larry, cuya mirada profesional escudriñaba el claro.

—Si no me equivoco, hay al menos dos cuerpos en esta tumba.

Larry llamó a sus otros dos oficiales y, juntos, fotografiaron el lugar y procesaron las pruebas, un trabajo espeluznante y tedioso que les llevaría el resto del día. Había que fotografiar cada hueso y trozo de escombro y después sellarlos y etiquetarlos en una bolsa de recogida. Un programa informático llevaba un registro detallado de la ubicación de cada prueba.

Kirsten y su padre se ignoraron mutuamente, hasta que, finalmente, tuvo que tomar nuestras declaraciones detalladas. Le explicamos el cronograma del día mientras tomaba notas. Cuando nos dijo que podíamos irnos, Kirsten recogió su mochila, pero levanté la mano para detenerla.

—Alguacil, ¿y si esta no es la única tumba aquí? —pregunté.

Kirsten y el Alguacil se detuvieron y me miraron fijamente.

—¿Qué te hace pensar que puede haber más cadáveres aquí? —preguntó el Alguacil con cautela.

—Mire esta ubicación. Está a solo 800 metros del estacionamiento del inicio del sendero. Una persona en forma podría transportar un cuerpo tan lejos, y las probabilidades de que alguien lo encuentre son casi nulas. Fue una suerte que Banshee estuviera por el bosque. Así que si es un buen lugar para esconder un cuerpo, es un buen lugar para esconder más. Ya que estamos aquí, ¿quiere dejar que Banshee husmee? Si hay más cuerpos ahí fuera, él puede encontrarlos.

El Alguacil solo tardó un segundo en decidirse.

—No puede hacer daño. Que vaya a cazar, pero que no toque nada si encuentra algo.

—Entendido. Necesito que me prestes esto un momento —mientras agarraba la mano de la bolsa de pruebas. Llevé a Banshee al norte de la zona de trabajo actual y le ofrecí la bolsa para que la olisqueara.

—BUSCA —ordené. Banshee se adentró en el bosque y le escuchamos husmear entre la maleza, interrumpido por un único ladrido solo dos minutos después. El Alguacil enarcó las cejas mientras yo me encogía de hombros.

—QUIETO —ordené hacia el bosque.

El Alguacil me señaló el camino.

—LADRA.

Banshee respondió inmediatamente. Cuando seguí el sonido de dos ladridos más a unos 15 metros de la tumba original y a unos 12 metros del sendero, apareció Banshee, quieto en el borde de otro pequeño claro. El suelo estaba intacto, pero claramente había sido alterado en un pasado reciente.

El Alguacil se puso de pie con las manos en las caderas y miró a la tierra.

—Dulce María y José, ¿qué demonios está pasando aquí? —Se quitó el sombrero y se secó el sudor de la frente. —Tenemos que cerrar toda esta zona. ¿Puede Banshee seguir buscando?

—Mientras tenga agua, puede hacer esto todo el día. Es un juego divertido para él.

—Me alegro que alguien se divierta hoy. Que siga buscando. Tengo que hacer algunas llamadas y conseguir más recursos aquí. Tengo que informar a los federales, ya que técnicamente estamos en un parque federal. Esto está a punto de convertirse en un gran circo. Ponte a trabajar, por favor, y gracias por tu ayuda.

Durante la siguiente hora, Banshee encontró otras tres tumbas probables para un total de cinco, una de las cuales tenía al menos dos cuerpos.

Volvimos al sendero para encontrar un pequeño centro de mando. La Policía Estatal llegó con un segundo equipo de pruebas. El personal del servicio forestal dispuso de un equipo de perros para realizar una búsqueda oficial en los alrededores. Hambrientos de la noticia emergente, los medios de comunicación acosaron a los oficiales locales, que se esforzaron por mantenerlos alejados de los lugares.

Encontré a Kirsten recargada contra su mochila y consultando su teléfono. Me desplomé a su lado.

—Nada como un tranquilo y relajante paseo por el bosque —comenté.

Sacudió la cabeza.

—No puedo creer que esto esté pasando. He recorrido este sendero durante años y ahora me siento afortunada de haber sobrevivido. Espero que puedan identificar rápidamente a estas víctimas y traer algo de paz a sus familias. He oído que Banshee ha estado ocupado.

Se dio la vuelta sobre su espalda al oír su nombre y ella le recompensó con un buen rascado de barriga.

—Ya son cinco en total. La policía estatal tiene un equipo canino que se hace cargo, así que Banshee está oficialmente retirado de nuevo.

—¿Qué te parece si nos vamos de aquí?

—Es la mejor idea que has tenido desde nuestra pausa para comer. A ver si Larry me pone al día antes de irnos.

Kirsten me miró enarcando una ceja.

—¿En serio?

—Soy del tipo chismoso. Solo será un minuto.

Encontré al Alguacil, que ya parecía diez años mayor que antes.

—¿Cómo va todo, Alguacil?

Sacudió la cabeza.

—Este es el desmadre más grande de todos los desmadres que he visto. Tenemos hasta siete jurisdicciones diferentes implicadas, y nos va a llevar dos días como mínimo procesar todas estas pruebas. El papeleo va a tomar meses.

—Por no mencionar que el bandido de la caca sigue suelto.

—Maldita sea. Definitivamente ya no es el más buscado de Waterford.

—No se olvide de los medios de comunicación —sugerí con ánimo de ayudar.

—Que se chinguen. No les digas que dije eso. Me presento a las elecciones del año que viene, pero pueden esperar. De todos modos, aún no sé nada. Maldito asesino en serie suelto, y ni siquiera lo sabíamos.

—Ánimo. Lo va a atrapar. ¿Le importa si hablo con Larry antes de irnos? Me da curiosidad saber que encontró.

El Alguacil hizo un gesto con el brazo en esa dirección.

—Bien. No cruces la barrera y ni una palabra a nadie. No es que tengamos chance de mantener esto en secreto.

Me detuve en la barrera de cinta amarilla como se me había indicado. Larry y su equipo habían excavado un agujero de unos 90 centímetros de profundidad y cuatro de ancho. Esperé a que terminara de hablar con otro técnico y le hice señas para que se acercara.

—Siento arruinarte el fin de semana —le ofrecí.

—No te fijes. No se lo digas a nadie, pero esto es muy emocionante. Nunca tenemos casos interesantes con escenas del crimen tan limpias como ésta.

Sacudí la cabeza. Es increíble cómo el espectáculo de terror de una persona se convirtió en un momento decisivo para la carrera de otra.

—¿Qué descubriste hasta ahora?

Larry volvió al modo profesional.

—La primera tumba tiene dos cuerpos, hombre y mujer, ambos de unos 20 años. La primera estimación es que llevan allí entre tres y cuatro semanas, pero obtendremos datos más precisos del laboratorio. Ambos disparados en la nuca a corta distancia con una bala de gran calibre.

—¿Sucedió aquí o en otro lugar?

—Definitivamente aquí. En el suelo de la tumba hay fragmentos de hueso, masa encefálica y sangre.

—Eso es una mierda a sangre fría.

—Es la pura verdad. La suposición hasta ahora es que los hizo arrodillarse en la tumba y luego les disparó a quemarropa. No hay nada más frío que eso. Vamos en busca de un wey seriamente perturbado.

—Sale, Larry. Te dejo seguir. Me alegra que estés aquí para ayudar a atrapar al monstruo que hizo esto.

Mientras volvía con Kirsten, vi que el Alguacil hablaba con Connor.

—Buenas tardes, Connor —dije con mi mejor sonrisa y una inclinación de cabeza. Connor me enfocó con sus ojos muertos. Finalmente, sus ojos se movieron para mirar a Banshee, que estaba a mi lado, y una mueca deformó su rostro. Una vez más, se llevó las manos a la funda, que contenía dos pistolas Colt.

El Alguacil se dio cuenta e intervino inmediatamente.

—Connor se detuvo para ofrecer su ayuda. El límite de la propiedad del rancho está a unos 30 metros por allí, y nos ofreció acceso a través de sus tierras si lo necesitábamos. En este momento tenemos buenos accesos y recursos.

Connor me atravesó con su mirada de muerte.

—Debe dar un poco de miedo saber que hay un asesino tan cerca de tu propiedad —indagué.

Connor sonrió sin gracia, más aterrador que su mirada perdida. Escupió al suelo a mis pies antes de hablar.

—A los Felton no les asusta un poco de violencia. Quizá cruce la cerca y podamos practicar tiro al blanco. Cualquier cosa en la tierra de Felton es juego limpio.

Miré a mi alrededor.

—Seis cuerpos parecen más que un poco de violencia.

Se encogió de hombros y volvió a mirar con ojos muertos.

Un zumbido en lo alto nos interrumpió.

—¡Maldita sea! Que alguien averigüe quién es el dueño de ese dron y se deshaga de él. No quiero que estas imágenes salgan en las noticias nacionales —gritó el Alguacil.

Una explosión me sobresaltó cuando Connor disparó su Colt contra el dron, haciéndolo volar por los aires. Todas las miradas se volvieron hacia Connor. Enfundó la pistola y dirigió con calma su atención al Alguacil, que luchaba por controlar su ira.

—Connor, si alguna vez vuelves a hacer algo así frente a mí, juro por Dios que te encerraré ¿Entendido?

Connor asintió con una sonrisa maliciosa.

—Lárgate de aquí. Tenemos trabajo que hacer.

Connor miró con desprecio a Banshee y desapareció silenciosamente en el bosque en dirección al Rancho Felton Forty.

—Es un muchacho muy trastornado —observé mientras se alejaba.

El Alguacil negó con la cabeza mientras veía desaparecer a Connor.

—Hace lo mejor que puede con las cartas que le tocaron. —Parecía querer decir algo más, pero salió bruscamente de su breve trance, se volvió hacia mí y me tendió la mano—. Gracias de nuevo, Doc. Ahora sal de aquí y vete a casa.

Kirsten y yo recogimos nuestras mochilas y seguimos el camino de vuelta hacia el G Wagon. Por el camino, le conté a Kirsten lo que Larry había encontrado, pero ella permaneció callada y distante.

El estacionamiento se había convertido en un circo de cinco pistas desde aquella mañana. Con la policía, los forenses, los medios de comunicación y los curiosos, más de 200 vehículos abarrotaron la pequeña zona. Cuando algunos periodistas nos vieron, se lanzaron inmediatamente a gritar preguntas. Me adelanté y levanté una mano para silenciarlos.

—No sabemos nada. Salimos a dar un paseo tranquilo esta mañana y nos encontramos con la policía en el camino. No tenemos ni idea de lo que están haciendo, y nos pidieron que siguiéramos avanzando, subiéramos al carro y nos fuéramos.

Dos oficiales de policía tardaron 20 minutos en ayudarnos a sacar el carro del estacionamiento, y finalmente nos libramos. Kirsten permaneció pensativa en silencio y la dejé a solas con sus pensamientos no compartidos.

CAPÍTULO 12

Domingo 8 de mayo
7:56 a. m.

De vuelta en urgencias, mientras una CJ increíblemente enérgica me entregaba el turno tras una tranquila guardia nocturna, me pregunté cómo podía parecer tan fresca y animada después de haber pasado la noche en vela, mientras yo me sentía agotado después de haber dormido muy poco y de forma intermitente.

—Me enteré del día tan emocionante que tuviste ayer. Deberías haber tomado mi turno. Fue mucho más relajante que un tranquilo paseo por el bosque —dijo guiñando un ojo.

—Ni de chiste. El viejo Banshee sigue causando problemas con su nariz ¿Surgió nueva información anoche?

Supuse que CJ estaba conectada a la cadena de chismes, y no me decepcionó.

—Un poco. La policía estatal encontró otro lugar un poco más lejos de donde buscaron, así que son un total de seis lugares con siete cuerpos.

—¿Ya los identificaron?

Ella se inclinó más cerca.

—Aquí es donde la cosa se pone interesante. La primera tumba que encontraste era de un hombre y una mujer, y preliminarmente, parece una pareja que desapareció hace tres semanas. Las familias pensaban que estaban de excursión por aquí, pero su carro fue encontrado en un sendero a unos 100 kilómetros al norte de aquí, así que nadie los buscó por aquí.

Bastante inteligente, moviendo el carro hacia el norte. Sin Banshee y un poco de suerte, la gente buscaría siempre en el lugar equivocado.

—Es inteligente, y debe haber tenido ayuda. Alguien tuvo que llevarlo de vuelta después de dejar el carro allí. No es el tipo de lugar donde puedes encontrar un Uber.

La mayoría de los asesinos en serie son solitarios. La idea de un equipo de asesinos en serie me aterrorizaba aún más.

—¿Y el resto de los cuerpos?

—También interesante. Todos eran varones jóvenes, y al menos tres de ellos hispanos. Eso es raro por aquí. Montana es un estado bastante homogéneo.

Si no recuerdo mal, los hispanos solo representaban el 3 % de la población del estado.

—Qué raro. ¿Por qué alguien tendría como objetivo a una joven pareja blanca y a varones hispanos? Los asesinos en serie suelen apegarse a un tipo específico de víctima. ¿Nadie denunció la desaparición de estos chicos?

—No. También están comprobando los informes de personas desaparecidas en los estados vecinos, pero aún no hay resultados. Nadie denunció su desaparición, así que nadie los buscó.

—¿Les dispararon a todos?

—Sí. Cada uno con un único disparo de gran calibre en la nuca a corta distancia.

—Parece que tienes excelentes fuentes.

Esbozó esa sonrisa ganadora.

—No olvides que estoy a cargo de las comunicaciones del hospital, y esos cuerpos están abajo esperando la autopsia. Daré una rueda de prensa con el Alguacil en un par de horas.

—¿Por eso estás tan arreglada esta mañana?

Miró confundida su atuendo.

—¿Esto? He estado trabajando con este traje toda la noche. En cuanto termine aquí, tengo que cambiarme y ponerme guapa.

—Algún día tendrás que explicarme cómo puedes hacer un turno de noche y no tener ni una sola arruga en tu traje por la mañana. Hablando del Alguacil Stein, he descubierto ese pequeño dato sobre Kirsten que intentaste compartir conmigo.

—Ah, sí, todo eso de que el Alguacil es su padre.

De repente, CJ parecía mucho más apagada e incómoda.

—Vamos, suéltalo todo. Quiero escuchar todo el chisme.

CJ suspiró y se sentó en su silla.

—En realidad no es un secreto, así que no me importa compartirlo. Kirsten creció en una familia aparentemente perfecta. Papá era Alguacil, y mamá directora de la escuela primaria. Kirsten era una estudiante sobresaliente y una campeona de gimnasia. Entonces un día salió a la luz que su papá estaba engañando a su mamá. Y nunca vas a adivinar con quién.

Hizo una pausa con las cejas levantadas y yo levanté las manos y negué con la cabeza.

—Ni idea. Ni siquiera conozco a nadie en esta ciudad.

—Bueno, ya la conoces. Carol Felton, famosa por ser la esposa borracha de un ranchero.

—¿En serio? ¿Se revolcó con ella?

—Sí. En su defensa, ella era mucho más atractiva en aquellos días, antes de que los años de alcohol hicieran estragos en ella, y perseguía agresivamente a hombres poderosos, algo que no ha disminuido con la edad —dijo con una mirada punzante.

—Caché esa advertencia. Continúa.

—No hay mucho más que decir. El divorcio fue público y feo. Carol aprovechó cualquier oportunidad para mantenerlo en el centro de los chismorreos. Kirsten se fue a vivir con su madre, y ambas quitaron el nombre de Stein. Al año siguiente, Kirsten se fue a la universidad y a su madre le diagnosticaron cáncer de colon. Murió amargada y sola, y

Kirsten nunca perdonó a su padre. Ahora casi nunca hablan, a menos que sea por motivos profesionales.

Sacudí la cabeza, mientras me dolía el corazón por Kirsten e intentaba procesarlo.

—¿Qué pasa con el Alguacil y John Felton? Parece que se llevan mejor de lo que cabría esperar, dado que se revolcó con su mujer.

—Eso es un misterio que ni siquiera yo puedo resolver. Sin duda, Carol ha tenido sus aventuras a lo largo de los años, y John parece haberlas tolerado bastante bien. Algunos sugieren que le excita verla con otros hombres, pero quién sabe. John y el Alguacil parecen unidos y un extraño dúo. Excepto por haber compartido a Carol, no parecen tener nada más en común. Es algo de ese extraño vínculo de macho alfa que a nosotras, las hembras racionales, nos cuesta comprender. Bienvenido a la política de un pequeño pueblo de Montana.

—De la que Kirsten ha sido un daño colateral, lo que significa que Stein adivinará que lo sé todo.

—No te preocupes. Todo el mundo lo sabe. Buena suerte en el turno de hoy. Tengo que ir a prepararme para la prensa.

—¿Cómo les va a los niños de la escuela?

—Dos más se van a casa hoy. Las tres heridas del vientre evolucionan bien, pero estarán aquí la mayor parte de la semana para recibir antibióticos. Hailey fue extubada, habla y no parece haber perdido ninguna función neurológica, lo cual es milagroso.

—Grandes noticias por todos lados. Buena suerte con la prensa. Estaré aquí sentado intentando entender la política de un pueblo pequeño entre paciente y paciente.

• • •

En su tercera hora de sueño profundo, el Alguacil Stein se sobresaltó cuando el timbre del teléfono le hizo despertar bruscamente. Había dejado instrucciones estrictas de no ser molestado a menos que fuera absolutamente necesario. Se dio la vuelta para contestar al teléfono, temiendo las noticias. Cuando vio quién le llamaba, su temor se intensificó.

—Buenos días, John.

—Buenos días, Alguacil. Espero no haberte despertado.

John Felton sonaba como si llevara horas despierto.

—De hecho, sí lo hiciste, pero ya estoy despierto, así que dime ¿qué quieres?

—Solo quería saber si tienes nueva información sobre la investigación de esos cuerpos.

El Alguacil Stein intentó contener su exasperación.

—John, todavía estamos procesando la maldita escena. Aún no hemos retirado todos los cadáveres, y mucho menos empezado a investigar.

—Muy bien, tranquilo. Esos cuerpos están cerca del límite de mi propiedad, y no quiero que nadie asuma que el rancho tuvo algo que ver con ellos.

—John, nadie ha mencionado el rancho. Relájate.

John levantó la voz.

—No me digas que me relaje. Sabes lo que está en juego.

El Alguacil Stein dejó pasar la amenaza antes de responder.

—Ten mucho cuidado con lo que dices a continuación, John.

—Mierda, lo siento. Es que es una situación bien estresante aquí. Mis hombres han estado esparciendo el rumor de que el asesino podría ser un tipo de Seven Springs. Te aconsejo firmemente que centres ahí tu investigación. Si me entero de algo más, te aviso. Y si necesitas algo, házmelo saber. Tenemos que cerrar este caso rápidamente.

—Muy bien, John. Echaré un vistazo ahí fuera. No hables con nadie más que conmigo, y tienes que mantener a Connor callado y fuera de la vista. No necesito que la cague.

—Yo me encargo de lo mío. Tú, ve a buscar a un asesino en Seven Springs.

John colgó antes de que el Alguacil respondiera.

El Alguacil Stein se revolvió en la cama y pensó en sus opciones. John tenía razón en que necesitaba resolver este caso rápido. Ya había demasiadas agencias husmeando por la ciudad, y cuanto más tiempo husmearan, más probabilidades tendrían de encontrar algo.

Seven Springs, una pequeña comunidad a unos 15 kilómetros al este de la ciudad compuesta casi en su totalidad por familias hispanas, parecía un lugar lógico para iniciar la investigación, dado que la mayoría de las víctimas eran hispanas. solo vivían allí unas cuatrocientas personas, que rara vez causaban problemas. La mayoría de los adultos trabajaban en la ciudad para mantener a sus familias. Seven Springs acogió a un buen número de ilegales. Nadie les hacía caso a menos que infringieran la ley, y por lo general no se metían en líos.

John volvió a suspirar, resignado a que el sueño le eludiera durante el resto del día. Hora de asearse y dirigirse a Seven Springs.

CAPÍTULO 13

Domingo 8 de mayo
10:22 a. m.

—¿Cuál es el plan cuando lleguemos allí? —preguntó el Oficial White.

—Vamos a ver a Mamacita. Conoce a todo el mundo, y si pasa algo, lo sabe. Que nos lo diga es otro cuento.

—¿Es tan mala como dicen los rumores?

—Primera vez, ¿eh? Estás de suerte. Mamacita grita mucho y puede dar mucho miedo, pero nunca es violenta. Y menos mal. Podría partirnos la madre a los dos.

Llegaron a las afueras de Seven Springs y fueron recibidos por deprimentes casas destartaladas mezcladas con remolques que habían visto sus mejores días treinta años atrás. Camiones viejos y escombros ensuciaban el paisaje.

Un conjunto de edificios de los años 60 se extendía a lo largo de dos manzanas de Main Street. La mitad de las tiendas estaban abandonadas o tapiadas. La gente de Seven Springs contrastaba directamente con los edificios. Las familias deambulaban por las banquetas vestidas con ropas brillantes. La gente sonriente intercambiaba saludos. Los niños jugaban al escondite o pateaban latas. La felicidad prosperaba en un entorno deprimente.

La estructura más brillantemente pintada dominaba un extremo de la ciudad, el restaurante Mamacita. Animó a los artistas locales a utilizar su edificio como lienzo e incluso aportó dinero extra para la pintura. La colección resultante de estilos contrastantes de alguna manera funcionó en conjunto para expresar tanto el dolor como la esperanza.

El Alguacil y el oficial se estacionaron cerca de la entrada principal y recorrieron el camino de cemento roto hasta la puerta amarilla de neón. Tres familias que comían en las mesas interrumpieron toda conversación al entrar. Todas las miradas pasaron del Alguacil a la cocina, hasta que finalmente, la puerta de la cocina se abrió de golpe y Mamacita irrumpió hacia ellos.

Ser de huesos anchos y de figura generosa no lograba describir la corpulencia de Mamacita. Con más de un metro ochenta de altura en sus sandalias, que luchaban por contener sus pies cada vez más anchos, debía de pesar cerca de 130 kilos. Su colorido muumuu vibraba mientras se acercaba a los oficiales. Se detuvo frente a ellos y, sin apartar su mirada penetrante, ordenó al grupo que regresaran a sus desayunos. Los comensales inmediatamente bajaron la vista hacia sus platos, concentrándose en ignorar tanto a Mamacita como a los policías.

—¿Por qué está aquí, Alguacil?

Su voz retumbó mucho más bajo de lo esperado.

—Tengo algunas preguntas para ti. ¿Tienes un momento para hablar?

La cabeza de Mamacita permaneció inmóvil mientras sus ojos iban del Alguacil al Oficial White.

—¿Quién es este hombre?

—Este es el Oficial White. Trabaja conmigo.

—¿Entiende las reglas?

Mamacita giró hacia él con una agilidad sorprendente para su tamaño.

—Primera regla, no me interrumpas. Nunca. Segunda regla, no hables mal de mí. Nunca. Última regla, no me hagas encabronar. Si rompes las reglas, Mamacita deja de hablar. ¿Comprendes?

El Oficial White asintió, mientras tragaba saliva nerviosamente, y el Alguacil reprimió su sonrisa burlona. Mamacita giró sobre sus talones para llevarlos a una mesa en la esquina del fondo con sillas en tres lados y un pequeño banco en el otro que acomodaba su masa. Se acomodó en su banco mientras los dos hombres se sentaban frente a ella.

—Estoy seguro de que has oído hablar de los cuerpos encontrados fuera de la ciudad. Casi todas las víctimas eran hombres hispanos. Buscamos cualquier información sobre ellos, por mínima que sea, que pueda llevarnos hasta su asesino —explicó el Alguacil Stein.

Mamacita se persignó mientras murmuraba una breve oración en español.

—Dios mío. Esto es mucha maldad. Un hombre desalmado anda por ahí, pero no es posible que estos hombres vivieran en Seven Springs. No faltan hombres de aquí.

—No se ha denunciado la desaparición de ningún hombre… —El Alguacil dejó la sugerencia en el aire.

—Dame un día y te llamaré. Debo hablar con mi gente.

Echó el banco hacia atrás para empujar la mesa y levantarse, pero el Alguacil le hizo un gesto para que esperara.

—Otra cosa, extraoficialmente. ¿Quién en esta ciudad podría ser capaz de matar a cinco hombres tan tranquilamente?

—Es una pregunta peligrosa.

—Es una situación peligrosa. Si tuviera que buscar por aquí, ¿por quién debería empezar?

Volvió a persignarse.

—Dios mio. Conozco a todo el mundo en esta comunidad, y solo me vienen a la mente dos nombres. Diego Herrera y Alejandro Ramírez. Solo ellos son capaces de algo así. —Se inclinó más hacia ella—. Y si te oigo mencionar mi nombre sobre esto, no van a encontrar tu cuerpo. Nunca. ¿Entendido?

Ambos asintieron solemnemente.

Mamacita sonrió por primera vez.

—Bueno. Ahora vete a la chingada de aquí. Estás asustando a mis clientes.

—¿Es una buena fuente? —preguntó el Oficial White cuando cerraron las puertas del carro.

—No pasan muchas cosas en esta ciudad sin que ella lo sepa. En realidad me sorprende que no conociera a las víctimas. A ver qué se le ocurre. Mientras tanto, investiguemos discretamente todo lo que podamos sobre Diego y Alejandro.

•　　•　　•

Llamé a Kirsten a urgencias esa tarde para atender a un trabajador de la construcción que se había fracturado el antebrazo, presentándolo doblado a unos 30 grados. Había subido una escalera sobre una superficie irregular, así que colocó dos ladrillos debajo de una de las patas para nivelarla, lo que terminó desestabilizándola. Cuatro metros y medio después, se retorcía en el suelo con un antebrazo doblado. La gravedad causó muchas visitas a urgencias.

Kirsten llegó, con el aspecto de siempre y un fresco uniforme nuevo. Me saludó con una cálida sonrisa, pero mantuvo la profesionalidad delante del personal, a pesar de que todo el mundo en la ciudad parecía conocer los asuntos de los demás, incluido el mío. Tras estabilizar al paciente y prepararlo para el quirófano, tuvimos un momento tranquilo para hablar en una sala de exploración vacía.

—¿Dormiste algo anoche? —pregunté.

—Dormí como un tronco, después de media botella de vino.

—Sí, un día estresante.

—No es exactamente el relajante paseo por la naturaleza que había planeado para nosotros.

—Los dos primeros tercios fueron relajantes y agradables.

Sonrió al recordarlo.

—Cierto, pero todo el asunto de la fosa común arruinó un poco el ambiente. No puedo creer que haya un asesino en serie por aquí y nadie se haya dado cuenta.

—Va a ser interesante ver las identificaciones de todos los cuerpos y averiguar de dónde vienen. Tienen que tener algo en común. La policía lo va a descubrir.

—Escucha, sobre eso. Siento no haber mencionado antes que el Alguacil es mi padre. Nuestra relación es... complicada.

Levanté las manos.

—No necesitas disculparte. Si quieres hablar sobre eso, estoy aquí para escucharte. Sin juicios.

—Gracias. Ayer fue el día que más tiempo he estado cerca de él desde que volví a la ciudad. Es raro, como si fuera mi padre y un extraño al mismo tiempo.

Hizo una pausa, como si no quisiera seguir hablando del tema.

—Para mí, es solo el Alguacil. ¿Crees que es capaz de resolver estos asesinatos?

Se lo pensó un momento antes de contestar.

—No lo sé. Es un buen hombre y va a hacer todo lo que pueda, pero este es el mayor caso que hemos visto por aquí. Ha habido algunos asesinatos, crímenes pasionales, donde el culpable era obvio. Así que no sé cómo va a resultar esto.

Escuché en silencio, pero los pensamientos de las víctimas indefensas se agolpaban en mi mente, y sentí cierto grado de responsabilidad para encontrar justicia para esas personas que debían tener familias que sufrían en algún lugar por su ausencia. Abandonados sin corazón en tumbas poco profundas en medio de un bosque, merecían algo mejor. Cuando Banshee dejó caer esa mano a mis pies parecía como si la mujer muerta me hubiera tendido la mano para pedirme ayuda. Decidí mantenerme informado sobre la investigación para asegurarme de que cesaban los asesinatos.

CAPÍTULO 14

Lunes 9 de mayo
8:02 a. m.

El Alguacil Stein empezó la sesión.

—Muy bien todos, tomemos asiento y comencemos.

Murmurando, todos rellenan sus tazas de café y se acomodan en sus asientos.

La reunión tuvo lugar en la cafetería de la escuela, ya que la multitud de 34 personas, demasiado numerosa para cualquier sala de la comisaría, era la mayor reunión de fuerzas del orden de la historia de la ciudad. Miembros de la policía local, del servicio forestal, de la policía estatal e incluso un agente del FBI de Bozeman se apiñaron en las mesas del almuerzo y observaron expectantes al Alguacil.

—Gracias por tomarse la molestia de venir hoy aquí. Ha sido un largo fin de semana procesando la escena del crimen, y aprecio todo tu trabajo. Larry Watson se encarga de procesar la escena y nos dará la primera actualización. ¿Larry?

Larry se acercó a la sala vestido con caquis y una camisa blanca abotonada, con un bolsillo lleno de bolígrafos.

—Buenos días a todos. Completamos nuestro procesamiento inicial de la escena anoche, y todas las pruebas han sido transferidas a los laboratorios apropiados. Descubrimos un total de siete cuerpos en seis tumbas. La pareja de la primera tumba ha sido identificada de forma preliminar como Tom Hunt y Laurie Vaughn, basándose en las pertenencias encontradas en la tumba y en la edad de los cuerpos. Se denunció su desaparición hace tres semanas. La confirmación final del ADN está pendiente, pero por el momento, confiamos en la identificación de estos dos cuerpos.

—No quiero que nadie filtre a la prensa hasta que tengamos la confirmación del ADN, ¿entendido? —interrumpió el Alguacil. Recibió un mar de asentimientos como respuesta—. Lo siento, Larry. Continúa.

—No tenemos identificación preliminar de los otros cinco cuerpos. Todos ellos son varones jóvenes y sanos, probablemente de entre 20 y 35 años. La piel oscura y la dentadura sugieren que al menos tres de ellos son probablemente varones hispanos. Todos los cuerpos fueron enterrados en algún momento del año pasado. Las autopsias se realizarán más tarde hoy.

»La causa preliminar de la muerte de los siete es un único disparo de gran calibre en la nuca a corta distancia. Todas las víctimas fueron fusiladas en la tumba, a juzgar por la presencia de sangre y fragmentos de hueso. En cada caso, fue un disparo que atravesó y salió por la cara. No hay muchas esperanzas de conseguir un parecido decente de las víctimas, pero recuperamos las siete balas. Estaban destrozadas después de atravesar el cráneo, por lo que no dispondremos de pruebas balísticas ni de huellas dactilares para cotejarlas, pero todas tienen una composición y un peso similares que indican que se trata de una bala del calibre .45.

—¿Se encontró alguno de los proyectiles en el lugar de los hechos? —preguntó uno de los oficiales de la policía estatal.

—Desafortunadamente, no. Una búsqueda exhaustiva no pudo descubrir los casquillos. Esto implica que el asesino recogió el casquillo él mismo o usó un revólver.

»El resto de las pruebas consisten en objetos personales de las víctimas y se están procesando mientras hablamos. Hasta ahora, no hemos descubierto ningún rastro que pueda relacionarse con el asesino.

Puede que tengamos suerte, pero de momento no esperamos encontrar ADN en las pruebas restantes.

El Alguacil Stein volvió al frente de la sala.

—Gracias, Larry. No necesito decirles a todos lo importante que es que resolvamos esto rápidamente. Hay mucha gente asustada en la ciudad y depende de nosotros encontrar al asesino. Hemos recibido pistas de ciudadanos locales, la mayoría inútiles, pero una llamada anónima declaró que sabía a ciencia cierta que había algunos hombres desaparecidos en la zona de Seven Springs en el último año que nunca fueron denunciados.

Interrumpió el agente del FBI.

—Disculpa, Alguacil. ¿Qué es la zona de Seven Springs?

—Perdón. Olvidé que algunos de ustedes no son locales. Seven Springs está a unos 19 kilómetros al este de aquí. Es una pequeña comunidad de unas cuatrocientas personas, en su mayoría hispanas. No hay mucho más que una gasolinera, una tienda de comestibles, un bar y un restaurante. Buena gente que trabaja en las comunidades locales. Nunca hemos tenido problemas con ellos.

—¿No sería obvio que desaparecieran cinco hombres en un año en una comunidad tan pequeña? —insistió el agente del FBI.

—Sin duda lo pensarías. La gente entra y sale de la comunidad con bastante regularidad, pero yo esperaría que la desaparición de muchos fuera obvia. También recibimos una pista de que el asesino podría vivir en Seven Springs.

La existencia de una pista desencadenó un debate general entre los reunidos, y el Alguacil hizo callar a la sala.

—La pista proviene de un informador confidencial que consideramos digno de confianza. Ese informante va a permanecer confidencial para su propia protección. Basándonos en la información, el Oficial White y yo fuimos a Seven Springs ayer. Hablando con algunos locales, llegamos a dos nombres: Diego Herrera y Alejandro Ramírez. Me gustaría subrayar que ninguno de estos hombres son sospechosos en este momento, pero son personas de interés. El Oficial White va a compartirles lo que hemos aprendido hasta ahora.

El oficial White tomó dos carpetas y se dirigió al podio.

—Diego Herrera tiene 27 años y reside de forma intermitente en Seven Springs. Hace diversos trabajos por la ciudad y se queda con amigos. No tiene dirección permanente registrada. Los primeros indicios apuntan a que padece una enfermedad mental y tiene tendencias violentas impredecibles. Ha sido detenido un par de veces por embriaguez y alteración del orden público y por delitos menores de agresión, pero nada más allá de eso. No tiene armas registradas a su nombre, pero en una de sus detenciones llevaba una pistola de 9 mm que, según afirma, compró en una feria de armas a cambio de dinero en efectivo. Nunca se le ha visto llevar una pistola del calibre .45.

»Alejandro Ramírez es un poco más interesante. Tiene 31 años y nunca ha sido detenido. Vive en una caravana en el extremo este de la ciudad y se sabe que posee varias armas. Tiene un campo de tiro no oficial instalado en su propiedad y dispara sus armas con frecuencia. Las pocas personas con las que hemos hablado lo consideran antisocial y solitario. Domina el manejo de maquinaria pesada y camiones, y realiza trabajos esporádicos por la ciudad.

El Alguacil Stein volvió a centrar su atención en la multitud.

—Gracias, Oficial. Hemos dividido esta investigación en cinco grupos de trabajo, y a cada uno de ustedes se les asignó un grupo. Los grupos uno y dos se van a centrar en nuestras dos personas de interés. Para esta noche, quiero saberlo todo sobre ellos. El grupo tres se centra en la identificación de las víctimas. El grupo cuatro va a hacer un seguimiento de todas las pruebas, y el grupo cinco va a buscar a otros sospechosos. Seven Springs es una buena pista, pero tenemos que estar abiertos a otros sospechosos.

»Toda la información se documenta de forma centralizada y debe estar a disposición de todo el mundo. No me canso de repetirlo. No vamos a resolver esto trabajando independientemente. Trabajamos en equipo, y el único objetivo es identificar y detener a este asesino. Ahora, dividanse en grupos y manos a la obra. Nos volvemos a reunir a las cinco para intercambiar información.

Cada grupo pasó los siguientes 60 minutos revisando su área de responsabilidad y elaborando un plan. Finalmente, todos se dispersaron y se pusieron a trabajar.

• • •

Era mi día libre, así que Banshee y yo llevamos hamburguesas, papas fritas, aros de cebolla y ensalada a la oficina de Kirsten para ella y sus compañeros de trabajo. Después de hacer pastelitos para el postre, formé parte de la familia.

Kirsten y yo tuvimos un momento para hablar después de comer, y le pregunté si había oído algo más sobre la investigación.

—Ni una sola palabra. Mi querido padre y yo volvemos a la normalidad, ignorándonos en silencio.

—Probablemente está ocupado.

Kirsten sonrió con satisfacción.

—Qué novedad. Ha estado demasiado ocupado los últimos treinta años.

—Bueno, al menos es consistente.

Kirsten se echó a reír.

—En eso tienes razón. El hombre tiene muchos defectos, pero la imprevisibilidad no es uno de ellos. ¿Tienes planes para esta noche?

—Nada por el momento.

—¿Por qué no vienes a mi casa a las seis? Parece una buena noche para comer pizza y ver algo en Netflix.

—La mejor oferta que he tenido en todo el día.

—A la chingada de aquí. Algunos si tenemos jale que hacer.

Banshee y yo llegamos al vestíbulo justo a tiempo para una actualización para los medios por parte de CJ, quien lucía un nuevo atuendo. Hoy optó por una blusa azul claro con una chamarra azul oscuro, en contraste con sus llamativas botas rojas de tacón alto. Su breve declaración ofreció poca información, pero los periodistas escribían frenéticamente de todos modos. Se esperaba que los resultados de la autopsia llegarán hoy, pero no se revelaría información identificativa hasta que las familias fueran notificadas. La prensa lanzó preguntas, y ella las desvió con tranquilidad. Fue impresionante verla; CJ respondió de manera reflexiva y rápida, como si hubiera tenido un tiempo infinito para prepararse. Concluyó señalando que cuatro de las víctimas del tiroteo en la escuela secundaria seguían hospitalizadas.

Finalmente esquivó a la multitud para rascar el cuello de Banshee, que absorbió alegremente su atención. La acompañé de vuelta a urgencias.

—¿Alguna novedad en la investigación? —pregunté.

—La verdad es que no. Suelo ocultar cosas a los medios de comunicación, pero en este caso no hay nada que ocultar. No sabemos quiénes son los cinco weyes y las autopsias no han revelado nada. Esperemos que el Alguacil tenga más suerte.

—Me dices si sale algo interesante.

Se detuvo para mirarme directamente.

—¿Y porque te interesa todo esto?

Me encogí de hombros.

—No lo sé. Es una locura, pero siento cierta responsabilidad por esta gente desde que los encontré. Quiero que sus familias tengan un cierre, y quiero ayudar en todo lo que pueda.

CJ asintió.

—Parece una buena razón. Hasta mañana, amigo.

• • •

El Alguacil Stein llamó después de comer.

—John, te llaman el Alguacil Stein y el Oficial White con unas preguntas para ti. ¿Tienes un momento?

—Por supuesto, Alguacil.

La cautela de John se ocultaba tras el tono desenfadado. El ayudante White no participó en su trabajo.

—Gracias. Como siempre, esto debe ser confidencial. Queremos saber si un hombre llamado Alejandro Ramírez trabajó alguna vez en tu rancho.

—¿Crees que tuvo algo que ver con los asesinatos?

—Ahora mismo solo estamos recopilando información.

—El nombre me suena, pero seré sincero, no me relaciono con muchos de los hombres habitualmente. ¿Qué tal si le digo a Rogelio que te llame en un par de minutos? Él lo sabría.

—Gracias, John. Estaremos esperando tu llamada.

John desconectó e intentó averiguar qué tramaba el Alguacil. Rogelio, el supervisor del rancho, se encargaba de todas las operaciones cotidianas. John le llamó a la casa y, mientras esperaba, recibió otra llamada del Alguacil.

—Alguacil, Rogelio aún no ha subido.

—Solo tengo un minuto. Cuando Rogelio tome la llamada, tiene que implicar a Alejandro como un tipo raro al que le gusta disparar una .45 en tu campo de tiro. No la cagues.

El Alguacil Stein desconectó antes de que John respondiera. Rogelio llegó y hablaron antes de volver a llamar al Alguacil por el altavoz.

—Hola, Alguacil. Tengo aquí a Rogelio por si quieres hacer tus preguntas.

—Gracias. Rogelio, ¿qué sabes de un tal Alejandro Ramírez?

—Trabajó aquí algunos años. Es un buen conductor y sabe manejar la mayoría de la maquinaria pesada. Lo utilizamos durante las temporadas altas o si alguien se lesiona. Trabaja duro.

—Muy bien. ¿Alguna vez causó problemas por ahí?

—No, problemas no, pero es un tipo raro. Un solitario que no se lleva bien con los demás.

—¿No trabaja en equipo?

—Definitivamente no. Como dije, trabaja duro, pero tiene mal genio, sobre todo en el campo de tiro.

El Alguacil miró al Oficial White con una ceja levantada.

—¿Puede ser más específico?

—Bueno, ya sabes que a los hombres les gusta hacer competiciones en el campo de tiro. Alejandro siempre estaba disparando ahí fuera. Creo que la única razón por la que trabajó para nosotros fue para utilizar nuestro campo. Es un excelente tirador, pero se encabronaba si perdía contra alguien.

—¿Alguna vez se puso violento?

—No, pero tenemos reglas estrictas sobre la violencia en el rancho, especialmente en el campo de tiro. Tolerancia cero.

—Parece una buena regla. ¿Qué usaba cuando salía al campo de tiro?

—Disparaba cualquier cosa, pero sobre todo su Glock .45.

—¿Seguro que era una .45?

—Claro que sí. La chingadera esa suena como un cañón. Pocos disparan un calibre grande ahí fuera porque la munición es cara, pero a Alejandro no parecía importarle. Disparaba cajas enteras de esa madre.

—Gracias, Rogelio. Esto ha sido útil. Necesito recordarte que mantengas esto en secreto, por favor. Se trata de una investigación en curso.

—No hay pedo, Alguacil.

Rogelio colgó y miró a John, que sonrió por primera vez en días.

—Buen trabajo, Rogelio. Eso debería mantener su atención centrada en él durante un tiempo.

· · ·

El grupo de trabajo volvió a reunirse a las cinco para compartir sus conclusiones. No se había avanzado en la identificación de los cadáveres, pero el equipo preguntó por los desaparecidos en México. Ante el número de jóvenes desaparecidos en México y la falta de un sistema centralizado de notificación, el equipo no esperaba respuestas inmediatas.

Las pruebas no revelaron ADN ni otras pistas para identificar al asesino, y las autopsias no arrojaron nada.

Los antecedentes de Diego García revelaban una inteligencia limitada y probablemente alguna enfermedad mental, sin indicios de que pudiera matar a siete personas sin dejar ninguna pista.

En cambio, surgió una imagen preocupante de Alejandro Ramírez. Múltiples entrevistas confirmaron que era un solitario que vivía al margen de la sociedad. Su temperamento le había llevado a peleas de bar, pero nada extraordinario. La información del Alguacil Stein sobre el uso frecuente del arma en el rancho despertó el interés de los demás oficiales.

—Amigos, Alejandro es ahora nuestra persona de interés número uno. Quiero una búsqueda de todas las armerías en 160 kilómetros a la redonda de los últimos tres años. Consigan una lista de todos los que compraron una .45 durante ese tiempo.

—Van a ser muchos nombres, Alguacil —llegó una voz desde la multitud.

—Cierto, pero solo buscamos un nombre en particular.

• • •

Llegué a casa de Kirsten sobre las cinco y Banshee salió por la puerta de atrás. Pedimos una pizza, mitad de queso para mí y mitad de pepperoni con jalapeños para ella, y nos acomodamos en el sofá a esperarla.

—¿Qué te parece Montana hasta ahora?

Me lo pensé un momento.

—Mucho más emocionante de lo que esperaba. Pensé que serían unas bonitas vacaciones de tres meses, pero sigo viendo tiroteos y cadáveres al mismo ritmo que en la ciudad.

—¿Extrañas la ciudad?

—La mera verdad es que no. Fue genial para entrenar con el gran flujo de pacientes y la agudeza, pero al final, me cansé, y era el momento de seguir adelante, definitivamente el momento para mí de cambiar de aires.

—¿Es solitario ser médico itinerante? ¿Una ciudad nueva, un hospital nuevo, personal nuevo cada tres meses?

—Pero el mismo Banshee. Lo veo como una nueva aventura cada tres meses. Además, a veces conozco a nuevas médicas ortopédicas interesantes y guapas.

Apoyó la cabeza en mi regazo y me miró.

—Háblame de tu infancia.

Debió de notar que me tensaba y me puso una mano tranquilizadora en la pierna.

—No me gusta mucho hablar de mi infancia. Crecí en el Medio Oeste, fui a la universidad y me fui para siempre.

—¿Alguna vez vuelves?

—No, soy más de mirar al futuro que de vivir en el pasado.

—¿Familia?

—Hijo único. Mi papá murió cuando yo tenía 14 años de un infarto en el trabajo. Y mi mamá ya era demasiado aficionada a la botella, su forma de beber empeoró tras la muerte de papá. Falleció de un fallo hepático durante mi último año de prepa. Desde entonces, estoy solo.

Me trazó círculos en el pecho mientras hablaba.

—Entonces, ¿estás buscando algo o huyendo de algo?

Esa pregunta me dejó perplejo.

—Quizá un poco de ambas. ¿Por qué lo preguntas?

—Eres médico de urgencias, lo que significa que pasas unos 10 o 15 minutos con el paciente promedio y no vuelves a verlo. Tienes casi 40 años y estás soltero. Viajas por el país para estar en un lugar nuevo cada tres meses. Pareces alguien con miedo a sentar cabeza.

—En mi defensa, nunca he tenido una buena razón para hacerlo.

Me tomó la mano y la metió bajo su camisa.

—¿Crees que alguna vez podrás sentar cabeza?

—Pues me estás convenciendo. ¿Tenemos tiempo suficiente antes de que llegue la pizza?

Se sentó y se puso a horcajadas sobre mí mientras yo la ayudaba a quitarse la camisa.

—No lo sé, pero podemos calarle.

La acción fue rápida y furiosa, pero terminamos momentos antes de que sonara el timbre. Kirsten se acurrucó en la manta.

—Tú abre la puerta. Me voy a acostar aquí desnuda, escoger una película y esperar a que me traigas la pizza.

Definitivamente me veo estableciéndome en Montana.

· · ·

Mamacita llamó al Alguacil esa noche.

—Oí que tu gente está investigando a Alejandro.

—¿Dónde oíste eso? —preguntó el Alguacil, mientras se preguntaba quién le estaba filtrando información.

—Alguacil, si tu gente hace preguntas sobre mi gente, me entero, pero he indagado un poco más y no creo que tenga nada que ver.

El Alguacil fingió exasperación.

—¡Tú eres quien nos dio su nombre en primer lugar!

—No me grites, Alguacil. Preguntaste por las personas que podían hacer tal cosa, y Alejandro es uno de ellos, pero ahora la pregunta es si Alejandro es quien lo hizo, y estoy segura de que no lo hizo.

El Alguacil guardó silencio un momento.

—Mi investigación va a continuar.

—Muy bien, pero si intentas culpar a un inocente de esto, te las verás con Mamacita. —Ha colgado.

El Alguacil se preguntó si Mamacita era más peligrosa que los Felton. Este lío no acabaría bien.

CAPÍTULO 15

Martes 10 de mayo
8:11 a. m.

Me desperté con cielos despejados y clima cálido y me sentí intrigado por mi cita pendiente en el Rancho Felton Forty para quitarle las grapas a la Sra. Felton. Le había pedido pasar sobre las diez, antes de que le diera demasiado fuerte a la botella y aumentará la probabilidad de complicaciones.

Elegí unos pantalones de mezclilla, una camisa de golf y mis nuevas botas vaqueras, pero no me parecía que me hubiera ganado aún el derecho a llevar un sombrero vaquero. Le puse a Banshee su chaleco táctico completo de Kevlar, en parte para que se viera imponente y pero sobre todo para protegerlo. Todavía no confiaba en Connor y sus dedos dedos nerviosos en el gatillo cerca de Banshee.

A las 9:45, atravesé la enorme puerta del rancho. El amplio camino de entrada serpentea por la propiedad durante más de un kilómetro y medio hasta llegar a la casa principal. Por el camino, me crucé con tres camiones semirremolque que salían del rancho, y pude apreciar el tamaño del rancho y la cantidad de trabajo que allí se realizaba. Dieciséis mil hectáreas son más de 155 kilómetros cuadrados de tierra.

Hombres a caballo arreaban el ganado por campos abiertos, graneros y kilómetros de cercas.

Al llegar a la última curva, en lo alto de una pequeña elevación, había una casa impresionantemente hermosa. Con al menos 1,858 metros cuadrados y construida en madera y piedra con múltiples porches y balcones, su aspecto desgastado la hacía parecer una parte atemporal y permanente del terreno. Robles centenarios se alzaban sobre la casa, proporcionando sombra e intimidad.

Una amable señorita hispana de unos treinta años me esperó mientras estacionaba el carro y salía de él. Con unos kilos de más, llevaba pantalones negros y una camisa negra abotonada con el logotipo del rancho, y se movía con una gracia y un atletismo inesperados.

—Hola, Señor Doctor, bienvenido al Rancho Felton Forty. Soy Luna, y puedo llevarte a ver a la Sra. Felton. —Sus ojos se iluminaron cuando Banshee saltó del carro detrás de mí—. Dios mío, ¡qué perro tan precioso! ¿Puedo acariciarlo?

—Claro, señorita. Él es amigable —le contesté.

Se agachó para acariciar a Banshee.

—No muchos de nuestros huéspedes hablan español.

—No son muchos los invitados que han pasado 12 años en urgencias en Houston. ¿Vamos a revisar a la Sra. Felton?

Luna suspiró mientras se levantaba.

—Por aquí, por favor. Está descansando en el solárium.

Me llevó por un pasillo de al menos dos metros de ancho y tres de alto. Los suelos, techos, paredes y puertas eran de madera maciza envejecida. Grandes vigas se entrecruzaban por encima para sostener el resto de la casa. Un pequeño bosque y un ejército de trabajadores de la madera debieron de construir el vestíbulo.

—¿Cómo está la Sra. Felton? —pregunté, mientras admiraba el trabajo de la madera.

Luna se encogió de hombros mientras caminaba.

—Algunos días está bien y otros tiene problemas. Hoy está bien.

—¿Tiene problemas con frecuencia?

Luna se volvió para mirarme a los ojos.

—Hay muchos problemas en este rancho. —Abrió la puerta de la terraza acristalada y me llevó dentro—. Señora, el doctor está aquí.

Con un nombre muy apropiado, el solárium contaba con ventanales que cubrían toda una pared para captar el amanecer sobre las montañas. La vista parecía más un cuadro espectacular que la realidad. Unas colinas verdes y ondulantes llevaban a la base de las montañas, y los campos abiertos competían con los bosques por el espacio. Vaqueros a caballo movían el ganado a lo lejos, mientras que en otros campos, las reses pastaban sin rumbo fijo.

Sentada en un amplio y cálido sofá de cuero marrón, de espaldas a las ventanas, me pareció que la señora Felton había elegido esta habitación, pero había optado por mirar hacia otro lado. Probablemente decía algo de lo que sentía por el lugar, pero no tuve tiempo de pensarlo cuando se levantó para saludarme.

—Doc, muchas gracias por venir hoy. ¡Trajiste a tu lindo amiguito perruno! Ven aquí, Banjo.

Dejó su bebida sobre una mesa rústica que parecía de madera petrificada y se inclinó para acariciar la cabeza de Banshee. Su bata de seda se abrió, dejando al descubierto un par de pechos robustos y presumiblemente caros.

Luna negó con la cabeza y torció los ojos, mientras se adelantaba para ayudarme.

—Señora, vamos a sentarla para que pueda mirarle la cabeza.

Luna le acomodó la bata, pero el fino material dejaba poco a la imaginación.

La señora Felton agarró su bebida y se sentó en uno de los sillones de cuero a juego. Le brillaron los ojos.

—De acuerdo, Doc, soy toda tuya. ¿Qué quieres que haga?

Cruzó las piernas, dejando que la bata se abriera peligrosamente sobre sus muslos, pero preparada, Luna extendió una manta sobre su regazo.

—Gracias, Luna, eso será todo. Te llamo si necesitamos algo más.

Luna me miró con las cejas levantadas y yo le devolví la sonrisa.

—Gracias, Luna. Estoy seguro de que vamos a estar bien, y esto no debe tomar mucho tiempo.

Luna suspiró al marcharse y yo dejé la mochila en el suelo para preparar mis provisiones y ponerme los guantes.

—¿Algún dolor o sangrado de la herida?

—No. Casi me he olvidado de la herida de la cabeza, pero esta maldita escayola me está volviendo loca —levantando la muñeca herida—. Pica todo el tiempo, y estoy segura de que esa maldita doctora me lo puso demasiado apretado a propósito.

Dejé pasar el comentario mientras miraba la herida del cuero cabelludo, que cicatrizaba bien sin indicios de rotura de la herida ni de infección.

—El cuero cabelludo se ve bien. Voy a sacar estas grapas. Puede que sienta un pequeño tirón, pero no debería doler.

Se rió y dio otro largo sorbo a su bebida.

—No te preocupes. Sigo bastante bien medicada para el dolor. Hace que los días sean tolerables. —Bebió otro largo trago de su vaso y soltó una risita—. Pequeño tirón, ¿eh? Puede que tenga que devolverte el favor.

Apreté los dientes y arranqué las grapas con la mayor eficacia posible, planeando salir de esta habitación lo antes posible.

Cuando tiré de la última grapa, la puerta se abrió bruscamente y apareció un sonriente señor Felton, vestido como un ranchero tradicional con pantalones de mezclilla, camisa blanca de manga larga, cinturón de cuero, botas vaqueras y sombrero.

—Impecable sincronización. ¿Has venido a mirar? —se burló Carol.

John la ignoró y me dio una palmada en el hombro.

—Gracias por venir, Doc. ¿Cómo va?

—Se ve bien. Le quité las grapas, así que a menos que se infecte, está curada.

—Esas son buenas noticias. Si terminaste, me encantaría enseñarte el rancho.

Incluso sin mi curiosidad por el rancho, aceptaría una oferta para limpiar los establos de los caballos con tal de escapar de Carol.

—Sería genial ver el rancho. Gracias, señor. Nunca había tenido la oportunidad de ver algo así.

—Recoge tus cosas y vámonos.

Empaqué mis provisiones mientras Carol hacía pucheros.

—Tenía muchas ganas de darle las gracias personalmente al Doctor por haber venido hoy aquí.

John entrecerró los ojos y miró a Carol.

—Es suficiente.

Carol se rió, tiró la manta y se levantó. Debió desatarse la bata y se le abrió completamente.

—Uy —dijo, mientras se volvía a poner la bata y regresaba a su nido original en la esquina del sofá.

John se volvió hacia mí.

—Vámonos. —No podría estar más de acuerdo. La risa de Carol se desvaneció en el fondo mientras me apresuraba tras Felton—. Disculpas, Carol tiene problemas con el alcohol, y eso la hace inapropiada a veces —ofreció John.

—No hacen falta explicaciones ni disculpas.

John suspiró agradecido y me llevó hasta una Bronco verde oscuro con el logotipo del Rancho Felton Forty en el lateral.

—Supongo que no veremos el rancho a caballo —observé.

—¿Sabes montar? —desafió John levantando una ceja.

—Puedo montar bastante bien.

—Hmmph. Montando podría tomarnos un par de días para ver todo. El rancho tiene más de 16,000 hectáreas, lo que equivale a unos 155 kilómetros cuadrados. Si tuviéramos líneas fronterizas rectas, sería un cuadrado de 12.8 kilómetros por 12.8 kilómetros. Pero como la hemos ido comprando poco a poco a lo largo de los años, el límite real es muy irregular. Recorre unos 21 kilómetros de norte a sur y nueve y medio de este a oeste.

John puso la camioneta en marcha y se alejó de la entrada.

—Es una propiedad muy grande para cuidar.

—Es cierto. Parece que nos pasamos la mitad del tiempo instalando cercas, quitándolas, trasladándolas y reparándolas. A veces pienso que nuestro principal producto aquí son las cercas.

—¿Cuáles son sus principales productos?

—¿Cuánto sabes de ranchos, hijo?

—No mucho. Nunca he estado en uno.

—Nuestro principal producto es el ganado vacuno. Criamos más de 15,000 cabezas de ganado a la vez. Se necesita un pequeño ejército para mantenerlos alimentados y sanos, pero obtenemos más de un cinco por ciento de margen de beneficio.

Silbé en señal de admiración.

—Increíble margen de ganancia.

—Ciertamente es un buen margen, pero este lugar cuesta una pequeña fortuna de mantener. Muchos costos de mano de obra y transporte, medicinas y alimentos para los animales, y cercas. Siempre hay otra pinche cerca en qué trabajar. Por eso hemos abierto otras fuentes de ingresos en los últimos diez años.

Nos acercamos a decenas de grandes invernaderos.

—Esta zona de aquí es una de las recientes incorporaciones.

—¿Invernaderos?

—Así es hijo. Tenemos un problema de baja productividad en invierno. Tenemos que alimentar y cuidar a los animales, pero eso no basta para mantener ocupados a todos los empleados, así que siempre teníamos que despedir a algunos en invierno y volver a contratarlos en primavera. Eso es ineficaz. Además, no tenemos dinero para pasar el invierno, así que empezamos a cultivar plantas.

—¿Cómo se le ocurrió cultivar plantas aquí?

—Me gustaría decir que soy un genio, pero en realidad fue un poco de suerte. Estábamos entregando ganado a uno de nuestros clientes y se quejó de que ojalá pudiera conseguir plantas tan fácilmente como conseguía ganado. Resulta que es difícil conseguir plantas en esta parte del país, porque todos los cultivadores están en el sur. Con los costes de transporte, todo es demasiado caro. Mencionó que un cultivador local haría una fortuna. Así que me puse manos a la obra, hice algunas llamadas y decidí cultivar lo que sabía que podía vender a los clientes que ya tenía.

—¿Así que dirige un vivero?

John se rió.

—¡No, qué chingados! Trabajamos con un distribuidor que colabora con los viveros de la zona. Hacen pedidos de cantidad y tipo de plantas, y nosotros las cultivamos. Lo mejor es que pagan la mitad al hacer el pedido y la otra mitad a la entrega. Si no aceptan la entrega, nos quedamos con el depósito y vendemos a otra persona. Ha resultado ser un gran negocio para nosotros.

—¿Es eso lo que hacen todos estos camiones yendo y viniendo?

—Mueven plantas y mantillo. Recogemos la madera muerta de la propiedad y allí se tritura para convertirla en mantillo. Solíamos esparcirla en campos vacíos hasta que me di cuenta de que si la embolsaba, alguien la compraría. Otra buena fuente de ingresos para el rancho.

—Sin duda es un lugar muy concurrido —observé mientras veía toda la actividad.

—Es lo malo de este negocio. Mucho tráfico de entrada y salida de suministros. Arruina un poco la naturaleza pacífica del rancho, pero el dinero es bueno y puedo mantener a la gente empleada todo el año. Ven, déjame enseñarte cómo funciona.

John estacionó la Bronco y me llevó al invernadero más cercano, explicándome mientras avanzaba.

—Cada invernadero tiene nueve metros de ancho por treinta de largo con control ambiental total. El tamaño de los contenedores oscila entre un galón y 15 galones. Dependiendo del tamaño de la maceta, caben hasta unas 20,000 plantas en cada invernadero, y tenemos 46.

En total, casi 125,000 metros cuadrados de invernadero y más de un millón de plantas a la vez. Entramos y descubrimos una distribución ordenada, con un pasillo central e hileras de plantas a lo largo del invernadero. Una manguera central alimentaba tubos negros más pequeños que se ramificaban hacia cada maceta individual.

—Que chingón sistema de riego —observé.

—Es un verdadero dolor de cabeza, pero merece la pena. Está controlado por computadora y regula la cantidad de agua que recibe cada planta hasta la última gota. Desde que lo instalamos, aquí se nos muere menos de una planta de cada 400, y la mayoría de las veces es por la rotura de una manguera de agua. El sistema de riego permite a los trabajadores centrarse en la plantación y la poda.

Siete trabajadores dispersos por todo el invernadero trasplantaron de macetas más pequeñas a macetas más grandes, podaron arbustos y cargaron plantas terminadas en tarimas para su entrega.

—¿Todos los invernaderos son tan impresionantemente eficientes?

—Todas son bastante parecidos. Este está un poco más ocupado en este momento, porque se están preparando para enviar. Algunas de ellas están creciendo en estos momentos y están casi totalmente automatizadas. Un par de invernaderos en la parte trasera contienen suministros y herramientas. Parece que siempre hay que reparar algo por aquí.

Un hombre se acercó a John.

—Disculpe, señor. ¿Me permite un momento?

—Por supuesto. Rogelio, este es Doc, el nuevo médico de urgencias de la ciudad que ha estado haciendo un gran trabajo para la comunidad. Doc, este es Rogelio. Está a cargo de todas mis operaciones.

—Gusto conocerlo, señor —le tendió la mano Rogelio. De estatura media y vestido como los demás peones con pantalones de mezclilla, botas y sombrero, tenía el apretón de manos de alguien que ha trabajado duro toda su vida.

—Igualmente, Rogelio. Se ve que manejas bien esta operación.

—Gracias, señor.

—Doc, discúlpanos un momento, por favor. Solo una cosita rápida —me aseguró John.

Le hice un gesto con la mano y me volví para observar el proceso de carga. John y Rogelio se apartaron y mantuvieron una conversación apresurada y en voz baja en español. Traduje en silencio la mayor parte por encima del ruido.

Rogelio: «Tenemos un problema con la próxima entrega. Nos va a faltar producto».

John: «¿Cómo chingados pasó eso?».

Rogelio: «Una de las tuberías de riego se atascó y nadie se dio cuenta. Perdimos alrededor del 5 % de las plantas».

John: «No podemos permitirnos errores de mierda como ese. Ahora no».

Rogelio: «Lo sé, jefe. Todavía podemos enviar el pedido mañana por la noche. Podemos cargar al anochecer y salir a la carretera a las 2 de la mañana. Aún llegaríamos a tiempo».

John: «Va, hazme saber el peso final, así les avisaré de la escasez y no habrá más errores. Tenemos que cumplir nuestra cuota. Ya sabes lo que pasa cuando nos quedamos cortos. Muévete, y sonríe para Doc antes de irte».

John me dio un golpecito en el hombro mientras yo seguía observando la actividad del invernadero con fingido interés.

—Lo siento, Doc. Tengo un problema con uno de nuestros camiones.

Rogelio saludó con la mano.

—Disculpe la interrupción y un gusto conocerlo.

—¿Qué dices si vamos a comer algo? —John se ofreció.

—Gracias, pero no es necesario.

—Por supuesto que es necesario. Necesito mostrarte la mejor parte del rancho.

Mientras le seguía hasta la Bronco, miré mi teléfono y marqué nuestra ubicación actual.

CAPÍTULO 16

Martes 10 de mayo
11:47 a. m.

Tras solo cinco minutos por una polvorienta carretera de grava rodeada de majestuosas montañas de un verde exuberante, llegamos a una pequeña cabaña de madera rodeada de espesos pinos. Ocho camiones de trabajo descansaban a la sombra, mientras los rancheros almorzaban en mesas repartidas por la cabaña. El humo salía de la chimenea y desprendía un tentador aroma a barbacoa. Un cartel de madera tallada a mano colgaba sobre la puerta para identificar este lugar como «El Retiro».

El interior del Retiro combinaba la tosca decoración de las cabañas de madera de los colonos con un moderno restaurante de barbacoa, con un bar acomodado en una esquina. Al otro lado, la cocina de acero inoxidable producía el apetitoso aroma de las especias que impregnaba la estancia. Dos cocineros atienden afanosamente una parrilla, fogones y hornos, repartiendo un flujo constante de comida a un bufé, donde los empleados del rancho emplatan sus almuerzos. Un puñado de mesas, una desgastada mesa de billar y un tocadiscos antiguo que en ese momento reproducía una canción de George Strait que llenaba el resto de la cabaña. Una alfombra de piel de oso cubría el suelo frente a una gran chimenea de piedra situada frente al bar. Cabezas de animales y rifles antiguos decoraban el resto de las paredes. Un gran televisor de pantalla plana montado en la pared, la única concesión al mundo moderno aparte de la cocina bien equipada, mostraba lo más destacado del rodeo.

John sonrió orgulloso mientras esperaba pacientemente a que yo apreciara el efecto completo de la cueva de hombre vaquero definitiva.

—Órale, que chida sorpresa —señalé finalmente al recuperar la voz.

—Gracias. La mayoría de la gente tiene la misma respuesta cuando lo ve por primera vez. Mi abuelo construyó esta cabaña en 1911 como casa de invitados. Después de varias décadas, era demasiado viejo para albergar huéspedes cómodamente. Hace unos 15 años, decidimos reformarla para convertirla en un comedero para los peones del rancho, ya que está situada en el centro. Las sugerencias se fueron acumulando hasta que se convirtió en esto. Servimos desayunos y almuerzos a diario, y todas las noches el bar se anima. Es mejor que beban aquí a que manejen y causen problemas. Agarra un plato.

John recibió saludos silenciosos y con el sombrero cuando nos acercamos al bufé. La barbacoa haría estremecerse a un cardiólogo. La barra estaba repleta de carnes ahumadas, hamburguesas, mazorcas de maíz, aros de cebolla, frijoles, pan de maíz y papas. La fruta y la ensalada estaban notablemente infrarrepresentadas.

Me preparé una hamburguesa y le pregunté en voz baja a John:

—¿Sería una ofensa a los cocineros si le doy una hamburguesa a Banshee?

John se rió y señaló con la mano el bufé.

—La comida es para todos, incluso para Banshee. Sírvete.

Tomamos nuestros platos y nos dirigimos a una mesa libre. Banshee se sentó pacientemente mientras yo cortaba su hamburguesa y la colocaba en el suelo junto a un cuenco de agua. Esperó a que le diera una sutil orden con la mano antes de comer.

—Un perro muy educado —observó John.

—Definitivamente está bien entrenado. Era un perro policía antes de ser herido salvándome de recibir un disparo. Tuvo que retirarse del cuerpo y yo lo adopté. Es un gran compañero y va prácticamente a todas partes conmigo.

—Oí lo que hizo en la escuela. Perro valiente. No vemos violencia así por aquí.

—Eso es lo que he oído, pero ¿qué opina de todos esos cadáveres encontrados el otro día? No está muy lejos de aquí.

John dejó de comer y me miró fijamente antes de responder.

—Esos cuerpos no tienen nada que ver con este rancho. Fueron encontrados en tierras federales, y todo el mundo sabe que no debe venir por aquí sin ser invitado. Somos amables anfitriones con los invitados, pero no toleramos que extraños deambulen por aquí.

—¿Tolerancia cero con los intrusos?

—Nuestra cerca es sagrada. Un intruso es tiro al blanco aquí arriba. —Señaló mi comida—. Come antes de que se enfríe.

Le di un mordisco a la hamburguesa, bien sazonada con un sabor ahumado y la carne más fresca que había probado nunca. Di otro mordisco con hambre.

John tomó nota de mi reacción.

—Si quieres la mejor carne, tienes que criarla tú mismo. Y otro secreto —dijo inclinándose hacia delante—. Robé a ese cocinero de Bozeman y le pagué una fortuna. Vale cada maldito centavo.

—Debe tener a los rancheros más felices del Estado.

—Tenemos a los rancheros más felices del país. Hay hombres haciendo fila para trabajar aquí.

Miré alrededor de la habitación. Los trabajadores parecían en un 80 por ciento hombres, y cerca de la mitad eran hispanos.

—¿Dónde encuentran nuevos empleados? Noté mucha gente hispana, y estamos bastante lejos de la frontera.

John se recostó en su silla.

—Así es. Hay una comunidad hispana a unos 24 kilómetros al este de aquí, formada hace mucho tiempo. Nadie sabe muy bien cuándo llegaron allí ni por qué se asentaron tan al norte, pero son gente muy trabajadora y muchos de ellos vienen a trabajar al rancho. Nos gusta tenerlos en el equipo, pero hay algunos malos personajes, como en todas partes.

Mastiqué pensativo.

—¿Cree que todos los cuerpos encontrados el pasado fin de semana son de esa comunidad?

John se encogió de hombros.

—¿Quién sabe? He oído que todos eran varones hispanos, así que supongo que procedían de esa comunidad. Hay muchos chismes de que alguien de ese pueblo es el asesino. Le pasé los rumores al Alguacil, y seguro que ahora mismo está por ahí investigando a los desmadrosos de siempre.

—¿Así que piensa que el asesino es de ese pueblo?

—Apuesto mi rancho a que el asesino está ahí fuera, pero eso es problema del Alguacil, no mío.

Decidí ver hacia dónde iba esto.

—El Alguacil parece un buen hombre.

John asintió con entusiasmo.

—El Alguacil Stein es un hombre de honor y sirve bien a esta comunidad. Lo conozco de toda la vida. Hace un buen trabajo protegiendo a esta comunidad. Atrapará a ese cabrón.

Saboreé los últimos bocados de mi hamburguesa y decidí que no era el momento de sacar a relucir las pasadas indiscreciones entre el Alguacil y su mujer. Me senté satisfecho. John sonrió.

—Se te antojó una segunda hamburguesa, ¿verdad? Adelante, sírvete y luego tengo una cosa más que enseñarte.

Felizmente tomé una segunda hamburguesa para mí y otra para Banshee.

• • •

John me llevó fuera y alrededor del edificio. Banshee se tensó cuando el sonido de los disparos atravesó los árboles.

—No te preocupes. Hay un campo de tiro detrás. Eso es lo que quería enseñarte.

Le hice a Banshee la señal de que se relajara, e inmediatamente se calmó. John miró a Banshee y luego a mí.

—Necesito un perro así. Vamos.

Doblamos la esquina para encontrar diez plataformas de tiro frente a una amplia pradera abierta. El claro descendía suavemente antes de llegar a una pequeña elevación situada a unos dos mil metros, que proporcionaba una barrera natural. Los objetivos se situaron a varias distancias por toda la pradera.

—Una de las ventajas de tener mucho terreno es tener espacio para tu propio campo de tiro. A los muchachos les gusta venir aquí y apostar sus tiros. Estoy seguro de que un millón de dólares ha cambiado de manos aquí a lo largo de los años.

—Debería llevarse una comisión por cada apuesta.

—No es mala idea, pero hay peligro en aceptar dinero de hombres que disparan armas. Esos objetivos son para disparar de cerca. Pueden poner dianas de papel o latas a una distancia de entre diez y 50 metros. Los objetivos de los rifles están allá. Empiezan a 60 metros y llegan hasta los 600 metros. Son todas de metal, así que puedes oír si les atinas. Nadie quiere caminar tanto para comprobar si le dieron.

—600 metros es mucha distancia. No hay nadie que pueda dar en el blanco tan lejos, ¿verdad?

John se rió.

—Todos los hombres juran que le dieron a la maldita cosa, solo que nunca cuando alguien más estaba mirando. La mitad de sus rifles ni siquiera pueden disparar tan lejos. Tenemos un rifle de francotirador que puede llegar así de lejos, pero las balas cuestan cinco dólares cada una, así que no se usa mucho. ¿Quieres calarte?

Nos acercamos al tirador solitario del campo de tiro y se quitó las protecciones auditivas para saludarnos.

—Doc, ¿recuerdas a mi hijo, Connor, de urgencias, verdad?

Yo lo recordaba más del restaurante de Tito que de urgencias, pero al parecer, su padre o no había oído esa historia o la había olvidado. Una cosa era segura: Connor recordaba. Me miró fijamente y luego a Banshee mientras golpeaba nerviosamente su pistola.

—Connor es uno de los mejores tiradores de aquí. Claro que pasa mucho tiempo en el campo de tiro, y tiene algunas armas bastante chingonas. Connor, enséñale a Doc ese revólver.

Connor me entregó la pistola con el cañón apuntándome al pecho y una sonrisa malvada en la cara. En silencio, pronunció la palabra «Bang» mientras me apuntaba con la pistola.

Tome la pistola, abrí el cilindro, vacié los cartuchos vacíos en mi mano, cerré el cilindro y apunté hacia abajo mientras la dejaba sobre la mesa.

—La seguridad adecuada con las armas indica que nunca debes apuntar un arma hacia algo a lo que no estés listo para disparar.

Connor me devolvió la mirada con una sonrisa burlona.

John ignoró el drama.

—Encargué esas pistolas a medida hace unos 20 años. Un armero de Colt se pasó seis meses perfeccionandolas. Espero que permanezcan en nuestra familia durante generaciones.

Miré por encima de la pistola mientras hablaba. Admiré el acabado absolutamente hermoso, con un equilibrio excepcional y un gatillo suave. Había empuñado algunas armas, pero nada de esta calidad.

—¿Por qué no le calas? —John se ofreció.

Entré en una caseta vacía y me puse protección para los oídos y los ojos. John colocó una caja de munición delante de mí y yo cargué con cuidado seis cartuchos en la recámara y la hice girar para asegurarme de que estaba vacía. El arma era más larga y pesada de lo que normalmente disparaba, pero la masa añadida proporcionaba estabilidad adicional.

En una postura a dos manos, enfoqué el punto de mira en un conjunto de latas a 13 metros. Exhalé profundamente y apreté el gatillo con firmeza. Con dos kilos de presión, el cañón disparó una bala a distancia para golpear la primera lata en el centro, haciéndola volar. Debido a su peso, el retroceso era limitado, incluso con las balas de alto calibre. Llevé la mira al segundo bote y volví a apretar el gatillo. Me acomodé a un ritmo constante y disparé los seis tiros en unos ocho segundos, luego miré los resultados.

—Te precipitaste en el quinto tiro y estabas demasiado alto. Por lo demás, disparaste de maravilla —observó John.

Abrí el arma para confirmar que estaba vacía y la coloqué en el estante apuntando a distancia.

—Es una pistola preciosa. Tirón suave y perfectamente equilibrada —comenté.

Connor sonrió satisfecho y, sin decir palabra, sacó su revólver correspondiente de la funda con una velocidad endiablada y disparó los seis tiros en menos de seis segundos. Seis latas a 18 metros cayeron, todas dieron en el centro. Cuando volví a mirar a Connor, ya tenía el arma enfundada con una mueca de desprecio.

—Un verdadero tirador sabe cómo desenfundar su arma y no falla.

Nos miramos fijamente durante unos segundos, y luego, sin previo aviso, saqué mi Glock de la funda trasera y disparé una serie de dobles tiros contra las latas. El primer disparo levantó la lata a 22 metros en el aire, y el segundo disparo golpeó la lata en pleno vuelo. Doce disparos después, las seis latas habían recibido un disparo dos veces, y enfundé mi arma.

John se rió a carcajadas.

—Es un buen truco. Podrías hacer algo de dinero con mis muchachos disparando así.

La expresión de Connor ardió en una furia más profunda.

—Es un pequeño juego de tiro que practicamos en Texas. Disparar a blancos de papel inmóviles se vuelve aburrido. Déjeme recoger mis casquillos —dije mientras me agachaba a recoger los cartuchos vacíos.

—No es necesario en absoluto —argumentó John, pero yo insistí en recoger los casquillos vacíos.

De ninguna manera iba a dejar cartuchos del revólver que había estado usando aquí fuera, y agarré uno de los cartuchos vacíos del revólver de Connor para llevarlo junto con la bala que ya había guardado al recargar el revólver.

Me levanté y guardé los cartuchos en el bolsillo.

—Gracias por dejarme disparar aquí. Este lugar es realmente increíble.

—Puedes venir cuando quieras. Ahora volvamos a la casa. Estoy seguro de que ambos tenemos trabajo que hacer.

Se inclinó para darle un abrazo de despedida a Connor, que rodeó a su padre con el brazo en un falso abrazo e hizo una pistola con los dedos, apuntándome y fingiendo dispararme. Su cruel sonrisa distorsionó su rostro.

—Nos vemos, papá, y estoy seguro de que volveré a verte por aquí alguna vez, Doc.

—Lo estoy deseando. Que tengas un buen día.

Antes de perdernos de vista, miré hacia atrás, y Connor seguía mirándonos fijamente, dando golpecitos a su revólver.

•   •   •

—John, no puedo agradecer lo suficiente por su hospitalidad —dije cuando llegamos de nuevo a la casa principal.

—De nada, gracias por tu servicio a la comunidad, y también por tomarte el tiempo para venir aquí a cuidar de Carol. Me disculpo de nuevo por su comportamiento. El alcohol...

Levanté las manos para detenerle.

—Comprendo.

—Y espero que cuando le cuentes a la gente su visita, les hables de las cosas buenas del rancho —dijo.

—La gente no va a oír nada más que cosas buenas sobre el rancho, y cualquier interacción con Carol está cubierta por la confidencialidad médico-paciente. Tiene mi palabra.

John asintió.

—Ten cuidado al manejar a casa. Esos camioneros son buenos para acelerar.

Tenía mucho en lo que pensar mientras Banshee y yo nos dirigíamos a casa en el G Wagon.

CAPÍTULO 17

Martes 10 de mayo
2:41 p. m.

En casa, saqué del bolsillo la bala y el casquillo de Connor y los estudié bajo la brillante luz de la cocina. Parecía similar a la bala dejada en el plato de Banshee, pero necesitaría visitar la oficina de Travis para verificar una coincidencia.

Saqué mi teléfono y miré el pin que había dejado en la ubicación del invernadero. En el cuadrante noroeste del rancho, la carretera de acceso más cercana serpenteaba entre los árboles a cinco kilómetros de distancia. Una rápida comprobación de Google Earth reveló un terreno relativamente llano y sin arroyos. Una simple caminata, incluso de noche, consolidó mis planes de visitar el invernadero la noche siguiente para ver qué tenían de especial las plantas que se cargaban a medianoche. Banshee agitó su cola cuando se lo dije.

• • •

La tenue luz del sol de última hora de la tarde proyecta sombras sobre la ciudad junto al despacho de Travis. Afortunadamente, se sentó a tomar una copa por la tarde en su despacho antes de su habitual viaje al bar local para su ronda nocturna de copas. Lo encontré reclinado en su silla de oficina de cuero bien acolchado y desgastado, con su bebida helada sudando en la mano.

—Buenas tardes, Travis.

—Les deseo lo mejor esta tarde, Doc y Banshee. ¿Qué los trae a mi humilde negocio?

Levanté la bala que había tomado del rancho.

—Quería echarle un ojo a la bala que te dejé y ver si coincide con esta.

Travis entrecerró los ojos mientras agitaba el vaso en su mano.

—¿Supongo que tuviste otro visitante en tu casa?

—No, solo algo que recogí hoy temprano en el Rancho Felton Forty.

Travis olvidó momentáneamente su trago sobre el escritorio y se sentó erguido.

—Es una información muy interesante. Me intrigan las posibilidades.

Giró en su silla y se acercó a una pequeña caja fuerte que había en el armario que tenía detrás. Su huella dactilar la desbloqueó con un clic, y se giró con la bala que le había dejado antes, todavía en la bolsa original. La arrojó despreocupadamente sobre el escritorio.

Levanté la bolsa a la altura de los ojos para comparar las marcas de ambas balas. Parecían idénticas. Las volví a colocar en silencio sobre el escritorio.

Travis recogió ambas y las estudió también antes de cambiarlas por los restos de su vaso.

—Doc, definitivamente sabes cómo crear drama en un pueblo pequeño. Definitivamente coinciden, pero no estoy seguro de que demuestre lo que crees.

—¿Por qué no?

Travis sostuvo la bala del rancho tomada hoy.

—Esta de aquí es una bala calibre .45 fabricada por Federal. Probablemente sea el cartucho más vendido en las dos armerías de la ciudad. Mi mejor estimación es que al menos el 20 por ciento de la población local tiene cartuchos similares en sus casas.

—Bueno, mierda.

—Exacto, mierda. Eso no significa que ambas cosas no estén relacionadas. Sería imposible probarlo ante un tribunal, pero estoy seguro de que están relacionados. ¿Qué hacías por allá?

—Tuve que ir a quitarle las grapas de la cabeza a la Sra. Felton.

Travis se echó a reír y derramó un poco de whisky en su camisa.

—Déjame adivinar. Llevaba una bata fina que se le abría cada vez que se movía.

Le miré, estupefacto, pero me hizo un gesto desestimandome.

—No soy psíquico. Carol ha estado jugando a ese juego durante los últimos 20 años. Todos los hombres y la mitad de las mujeres de la ciudad que han estado allí han recibido el tratamiento de bata suelta. Es patético, y la pobre mujer necesita ayuda, pero rechaza todas las ofertas de ayuda. Se sienta ahí fuera a beber hasta morir. —No sabría decir si reconocía su propio abuso del alcohol mientras Travis terminaba su bebida actual y se servía otra de la botella que había en la esquina de su escritorio—. Como tu abogado, te aconsejo que te mantengas alejado de ese lugar. Ahí pasan cosas malas.

—¿Crees que el rancho tiene algo que ver con esos cuerpos?

Reflexionó un momento.

—No me sorprendería que estuvieran implicados, pero no creo que lo estén. Sus prácticas empresariales han sido cuestionables a lo largo de los años y no les asusta una buena pelea, pero el asesinato no forma parte de su libro de jugadas. Se rumorea que el Alguacil tiene algunas pistas en Seven Springs. Veremos cómo se desarrolla.

—Por cierto, ¿cómo está Marcus?

—Bien y mal. El psiquiatra descubrió que había tenido alucinaciones y una especie de crisis nerviosa en las últimas semanas. Le dieron algunos medicamentos y su mente se está aclarando. Lo malo es que ahora es consciente de lo que hizo y se siente fatal. Tardará mucho tiempo en superar esto, si es que alguna vez lo hace.

—Entonces, ¿qué va a pasar con él?

—Tu servidor va a hacer magia para que termine en un centro psiquiátrico. Como todo el mundo se está recuperando, el fiscal no tiene tantas ganas de meter al chico en la cárcel de por vida, y el juez Morestrand se muestra razonable. Ahí puede recibir los cuidados que necesita. En unos años, incluso pueda tener la oportunidad de llevar una vida normal.

—Es bueno oírlo. Los fiscales de las grandes ciudades intentarían encerrarlo de por vida.

—Los pueblerinos sabemos hacer bien algunas cosas.

—Gracias por la información. Que tengas un buen día.

• • •

El grupo de trabajo volvió a reunirse a última hora de la tarde y, por primera vez, la sala se llenó de energía. El Alguacil Stein abre la sesión.

—Todos, acomódense y busquen un asiento. Oficial, tiene la palabra.

El oficial White se dirigió a la parte delantera de la sala.

—Gracias, Alguacil. Hoy hemos tenido varios acontecimientos. En primer lugar, encontramos registros de que el Sr. Ramírez ha comprado al menos cuatro armas legalmente en los últimos tres años. Una de ellas es una Glock calibre .45 que coincide con el arma homicida. Además, tiene múltiples compras de munición similar a la utilizada en los asesinatos.

El público se agitó, pero el Alguacil hizo callar a todos.

—Cálmense, gente. Las Glocks y la munición Federal del calibre .45 no son precisamente raras por aquí. ¿Qué más tenemos?

Otro miembro del grupo de trabajo se puso de pie.

—Es casi imposible confirmar sus movimientos. No tiene tarjetas de crédito y lo compra todo con el dinero que saca de sus trabajos esporádicos. Maneja una vieja camioneta por la ciudad y al trabajo. Se sabe que pasa mucho tiempo en el bosque, presumiblemente cazando su propia comida. Aunque no podemos situarlo cerca de los lugares de los asesinatos, podemos confirmar que está muy familiarizado con los senderos de los alrededores.

El Alguacil Stein reflexionó un momento sobre los resultados.

—Resumamos medios, oportunidad y motivo. El Sr. Ramírez tiene ciertamente los medios para cometer los asesinatos con su arma y munición consistente con la utilizada en el crimen. Frecuenta los senderos de por aquí. También ha tenido la oportunidad de cometer los asesinatos, pero fueron hace mucho tiempo, y ni siquiera podemos explicar sus movimientos de la semana pasada. Así que los medios y la oportunidad están cubiertos, pero ¿cuál es el motivo?

Un miembro del equipo tomó la palabra.

—El motivo es difícil de determinar cuando no conocemos las identidades de las víctimas ni lo que tienen en común.

Interviene otro oficial.

—No es un robo ni un beneficio económico. Todas las víctimas llevaban algo de dinero o joyas en el momento de la muerte, y la pareja tenía algunos equipos de alta gama y un carro que fueron ignorados.

—Quizá fue una pelea de amantes —bromeó alguien desde el fondo.

El Alguacil Stein levantó la mano para acallar las risas.

—¿Sabemos si el Sr. Ramírez es gay? —Se encontró con el silencio y los hombros encogidos—. Que sea una prioridad descubrirlo. Si descartamos el amor y el dinero, nos queda la venganza o silenciar a la gente. Gran pregunta. ¿Tenemos suficiente para traerlo?

Al final, decidieron detenerlo por la mañana. Dispondrían de 48 horas para retenerlo antes de acusarlo formalmente. El registro de sus pertenencias y el estudio forense de su arma solo necesitaron una prueba para atar cabos. El Sr. Ramírez también podría confesar cuando se le interrogue. El Alguacil clausuró la reunión con otra advertencia de no hablar del caso. No querían que el Sr. Ramírez desapareciera de la noche a la mañana.

•   •   •

El teléfono sonó cuando Travis salía por la puerta de su despacho. Pensó en ignorarlo, pero le ganó el deber y cedió.

—Habla Travis.

—Aquí Mamacita.

—Mucho tiempo sin hablar contigo. ¿Cómo puedo ayudarte?

—Algo malo está a punto de suceder. Creo que la policía está a punto de detener a un hombre inocente.

Explicó cómo había facilitado el nombre de Alejandro al Alguacil.

—Ya veo. ¿Y qué te hace pensar que están a punto de detenerlo?

—Demasiadas preguntas y mucha policía en la ciudad.

Travis se lo pensó un momento.

—¿Qué tan segura estás de que Alejandro es inocente?

—Al 100 por ciento. Hablé con mucha gente de la ciudad y nadie me miente. Él no hizo estas cosas. ¿Lo ayudarás si es arrestado?

—Por supuesto.

—No puede pagar sus honorarios.

—Entonces va a ser como la mitad de mis otros clientes. Te doy mi palabra. Avísame si pasa algo y yo lo defiendo. Si es inocente, lo voy a mantener fuera de la cárcel.

—Eres un buen hombre, Travis.

—Gracias. Buenas noches, Mamacita. —Travis colgó, preocupado por haber hecho una promesa que no pudiera cumplir.

•   •   •

Me recosté en la manta con Kirsten acurrucada en mi pecho y Banshee acurrucado a nuestros pies. El cielo despejado centelleaba con millones de estrellas brillantes que desafiaban a la oscuridad. Saboreé el momento para recordarlo siempre.

—¿Qué paciente dolió más perder? —la pregunta de Kirsten rompió diez minutos de silencio.

—¿Es eso en lo que has estado pensando?

Kirsten se apoyó en un codo y me miró.

—Todos tenemos ese paciente que al perderlo dolió más que la mayoría. ¿Quién fue para ti?

Hice una pausa antes de responder.

—Durante mis rotaciones pediátricas, pasé un mes en la planta de oncología. Un niño de cinco años, Billy, tenía leucemia y había pasado por tres años de terapia, incluidas múltiples rondas de quimio, dos trasplantes de médula ósea e incluso un protocolo experimental. Nada funcionó.

»Billy era famoso por su gran actitud, siempre sonriente y amable, incluso cuando no se encontraba bien. Era un paciente perfecto y le encantaban los videojuegos. Desafiaba al personal cuando tenían tiempo para jugar, y ganaba casi siempre. Una noche estaba de guardia, vi que estaba en el hospital y pasé por su habitación. Su madre se había ido a casa un rato, y Billy estaba jugando a sus juegos. Entré y me señaló el otro control. Tomé asiento y él reinició el juego de carreras. Billy inmediatamente comenzó a ganarme. Normalmente, estaría presumiendo mientras jugaba, pero esa noche estaba callado.

»Al final, le pregunté cómo le iba y obtuve como respuesta un encogimiento de hombros, algo atípico. Seguimos jugando y volví a preguntarle si estaba bien. Tras una pausa, dijo: «Lo siento», y no apartó los ojos del televisor. No estaba seguro de lo que lamentaba y le pedí que me lo aclarara. Esperó un momento y luego dijo que lamentaba que no podía mejorar. Sabía que todos los médicos se esforzaban por curarlo, pero empeoraba, y lo lamentaba.

»Seguimos jugando y le aseguré que no tenía nada por lo que disculparse. Era un gran paciente y a veces la medicina no funcionaba. Pausó el juego y me miró. Le aseguré que nadie estaba enfadado con él y que todo el mundo lo quería. Sonrió por primera vez aquella noche, y volvimos a jugar, solo que ahora Billy volvía a ser el de siempre, presumiendo y dándome una paliza. Al final, tuve que volver a trabajar. Billy se levantó para despedirse, me dio un abrazo y me dijo «Gracias».

—¿Qué le pasó a Billy? —preguntó Kirsten.

—Murió en paz tres días después, con su familia a su lado, y no volví a verlo después de aquella noche. Todavía no puedo imaginar la nobleza que hace falta para que alguien, y menos un niño de cinco años, se preocupe por los demás mientras se están muriendo.

Kirsten volvió a acurrucarse en mi pecho.

—Hiciste algo bueno, Doc. Billy murió con la conciencia tranquila. A veces las palabras son la mejor terapia. Gracias por compartirlo.

Me dio un beso en la mejilla y volvió a acurrucarse en mi pecho.

—Gracias por escucharme.

Nos quedamos recostados en silencio, viendo parpadear las estrellas.

CAPÍTULO 18

Miércoles 11 de mayo
5:32 a. m.

El Alguacil Stein se dirigió al equipo.

—Escuchen. Hoy no quiero errores. Esperamos a que salga de su casa y lo arrestamos antes de que suba a su camioneta. Tiene armas, y no quiero un enfrentamiento. Repasemos sus responsabilidades una vez más, para que no haya fuego amigo. El plan es capturarlo vivo sin disparos.

Entre los cinco grupos que participaron en la detención había un equipo de vigilancia que ya observaba la casa. El equipo dos se acercaría sigilosamente detrás de su camioneta para hacer el arresto real. Los equipos tres, cuatro y cinco cubrirían los tres lados restantes de su casa para impedir la huida.

En sus puestos antes del amanecer, los equipos esperaron pacientemente a que el Sr. Ramírez empezará su jornada. A las siete en punto, se encendieron las luces del interior del remolque. Treinta minutos después, la puerta principal se abrió y Alejandro se acercó a su camioneta Dodge. Cuatro oficiales salieron de detrás del camión con las armas en alto y avanzaron hacia él. Demasiado sorprendido para oponer resistencia, Alejandro bajó tranquilamente al suelo con los brazos extendidos. En cuestión de segundos, estaba esposado y los oficiales entraron en la casa para desalojar el resto.

Con la escena asegurada, el Alguacil Stein le informó de sus derechos.

—¿Comprende estos derechos?

—¿De qué me acusan?

—Asesinato.

Alejandro sacudió la cabeza ante los oficiales reunidos.

—Tienes al tipo equivocado.

—Eso es lo que dice todo el mundo. Llévenlo al centro y traigan al equipo de pruebas.

Los oficiales lo llevaron hacia una patrulla, pero Mamacita les bloqueó el paso.

—Señora, voy a necesitar que se haga a un lado.

Mamacita se adelantó hasta sobresalir por encima del oficial.

—Me moveré cuando quiera, donde quiera. ¿Entendido?

El oficial retrocedió nerviosamente. Ella habla rápidamente con Alejandro en español.

—No digas una palabra a estos hijos de puta además del abogado. Uno se va a reunir contigo en la cárcel, y vas a poder hablar con él. ¿Entendiste?

Alejandro asintió agradecido y Mamacita se hizo a un lado para dejarles pasar. El oficial aliviado metió a Alejandro en la parte trasera de la patrulla mientras el Alguacil Stein se acercaba.

—¿Qué ha sido todo eso? —preguntó a Mamacita.

—Tengo que asegurarme de que mi gente tenga una audiencia justa.

—Tú fuiste quien nos dio su nombre en primer lugar.

—Lo sé, Alguacil, pero no voy a echarlo a los lobos. Si es culpable, puede cumplir su condena, pero hasta entonces, es inocente y tiene un abogado. Nada de cosas raras en esta investigación, o responderás ante mí.

Mamacita apartó su considerable bulto y abandonó al Alguacil en silencio.

El Alguacil Stein se volvió hacia Larry Watson, esperando para recoger pruebas.

—Buenos días, Larry. No quiero errores en este caso. Y quiero todo en esa casa documentado y procesado. La prioridad es identificar cualquier arma de calibre .45, y quiero que se procesen primero.

Larry se puso la bata de una pieza, el cubrecalzado y la cofia, y entró en el remolque. La habitación estaba más ordenada de lo esperado, escasamente amueblada con artículos de segunda mano. Los platos lavados del desayuno se secaban en el fregadero. Un rápido vistazo al dormitorio trasero reveló una cama de dos plazas, pulcramente hecha, y unas cuantas prendas de ropa colgadas ordenadamente en el armario o dobladas en los cajones. Alejandro tenía poco, pero cuidaba lo que tenía.

Larry dio inmediatamente con el premio gordo en el cajón superior de la mesilla de noche, donde había una Glock calibre .45 bien usada. Tras fotografiarla en su lugar, la introdujo en una bolsa de pruebas, la selló y firmó con su nombre en el sello, antes de sacarla al exterior para mostrársela al Alguacil.

—Eso fue rápido.

—Estaba en el cajón superior de la mesita de noche. Definitivamente no intentó ocultarla.

—De acuerdo. Destroza el resto del lugar y mira si aparece algo más. Voy a llevar esto al laboratorio ahora mismo.

Larry dudó antes de entregarle la bolsa con la pistola.

—Prefiero que esto se quede con el resto de las pruebas, y que las presentemos todas a la vez. Separarlas es un poco inusual.

—Lo sé, pero tenemos poco tiempo y puede que estés aquí todo el día. Tenemos que procesar esto. Rellenaremos un formulario de cadena de custodia y lo mantendremos legal.

Larry lo dejó marchar a regañadientes, comprendiendo la necesidad de procesar el arma lo antes posible. Una vez rellenado el formulario, el Alguacil guardó el arma en su bolsa y se marchó. Al cabo de unos cinco minutos, detuvo el carro detrás de una gasolinera abandonada hacía tiempo, fuera de la vista de la carretera.

Permaneció sentado durante un minuto, horrorizado por lo que estaba a punto de hacer, pero sintió que solo tenía una opción lógica. Decidido, se movió con eficacia.

Se puso unos guantes de látex y sacó de su bolso la bolsa de pruebas con la pistola. La arrastró por la hebilla hasta rasgarla lo suficiente para acceder al arma. Extrajo una jeringa con sangre de Laurie Vaughn que había sacado del congelador del laboratorio. La había extraído de uno de los tubos adicionales utilizados para la tipificación del ADN, y los dos mililitros de sangre no harían falta. Echó una pequeña cantidad de sangre en un hisopo de algodón y, a continuación, metió suavemente la mano en la bolsa de pruebas rota y lo frotó en dos puntos del cañón de la pistola. Guardó la jeringa y el hisopo en una bolsa aparte, mientras la sangre se secaba, ahora invisible, pero que brillaría como el neón en el laboratorio. Se quitó los guantes con cuidado y se dirigió al laboratorio.

Bill O'Neal estaba de servicio y esperaba al Alguacil. Nuevo en el trabajo, parecía más joven de sus 26 años y había esperado a que llegara el Alguacil con la prueba más importante que había procesado en sus nueve meses de trabajo.

—Buenos días, Alguacil. Larry me dijo que lo esperara con un arma para procesarse.

—Buenos días, Bill. Correcto. Déjame firmarlo para entregartelo. —En un movimiento que había practicado la noche anterior, el Alguacil Stein levantó la bolsa de pruebas con una mano mientras sujetaba su maletín con la otra. Al levantar el arma, dejó caer su maletín y gritó—: ¡Puta madre!

Bill se apresuró a rodear el mostrador y encontró al Alguacil con una bolsa de pruebas rota y su gastado maletín de lona marrón tiradas en el suelo. Bill miraba horrorizado. Una bolsa de pruebas rota era una pesadilla. El Alguacil le miró atónito.

—Maldita torpeza la mía. Pon a Larry al teléfono y hay que asegurarnos de que no la vuelvo a cagar.

Bill llamó a Larry y lo puso en el altavoz. Tras explicarle lo ocurrido, Larry se hizo cargo.

—¿Así que el desgarro se produjo delante de los dos, y el arma nunca se cayó de la bolsa?

—Sí, señor. —Respondieron al unísono.

—Está bien, podemos salvar esto. Que otro técnico traiga una bolsa de pruebas nueva. Quiero que pongan la bolsa rota dentro de la nueva, la sellen y la firmen los tres. Necesito dos pares de ojos en esa bolsa hasta que esté sellada de nuevo. ¿Entendido?

Bill asintió y llamó a otro técnico con una bolsa nueva. El Alguacil deslizó con cuidado la bolsa rasgada que envolvía la pistola en la nueva bolsa de pruebas bajo la atenta mirada de dos testigos. Los tres firmaron la bolsa recién sellada. Larry seguía al teléfono.

—Necesito una declaración jurada de lo que pasó exactamente, pero deberíamos estar bien. Esto ocurre a veces, y la cadena de custodia está intacta, que es lo importante.

—Lo siento, Larry. Supongo que ya no soy bueno para eso de transportar evidencias.

—No se preocupe, Alguacil. Necesito volver a procesar esta escena, y Bill necesita ponerse a trabajar en esa pistola.

—Gracias, a ambos, por toda su ayuda. Tengo que interrogar a un sospechoso.

• • •

Un técnico comprobó cuidadosamente el sello de la bolsa de pruebas que contenía el arma y, a continuación, introdujo la información en su registro. Con las manos enguantadas y estériles, colocó la pistola sobre un paño estéril. Quitó el cargador y vació el cartucho que quedaba en la recámara, volviendo a comprobar que el arma estaba vacía y era seguro manejarla.

Su primera prueba buscó sangre en el arma bajo una luz negra. Inmediatamente se iluminaron dos zonas del barril, recogió cuidadosamente muestras de cada lugar y empaquetó esos hisopos para analizar el ADN en un plazo previsto de 48 horas.

• • •

El Alguacil llegó a la cárcel, mientras Travis Foster se acercaba a la puerta principal. El Alguacil le abrió la puerta.

—Buenos días, abogado. No me sorprende verte aquí.

—Buenos días, Alguacil. Uno no ignora las llamadas de Mamacita. Supongo que mi cliente está siendo procesado.

—Deben estar a punto de terminar. Aún no he podido hablar con él.

Entraron juntos y se enteraron de que Alejandro ya estaba en una celda.

—¿Le leyeron sus derechos?

—Fue informado de sus derechos en el momento de su detención delante de tres testigos, todos ellos captados por cámaras corporales.

—Bien. Necesito una copia de ese video. ¿Dijo algo?

Los oficiales que lo habían transportado y procesado negaron con la cabeza.

—Ni una palabra.

—Es el mejor tipo de cliente. Por favor, llévenlo a una habitación donde podamos hablar en privado.

El Alguacil hizo un gesto para mover al prisionero. Había querido interrogar al prisionero antes de hablar con un abogado, pero ahora que Travis estaba aquí, no tendría esa oportunidad.

Los oficiales llevaron a Alejandro a la sala de interrogatorios, le quitaron las esposas y se marcharon.

—Soy Travis Foster, y te voy a representar en estos cargos.

—No puedo permitirme un abogado.

—No te preocupes por el dinero en este momento. Mamacita y yo tenemos un acuerdo.

—No necesito un abogado. Yo no he hecho nada.

—Por eso exactamente necesitas un abogado. Vas a ser acusado de múltiples asesinatos, que conllevan la pena de muerte en este estado. Dijiste que eras inocente. Para que sea eficaz, necesito que me digas la verdad. ¿Conocías a alguna de esas personas? ¿Mataste a alguna de esas personas?

—No, señor.

—Muy bien. Manos a la obra.

Dos horas y un cuaderno de notas más tarde, Travis aconseja a Alejandro.

—Recuerda lo que te dije. Nadie aquí es tu amigo. No le digas nada del caso a nadie excepto a mí. Voy a venir un par de veces al día, y me avisas si tienes alguna pregunta o duda. ¿Algo más antes de que me vaya?

—¿Por qué hace todo este trabajo por mí, Sr. Foster?

Travis se detuvo un momento para ordenar sus pensamientos.

—He sido abogado durante más de treinta años en esta ciudad, y he visto algunas cosas. No creo que nadie inocente deba pasar tiempo en la cárcel, y definitivamente no creo que nadie inocente deba ser juzgado por asesinato. Si eres inocente, me voy a romper la espalda para demostrarlo. Tienes mi palabra.

—Gracias, Sr. Foster.

—Descansa un poco, y recuerda comer y hacer ejercicio. Y lo más importante, no hables con nadie.

Travis llamó a la puerta. El Alguacil había estado esperando a Travis.

—Supongo que no está dispuesto a confesar —se dirigió a Travis, mientras Alejandro, cabizbajo, volvía arrastrando los pies a su celda.

—Mi cliente es inocente, y procederemos en consecuencia. Por favor, llámame si tienes alguna pregunta para él. Tiene instrucciones de no decir nada, y cualquier intento de interrogarlo sin mi presencia será inadmisible.

—Conozco la ley, abogado.

—Sé que sí. Es un recordatorio cortés para asegurarse de que todo el mundo cumple las normas. Supongo que la comparecencia será el viernes ante el juez Morestrand.

—Eso es lo que dijo el fiscal.

—Entonces tengo trabajo que hacer. Buenos días, Alguacil.

—Buenos días, Travis.

Travis murmuró para sí mismo mientras salía del edificio, reflexionando sobre cómo cumpliría su promesa de demostrar la inocencia de su cliente.

. . .

El fiscal del distrito se reunió con el Alguacil Stein a última hora de la tarde para revisar las pruebas. Don Anderson había sido fiscal local durante ocho años, los tres últimos como Fiscal del Distrito. Un hombre de aspecto corriente, estatura y peso medios, de unos 40 años, siempre vestido con traje y corbata conservadores, lentes hasta la mitad de la nariz y carpetas en una mano. Como fiscal de distrito competente, esperaba con impaciencia este reto, sin duda el caso más importante de su carrera.

—¿Qué tenemos, Alguacil?

—Encontraron una Glock .45 y munición consistente con la escena del crimen en su casa con sus huellas dactilares en el arma.

—La mitad de los hogares de la ciudad tienen una .45 y munición en casa. ¿Qué más tienes?

—Hay un rastro de sangre en el cañón del arma.

El fiscal levantó las cejas y volvió a colocarse los lentes en su lugar.

—Eso es más interesante. ¿Sangre animal o humana?

—Desconocido, y tardaremos 48 horas en ver si coincide con alguna de nuestras víctimas.

—Eso es acercarse a la comparecencia. ¿Algo más que pueda relacionarlo con las víctimas?

—Todavía no. Aún procesando todas las pruebas, pero no hay trofeos obvios de las víctimas.

El Sr. Anderson frunció el ceño.

—La sangre puede relacionarlo con los asesinatos, si coincide. Sin eso, no tenemos suficiente para acusarle.

—Veamos lo que muestra la sangre. Si coincide con una víctima, lo tenemos.

—Alguacil, si coincide, va a recibir la aguja, lo prometo. Manténme informado.

El fiscal se marchó y el Alguacil contempló el imparable sistema que había puesto en marcha. La sangre coincidiría y Alejandro sería condenado y probablemente ejecutado. El Alguacil decidió que probablemente había llegado el momento de retirarse mientras aún le quedaba un poco de alma.

CAPÍTULO 19

Miércoles 11 de mayo
10:24 p. m.

La oscuridad envolvió la ciudad. Examiné el equipo montado sobre mi mesa mientras Banshee miraba expectante, presintiendo una próxima aventura.

—Si hacemos esto, chico, tienes que cuidar mi espalda. ¿Me lo prometes?

Banshee ladeó la cabeza, perplejo. Ninguna de esas palabras tenía sentido para él, pero agitó su cola con energía.

—Sale, hay que hacerlo.

Banshee saltaba de un lado a otro mientras tomaba su chaleco táctico. Se calmó lo suficiente como para que pudiera abrochárselo, y luego hice una última revisión de mi equipo. Esta iba a ser una misión de reconocimiento y, aunque no esperaba problemas, estaba preparado por si surgían.

Desde la visita de ayer al rancho, no podía dejar de pensar en la conversación que había escuchado entre John y Rogelio. Algo estaba pasando con un camión esta noche, y tenía curiosidad por ver qué era.

Banshee y yo subimos al G Wagon y nos dirigimos hacia el rancho. Con el pin que había puesto ayer en el invernadero, Google maps y

Google earth, tenía una buena idea de dónde estacionarme y cómo acceder a la zona. Pasé por delante de la ostentosa entrada del rancho y encontré el camino de tierra correcto más allá de la cerca. Lo seguí durante 800 metros hasta que encontré una zona escondida para estacionarme fuera de la carretera. Era poco probable que alguien más viniera por aquí de noche, pero lo último que necesitaba era que alguien investigara mi vehículo.

Le puse a Banshee su auricular para que pudiera oír mis órdenes susurradas. Comprobé mi micrófono, me cargué la mochila sobre los hombros y comencé la caminata. La cerca de menos de un metro y medio de altura, pensada para mantener al ganado dentro y no a los humanos fuera, no suponía ningún impedimento. Trepé con cuidado mientras Banshee saltaba sin esfuerzo.

Elegí los lentes de visión nocturna para evitar el uso de una linterna. Con eso y la luz ambiente de la luna, la visibilidad era buena. Vestido con ropa oscura y zapatos oscuros, sería casi invisible en los campos.

De vez en cuando echaba un vistazo a mi teléfono para asegurarme de mi dirección, y el paseo transcurrió sin incidentes. Me tomé un momento para apreciar el cielo nocturno. Sin ninguna fuente de luz eléctrica en un kilómetro y medio a la redonda, la inmensidad de la Vía Láctea se extendía sobre mí como una cúpula infinita y centelleante. Estrellas normalmente oscurecidas por la luz artificial deslumbraban orgullosas. Me acosté boca arriba y Banshee apoyó la cabeza en mi pecho. Le rasqué las orejas mientras permanecía recostado admirando el cielo nocturno. La respiración lenta y constante de Banshee y el susurro del viento entre los árboles me relajaron. Me prometí a mí mismo pasar más tiempo al aire libre por la noche, más tiempo con Kirsten y más tiempo en Montana.

Tras diez minutos y un trago rápido, volvimos a la hierba. Mi mapa mostraba solo 800 metros antes de llegar al lugar. Le di a Banshee la orden de moverse en silencio, y al instante se convirtió en una sombra a mi lado.

Las luces y el ruido interrumpieron la tranquilidad de la noche a medida que nos acercábamos a los invernaderos, me quité los lentes de visión nocturna y las metí en la mochila. Avanzamos en silencio hasta alcanzar una pequeña elevación y tener una vista elevada de la zona del invernadero. Me senté tranquilamente y saqué los prismáticos.

Aunque era casi medianoche, había bastante actividad en los invernaderos. Rogelio supervisaba a un equipo de siete hombres que entraban y salían de los invernaderos, mientras montacargas transportaban palés hasta la carretera, frente a los invernaderos.

Banshee y yo nos acercamos sigilosamente a unos 15 metros de ellos, escondidos entre la espesa y alta hierba junto a un grupo de rocas musgosas. Con los trabajadores a plena luz y nosotros en la oscuridad, pensé que era imposible que nos vieran. Un camión traqueteó por la carretera y dio marcha atrás con pericia hasta la pila de palés. Connor bajó del lado del copiloto y se acercó a Rogelio, que señaló el patio mientras le explicaba.

Los trabajadores abrieron las puertas traseras del camión y los montacargas cargaron los palés. La eficiente actividad parecía bien ensayada, como si fuera una rutina. Necesitaba acercarme para ver lo que estaban cargando.

Encendí el micrófono, la cámara y el auricular de Banshee y le ordené que guardara silencio y se acercara.

Controlar a Banshee significaba susurrar órdenes mientras miraba una pantalla desde detrás de las rocas. Le envié por el camino más largo de la actividad, así que se acercó por la parte trasera de los invernaderos. Lo dirigí hacia un palé que aún esperaba en la oscuridad a ser cargado. Estaba lleno de bolsas de plástico apiladas ordenadamente hasta dos metros de altura, con al menos doscientas bolsas en cada pila. Desgraciadamente, el envoltorio de plástico y la escasa iluminación dificultaban la identificación, pero finalmente la cámara captó una imagen de la inscripción en cada bolsa: «Mantillo Felton Forty».

Ordené a Banshee que regresara en silencio, permaneciendo en las sombras, y volví a centrar mi atención en el proceso de carga. Alrededor de un tercio del camión ya estaba lleno, y muchos más palés de mantillo estaban en fila para ser cargados.

La actividad se detuvo un momento y un montacargas se dirigió a la parte trasera de la zona de trabajo y entró en uno de los invernaderos traseros. Su conductor regresó poco después con otro palé de aspecto similar a todos los demás, pero a éste lo trataron de forma diferente. Lo acercó a una báscula situada junto al camión, colocó el palé en la báscula y retrocedió. Rogelio y Connor comprobaron la lectura de la báscula y ordenaron al conductor que levantara el palé. Pusieron la báscula a cero y el conductor volvió a bajar el mismo palé. Tras comprobar dos veces el peso, cargó el palé en el camión. Trajo un palé más del último almacén, lo pesó meticulosamente dos veces y lo cargó en el camión entre el mantillo.

Mientras toda la atención se centraba en los palés especiales, me arrastré lentamente entre las sombras hasta la parte delantera del camión. Fijé un rastreador GPS magnético que había comprado en Amazon a la parte inferior del remolque y, a continuación, volví corriendo silenciosamente a mi puesto de observación. La batería del rastreador duraba tres días. Siempre que el rastreador estuviera dentro del alcance de una torre de telefonía celular, podría ver por dónde iba el camión.

Después de cargar los dos palés especiales con más mantillo para llenar el resto del camión, Rogelio y Connor hablaron brevemente con el conductor antes de que se marchara.

Rogelio ordenó a los hombres que terminaran, y los trabajadores colocaron con pericia la báscula y los montacargas en los invernaderos en pocos minutos. Pensaba entrar en ese invernadero, pero mis planes cambiaron cuando un hombre agarró un AR-15 de su camioneta y se acomodó en una silla cerca de la última fila de invernaderos. El resto de los hombres hicieron algunas bromas sobre su agradable noche mientras subían a sus camionetas individuales. Pronto, solo el guardia solitario holgazaneaba frente a los invernaderos.

Lo observé atentamente durante 15 minutos. Se levantó y deambuló, más para mantenerse despierto que para seguir algún tipo de patrulla organizada. Claramente aburrido y sin esperar problemas, apagó algunas luces, dejando solo las suficientes para ver, pero reduciendo la intensidad del resplandor.

En la penumbra, observé una pequeña luz roja parpadeante en una esquina de uno de los invernaderos. Desempaqué tranquilamente mis prismáticos y los enfoqué para descubrir una pequeña cámara. Escaneé a la derecha y encontré otra cámara en la esquina opuesta. Escaneé los tres invernaderos de la fila de atrás y todos los rincones estaban cubiertos por una cámara.

Recogí mi equipo, apagué el micrófono y la cámara de Banshee y los metí en la mochila, y nos deslizamos silenciosamente hacia la noche. Volvimos a cruzar los campos en dirección a mi G Wagon escondido, deteniéndonos una vez más en un prado desierto para apreciar el cielo nocturno. Reflexioné sobre todo lo que había visto, mientras me estiraba de espaldas, disfrutando de la espectacular vista.

CAPÍTULO 20

Jueves 12 de mayo
2:49 a. m.

Héctor hacía el viaje cada dos semanas, si el tiempo lo permitía. Las estrictas normas del viaje no eran negociables. No podía parar; no podía acelerar; y en ningún caso podía tener un accidente. Su ubicación y velocidad fueron controladas durante todo el viaje, y cualquier desviación de la ruta tendría graves consecuencias.

Como camionero profesional, la monotonía del largo viaje le tranquilizaba. Llenó una hielera con sándwiches, botanas y bebidas energéticas. En el suelo del asiento del copiloto había otra botella para cuando surgiera la inevitable necesidad de orinar. El acolchado extra del asiento y la radio por satélite hicieron que el viaje de cinco horas fuera cómodo. Con el tanque lleno de gasolina, las rígidas normas parecían razonables.

Entró en las afueras de Salt Lake City y sintió la subida de adrenalina que acompañaba al final de un largo viaje, llegando justo a tiempo.

Tim's Garden Spot, un vivero con sede en Salt Lake City, tenía siete locales repartidos por la ciudad y vendía flores, arbustos, árboles y mantillo. Héctor retrocedió con pericia hasta la zona de carga y, afortunadamente, apagó el motor. Bajó de la cabina, estirando los músculos de la espalda y las piernas que se le habían tensado durante el viaje.

Un equipo descargó inmediatamente el camión. Un montacargas levantó el primer palé de mantillo y lo colocó en el patio. El camión lleno daría para 26 palés.

En la séptima fila de atrás, el conductor del montacargas se encontró con el primer palé con el forro de plástico rasgado y pegado con cinta adhesiva en la esquina superior izquierda. Hizo retroceder el montacargas del camión con este palé y lo movió hacia los otros palés, pero en lugar de colocarlo junto a ellos, se dirigió a un almacén situado detrás. Casi invisible desde la carretera, entró en el almacén. Habían sacado un camión roto de una esquina, dejando al descubierto una plataforma. Colocó el palé en la plataforma y manejó el montacargas de vuelta al camión. En la octava fila, encontró otro palé con plástico rasgado pegado en la esquina. Este también entró en el almacén a la plataforma. El conductor del montacargas regresó para descargar los palés restantes mientras la plataforma descendía.

El cuarto subterráneo no se parecía en nada al almacén destartalado y sucio del piso de arriba. Un equipo de cuatro personas sacó los palés de la plataforma y descargó las bolsas en dos montones. Los sacos de mantillo normales se colocaron en un palé para volver a subirlos. Las bolsas con tiras amarillas visibles bajo luz negra se colocaron eficazmente en una báscula industrial, lo que dio como resultado 45 bolsas colocadas en la báscula con un peso de 818 kilogramos. Por debajo de la cuota de mil kilogramos, los hombres murmuraban entre ellos.

Volvieron a comprobar las bolsas de mantillo normales una por una, escaneandolas por ambos lados y haciendo pequeños cortes en cada bolsa para confirmar que solo había mantillo. Al no encontrar producto adicional, enviaron los sacos de mantillo de vuelta al ascensor para su venta legítima.

Un destino diferente aguardaba a las 45 bolsas de producto, cuidadosamente abiertas, y a la capa exterior de plástico retirada y desechada. Dentro de cada bolsa había otra capa de plástico, bien enrollada e inmaculadamente limpia. Apilaron cuidadosamente cada uno de los paquetes de 18 kilos en un carrito metálico limpio, los volvieron a contar y los empujaron a través de una puerta hasta otra sala.

Unas brillantes luces LED iluminaban las impecables mesas de metal. Las paredes blancas y el suelo estaban inmaculadamente limpios. Cuatro trabajadores esperaban para recibir el producto, cada uno de ellos con un traje blanco de cuerpo entero, cubrecalzado, cofias y guantes. Descargaron los paquetes lentamente, inspeccionando cada uno en busca de roturas o defectos, y los cargaron en otra báscula para un segundo pesaje. Los hombres de la sala exterior observaron el proceso desde las ventanas de su lado de la puerta. El peso final de 817.23 kilos, cuya diferencia se debía al plástico exterior desechado, autorizó a los hombres de la sala exterior a recoger su equipo, subir la plataforma y volver a colocar el camión averiado encima.

Fuera, terminada la descarga, los hombres volvieron a sus actividades habituales en el invernadero. Héctor esperó la confirmación final del peso, ya que su pago dependía de ello. Como siempre, pasó el tiempo revisando su camión en busca de daños que pudieran haberse producido durante el viaje. Héctor, muy meticuloso con el mantenimiento, dependía de su camión como única fuente de ingresos para alimentar a su familia.

El paseo por el lado del conductor no arrojó evidencia de daños, y todas las llantas parecían en buen estado. Mientras subía por el lado del pasajero, observó una forma inusual adherida a la parte inferior del camión, probablemente un pequeño trozo de escombro que salió volando de las llantas y se incrustó en el remolque. Con un firme empujón, la desprendió y cayó al suelo. Su corazón casi se detuvo al darse cuenta de su significado.

Héctor se debatía entre mantenerlo en secreto, pero sabía las graves penalizaciónes que le impondrían si lo descubrían. Tal vez los jefes colocaron el rastreador. Héctor llamó al supervisor para mostrarle el aparato.

Luis, orgulloso de ser el jefe de una operación tan importante, se tomaba en serio sus obligaciones y nunca había tenido problemas con ninguna entrega. Miró el aparato e, inmediatamente, el aplastante problema le llevó a jurar y rezar a la Virgen María en busca de protección. Sacó su teléfono y llamó a su jefe.

—Espero que todo salga bien, Luis.

—Jefe, Héctor encontró un rastreador en su camión.

El silencio reinó durante unos tensos segundos.

—Luis, escúchame con atención y no la cagues. No toquen ese rastreador ni muevan ese camión. Quiero todo el producto cargado y listo para moverse en los próximos 15 minutos. ¿Entendido?

—Sí, Jefe.

El sudor brillaba en la frente de Luis mientras daba órdenes. Tenían un plan para evacuar el producto en caso necesario, pero nunca se había probado.

Luis llamó a un hombre de abajo.

—Tenemos un problema. Recojan todo y prepárense para evacuar.

En este negocio, tales problemas pueden acarrear penas de 20 años de prisión. Los hombres de abajo empaquetaron inmediatamente los objetos críticos. Por suerte, solo se habían abierto dos de los paquetes. Colocado en bolsas frescas, todo el producto fue sellado y se cargó en un carrito. Cargaron su equipo en un segundo carrito y llamaron al piso de arriba para que enviaran el elevador.

Cuando llegaron al nivel del suelo, el producto y el equipo se cargaron apresuradamente en una furgoneta. A su alrededor se cargaron apresuradamente más mantillo y plantas. Mientras terminaban, llegó Tomás.

Hombre delgado de estatura y complexión, vestía unos discretos jeans, camisa azul abotonada y lentes sencillos con montura negra. A menudo confundido con un contable o un agente de seguros, Tomás no era un empleado de oficina. Como jefe, Tomás no conocía límites a la hora de resolver problemas.

—Prepárate para salir en tres minutos. Luis, enséñame esa chingadera.

Se acercaron al camión, donde Héctor temblaba visiblemente. Tomás no le hizo caso, se agachó y se puso unos guantes para recogerlo e inspeccionarlo a la luz del sol.

—Muéstrame exactamente dónde encontraste esto.

Héctor se inclinó y alumbró con la linterna de su teléfono la parte inferior del camión.

—Estaba pegado justo aquí. Pensé que eran escombros y lo quité. Juro por Dios que no sabía que estaba ahí.

Tomás giró lentamente y observó la parte inferior del camión.

—Lo has hecho bien. Definitivamente es un rastreador GPS, pero no creo que sea la policía. Es una basura comercial que cualquiera puede comprar en Amazon, y no hubo ningún intento genuino de ocultarlo. La suciedad muestra que hizo el viaje desde el rancho. Este lugar está comprometido.

Tomás volvió a colocar el dispositivo en el mismo lugar y dio instrucciones a Héctor.

—Haces todo igual. Tú horario no cambia en absoluto. Vamos a seguir transportando cargas aquí, pero ninguna de ellas va a ser nuestro producto especial. Si encuentras otros rastreadores, házmelo saber, pero no los toques. Luis te va a pagar por este viaje, pero las tarifas de todos los demás viajes futuros van a ser normales. ¿Entendido?

Agradecido y aliviado, Héctor asintió, tomó el sobre de manos de Luis, se subió a su camión y se largó al instante. Echaría de menos el dinero extra, pero seguía teniendo su vida.

Tomás se volvió hacia Luis.

—Asegúrate de que todo está fuera del sótano y luego llénalo de material y suministros para el invernadero. Quiero cada superficie cubierta de suciedad como si no lo hubiéramos usado durante 20 años. No se va a entregar más producto aquí.

Luis asintió. Al cabo de una hora, no quedaba ninguna prueba de que el sótano hubiera sido otra cosa que un almacén sucio. Tomás echó un último vistazo al vivero. Nunca volvería, una pena, ya que el vivero proporcionaba un frente de distribución perfecto. Cuando llegó a su carro, ya había trazado su plan para solucionar la filtración.

· · ·

Tomás llegó al almacén para supervisar el montaje, asegurándose de que no desapareciera ningún producto durante el traslado. Se habían preparado para esta posibilidad y la sala estaba preparada en gran medida. En una hora, el equipo ya había preparado el producto para su entrega.

Compraban la marihuana a granel en el rancho a mil dólares el medio kilo. Una vez cortada y embolsada, la vendían a los distribuidores a 2,500 dólares el medio kilo. Los distribuidores podían venderla en la calle por unos $4,000 dólares el medio kilo, según el mercado. El grupo de Tomás procesaba mil kilos cada semana, la mitad del rancho, lo que suponía un beneficio semanal de tres millones de dólares. A ese precio, no toleraban ninguna interrupción.

Empresario de corazón, Tomás creció en un hogar que valoraba lo académico, y había destacado en la escuela. Su padre, catedrático, enseñaba matemáticas en una universidad, y su madre pasaba horas a la semana con él haciendo trabajos escolares. Su familia tenía poco dinero, pero a él nunca le faltó atención.

Tomás obtuvo una beca completa para la UCLA, donde estudió empresariales y economía. Tras sus años de licenciatura, la Escuela de Negocios de Stanford perfeccionó su educación. Destacó en sus clases, pero los prejuicios contra su ascendencia mexicana se hicieron evidentes en las entrevistas. Las empresas le informaron amablemente de que «no era el adecuado» para ellas y «estaban seguras de que encontraría un buen trabajo en la empresa adecuada». La amargura lo atormentaba al ver cómo compañeros de clase con menos talento conseguían empleos de prestigio.

Su padre le presentó a Javier en la primavera de su último año escolar. Un amigo de la familia le había hablado de un joven empresario de éxito de Salt Lake City, que había hecho crecer rápidamente un negocio de viveros y necesitaba asesoramiento empresarial profesional.

Tomás y su padre asumieron su legitimidad, y Tomás hizo de su visita unas pequeñas vacaciones.

Tomás y Javier congeniaron de inmediato. Empresario entusiasta, el joven Javier aún no había iniciado su eventual dependencia del alcohol y las drogas. Había construido tres viveros en la zona y tenía previsto construir dos más en el próximo año. Javier le enseñó los alrededores y habló de sus problemas empresariales. Tomás escuchó atentamente y rápidamente determinó que dirigía bien su negocio y solo tenía algunas sugerencias para mejorar la eficacia.

En su última noche allí, Javier presentó su oferta de trabajo en la oficina del invernadero.

—Tomás, la he pasado muy bien contigo estos últimos días, pero tengo que pedirte perdón. No fui completamente sincero contigo. Tengo otro negocio además de los viveros. Este otro asunto es la razón por la que te pedí que me visites.

—Yo también la pasé muy bien, pero me decepciona que me manipularas para venir.

Javier asintió.

—Lo sé, estuvo mal, pero no se me ocurrió otra manera. Tenía que confiar en ti antes de dar el siguiente paso. Ven, te lo voy a enseñar todo.

Javier lo llevó a un almacén y abrió un candado oxidado en la parte trasera para abrir la puerta de un pequeño almacén. Encendió las luces, mostrando palas, rastrillos y contenedores dispersos. Abrió un contenedor, lleno hasta el tope de dinero en efectivo. Tomás se acercó para inspeccionarlo. Desorganizado, el dinero incluía desde billetes de cinco dólares hasta billetes de cien.

Javier se paró con orgullo.

—Ahora tengo siete de estos contenedores llenos de dinero.

Tomás intentó hacer cuentas mentalmente, pero no pudo llegar a una estimación exacta sin más información.

—Tiene que haber millones aquí.

—Sí, ocho, tal vez diez, millones de dólares. Mi problema es que no tengo dónde ponerlo.

Tomás se quedó mirando el dinero.

—Supongo que este dinero no proviene de la venta de plantas.

Javier se rió.

—En realidad, el dinero procede de la venta de plantas. Tengo una red de distribución de marihuana que ya controla gran parte del estado. Todos los estados de por aquí han legalizado la hierba, pero Utah no, así que cubro un nicho en el mercado.

—Javier, necesito que seas bien honesto. ¿Mueves alguna otra droga o solo hierba?

—Te prometo que es solo hierba.

Tomás vuelve a tapar la caja de dinero.

—Debo pensarlo esta noche. Te doy mi respuesta por la mañana.

Tomás llegó a un acuerdo con Javier por la mañana. Lavaría el dinero, pero solo para marihuana. No se le asociaría con ninguna otra droga. Necesitaría un control completo de todo el dinero y de las operaciones para lavar todo el efectivo con eficacia. Javier accedió.

Organizó procedimientos para contar y almacenar el dinero en efectivo y creó nuevas empresas para lavarlo, invirtiendo dinero limpio en negocios legales que generaban más dinero limpio. Con el tiempo, Tomás invirtió en un rancho en decadencia. En declive desde hace años, el Rancho Felton Forty podía cultivar productos además de lavar dinero. John Felton no tardó en aprovechar la oportunidad de salvar su legado. Tomás, ahora socio silencioso, poseía la mitad del rancho.

A medida que Tomás tenía más éxito, Javier se volvía más adicto a las drogas. Su comportamiento incontrolable y sus gastos pusieron en peligro los negocios de Tomás. Siempre práctico, Tomás esperó a que Javier se desmayara por la bebida y el consumo de heroína y le inyectó heroína extra suficiente para matar a diez hombres. Javier falleció mientras dormía y Tomás tomó el control de todos los aspectos del negocio.

En los últimos 11 años, Tomás había conseguido lavar cerca de mil millones de dólares, y ahora todo estaba en peligro por culpa de un simple rastreador GPS en un camión. Encontraría al propietario del rastreador y eliminaría el problema.

•   •   •

Me conecté a mi cuenta del rastreador para comprobar el progreso del camión. La aplicación trazó un mapa de su viaje a Salt Lake City, mostrando una única parada de una hora de duración. Ahora el camión estaba de nuevo en la carretera. Busqué las coordenadas de la parada en Google Maps y encontré Tim's Garden Spot, que tenía mucho sentido. El camión entregó el mantillo a un vivero de Salt Lake City. Tenía que investigar un poco antes de mi viaje.

•   •   •

Tras asegurarse de que las operaciones estaban en orden, Tomás llamó a John.

—John, tuvimos un problema con la entrega de hoy.

—Si, si. Sé que nos faltaba un poco de peso, pero te avisamos con tiempo, y te prometo que lo recuperaremos la semana que viene.

—Eso está bien, pero ese no es el problema por el que te estoy llamando. Encontramos un rastreador GPS conectado al camión.

El silencio se intensificó mientras John procesaba la información.

—No sé cómo pudo ocurrir. Escaneamos el camión y el remolque antes de cada carga. La única señal de rastreo que encontramos fue la nuestra, y el camión no se detuvo en el viaje hasta allí.

—John, el único momento en que ese rastreador podría haber sido instalado fue durante la carga después de tu escaneo. Uno de tus hombres lo puso ahí.

—Imposible, todos ellos saben a dónde va el camión, de todos modos. No hay razón para que pusieran un rastreador.

—Si no lo puso uno de tus hombres, fue un intruso, lo que me preocupa aún más. Revisa los videos de seguridad. Espero respuestas hoy.

—Sí, señor.

John colgó y buscó a Rogelio. Sacaron el video de la noche anterior y revisaron cada imagen. Después de casi una hora, una cámara reveló la sombra de un hombre que se mantenía al borde de la luz. Demasiado oscuros para discernir ningún detalle, confirmaron que alguien les había vigilado anoche. Reprodujeron nuevamente el video.

—¿Qué es eso? —John señaló una sombra cerca del hombre.

Ampliaron la imagen.

—Señor, creo que esa sombra puede ser un perro.

John salió furioso de la habitación.

• • •

Pulsé un contacto en mi teléfono y, como de costumbre, obtuve una respuesta inmediata.

—¿Cómo chingados estás, Doc? ¿Qué necesitas?

El hacker de 20 años conocido como «El BT», al que ya había recurrido anteriormente, habitaba en el sótano de su madre en Houston, con suficiente potencia informática para hackear el Pentágono. Con tiempo suficiente, podría descubrir casi cualquier información en la red. Alimentado por Adderall y bebidas energéticas, apenas perdía su valioso tiempo comunicándose con otros humanos, pero adoraba a los perros, especialmente a Banshee.

—Busco datos financieros de dos negocios, un vivero en Salt Lake y un rancho en Montana.

—Mil billetes. Envíame un correo electrónico con los detalles. Te tengo una respuesta en unas horas.

Su teclado sonaba mientras presionaba las teclas sin parar mientras hablaba.

—Gracias, El BT.

—Doc, ¿estás buscando invertir o buscando problemas otra vez?

El BT me había ayudado anteriormente a acabar con un sindicato del crimen ucraniano, así que sabía qué tipo de problemas era capaz de encontrar.

—No es una inversión.

—Entonces ten cuidado.

El BT colgó.

Me rugió el estómago, y un queso fresco a la plancha con papas fritas me llamó. Marty's Diner, lleno en su mayor parte por la multitud de la cena, acogió a Travis Foster, que me hizo señas para que me uniera a él. Me deslicé en el banco frente a él.

—Buenas noches, abogado. Gracias por dejarme colarme en tu reunión.

—No es una gran reunión, pero encantado de que te unas a mí.

—He oído que tienes un nuevo cliente.

—Mierda, ahora hasta el nuevo oye cosas en este pueblo. Sí, he tomado el caso de Alejandro, y es probable que mañana sea acusado de asesinato.

—Un trabajo terriblemente rápido por parte del Alguacil.

Travis asintió.

—Convenientemente rápido. Algunos incluso dirían que imposiblemente rápido.

—Deben tener algo si están presentando cargos.

—Seguro que tienen algo, pero aún no lo he visto. No tienen que revelar nada hasta la audiencia. Una verdadera lástima. Muchos de mis clientes son culpables, pero estoy seguro de que Alejandro está siendo acusado para beneficio de la política. Me encabrona que vayan tras gente vulnerable como él.

—Siento oír eso. Ojalá pudiera ayudarte, pero no estoy seguro de que pueda hacer mucho.

—A menos que tengas un experto forense de clase mundial en tu bolsillo trasero que te debe un favor, probablemente no. Sé que no tienen testigos del crimen, así que deben tener algún forense que lo implique. Si puedo destrozar las pruebas, el caso se desmorona. Por desgracia, mi cliente no puede permitirse un experto, y los pro bono probablemente no sean lo bastante buenos.

Por fin levantó la vista de su doble old fashioned para encontrarse con mi sonrisa de satisfacción.

—Travis, puede que estés de suerte. Morquist Levy, un buen amigo mío, es uno de los mejores patólogos forenses del país. Trabajé con él en Houston. Gran tipo, y siempre feliz de ayudar a una causa justa. Si necesitas que revise alguna prueba, dímelo.

—Muy amable de su parte, Doc. Te llamo si es que necesito su contacto.

•   •   •

Esa noche abrí un breve correo electrónico de El BT.

«Ten mucho cuidado. Ambos están sucios».

Había adjuntado algunas hojas de cálculo.

CAPÍTULO 21

Viernes 13 de mayo
9:00 a. m.

La acusación formal de Alejandro comenzó en la sala del tribunal que había permanecido en pie durante 87 años, renovada más recientemente hace siete años por la Fundación Felton. En una impresionante sala de dos pisos revestida de roble teñido de oscuro e intrincadas molduras, el juez se sentaba en un estrado a dos metros del suelo, lo que le permitía dominar el cavernoso espacio. Hoy, las 12 filas de asientos soportaban una multitud, y más gente permanecía de pie a lo largo del perímetro.

El Alguacil hizo su anuncio exactamente a tiempo.

—Todos de pie. Se abre la sesión, preside el Honorable Nick Morestrand.

El juez Morestrand subió las escaleras hasta su silla e hizo un gesto a los asistentes para que se sentaran. Bastante alto, con su pelo canoso y sus famosas cejas grises y pobladas, irradiaba una presencia tranquila y sabia. Había ganado la reelección con facilidad durante los últimos 23 años como una potencia académica conocida por presidir con justicia y compasión.

—Fiscalía, la palabra es suya.

Don Anderson, ataviado con su mejor traje azul oscuro de rayas finas y una corbata roja, expuso su punto de manera sucinta.

—Su señoría, el Estado acusa a Alejandro Ramírez de siete cargos de asesinato premeditado en primer grado por las muertes de Laurie Vaughn, John Hunt y cinco John Does en el último año. El Estado solicita que sea retenido sin fianza en espera de juicio, ya que es a la vez un riesgo de fuga y un peligro para la comunidad.

El fiscal se sentó y el juez miró hacia la mesa de la defensa.

Travis Foster esperó un momento y luego se levantó lentamente, indicando a Alejandro que se pusiera de pie a su lado. Travis había organizado un corte de cabello y un traje azul conservador para que Alejandro lo usara en el tribunal, mientras que él mismo mantenía su habitual aspecto desordenado, con su cabello gris desafiando la gravedad en todas direcciones y vistiendo un traje gris arrugado de 15 años.

—Su señoría, mi cliente se declara inocente de estos cargos. Además, pedimos que estos cargos sean desestimados con perjuicio, ya que la fiscalía no ha presentado ninguna prueba de la culpabilidad de mi cliente.

Un golpe de martillo calló los murmullos de la multitud.

—Me gustaría recordarles a todos que son observadores, no participantes, en estos procedimientos. No voy a tolerar interrupciones. —Acompañó sus palabras con una larga y lenta mirada a toda la multitud—. ¿Fiscalía?

—Su señoría, es un insulto a este tribunal y al pueblo sugerir que el juicio termine antes incluso de que haya comenzado. El Estado tiene abundantes pruebas que relacionarán a este hombre con los asesinatos de esos inocentes.

Travis se levantó.

—Su señoría, creo que el fiscal es un hombre de palabra y que nunca afirmaría tener una montaña de pruebas a menos que tal montaña existiera realmente, pero no hemos visto nada, ni una sola prueba que relacione a mi cliente con estos asesinatos. Si desea denegar la libertad bajo fianza a mi cliente, debe mostrar al menos alguna razón para hacerlo.

Esperando esto, el fiscal respondió inmediatamente.

—El Estado todavía está procesando las pruebas, pero entre otras cosas, descubrimos una Glock del calibre .45 y munición consistente con el tipo utilizado en el asesinato en posesión del Sr. Ramírez. El arma está legalmente registrada a su nombre y se encontró en su mesilla de noche. Sus huellas estaban en el arma. El Estado demostrará, mediante pruebas forenses, que el Sr. Ramírez efectivamente mató a esas personas.

Travis soltó una risita audible.

—¿Tiene algo que añadir, abogado? —preguntó el juez.

—Un momento, por favor. —Revolvió los papeles antes de levantar uno—. Ajá, aquí está. Su señoría, hay 137 Glocks del calibre .45 legalmente registradas en esta ciudad. Otras trescientas 82 armas de calibre .45 de diversa fabricación están legalmente registradas en esta ciudad. Veamos, se han vendido más de 50,000 cartuchos de munición Federal calibre .45 en esta ciudad en el último año. Eso significa que el Sr. Ramírez es una de las más de quinientas personas que tienen un arma y munición similar a la utilizada en este crimen. Ciertamente, ¿eso no es suficiente para retener a un hombre sin fianza?

El juez enarcó una ceja y volvió a mirar al fiscal, que ahora se agitaba un poco.

—¿Tiene algo más convincente?

El fiscal esperaba evitar la revelación de la sangre en el arma, pero tuvo que seguir adelante con el caso.

—Su señoría, el arma recuperada en casa del Sr. Ramírez presenta restos de sangre humana.

La multitud exigió de nuevo el silencio del juez. Exteriormente tranquilo, Travis sonrió por dentro mientras se levantaba.

—¿Ha coincidido esta sangre con alguna de las víctimas?

—Los resultados de ADN no están listos hasta esta noche.

El juez cruzó las manos y miró pensativo a las partes.

—El Tribunal se encuentra en una posición difícil. El Sr. Ramírez tiene derechos y no puede ser detenido por cargos que no están respaldados por pruebas. Por otra parte, el tribunal tiene el deber de proteger a la comunidad de un individuo potencialmente peligroso. Creo que...

—Disculpe, Juez. —Travis se levantó rápidamente de su asiento, sin rastro de su anterior comportamiento despreocupado—. Lamento interrumpir, pero creo que tengo una solución que es aceptable para todas las partes.

—Espero que sea una solución extraordinaria para justificar que me interrumpas en mi tribunal.

Sin inmutarse.

—Propongo que retrasemos este procedimiento hasta el lunes para obtener toda la información del laboratorio. Mi cliente permanece en la cárcel durante el fin de semana mientras espera el aplazamiento de la comparecencia del lunes. Solo pido que tengamos acceso inmediato a una muestra de la sangre encontrada en el arma y la oportunidad de revisarla durante el fin de semana.

El juez miró al fiscal, quien aceptó la sugerencia de Travis.

—Por acuerdo de las partes, el Sr. Ramírez permanece bajo custodia durante el fin de semana, y continuaremos esta audiencia a las 9 a. m. del lunes. Sr. Anderson, espero que la defensa tenga acceso a todo lo necesario para evaluar la mancha de sangre en la próxima hora. No se tolerarán los retrasos. Se levanta la sesión.

El juez golpeó el mazo y salió de la sala.

Travis recogió sus papeles. Ahora que ya conocía la base de su caso, todo lo que tenía que hacer era abrir agujeros enormes en él durante los dos días siguientes.

• • •

Tomás llegó al Rancho Felton Forty al mediodía y John se sentó con él en el porche mientras una jarra de limonada fresca brillaba en la mesa entre los dos. Tomás se sirvió un largo trago antes de ir directamente al grano.

—Este rastreador ha causado una gran interrupción a nuestro negocio. No estoy para nada contento.

—Lo siento —respondió un nervioso John—. Hemos redoblado la seguridad por aquí y estamos trabajando duro para localizar a quien lo instaló.

—Tengo entendido que había un hombre y un perro en la cinta de seguridad.

—Sí, pero solo vimos sombras, nada que identificara definitivamente a nadie.

Tomás se echó hacia atrás.

—Entonces, ¿no tienes ninguna pista?

—Una posibilidad que estamos comprobando, es un wey nuevo en la ciudad que siempre tiene un perro a su lado.

—Hay que traer a este hombre para interrogarlo y luego hacerlo desaparecer.

John se movió incómodo en su asiento.

—Me temo que eso no es posible. Es médico de urgencias aquí en la ciudad, y también sale con la hija del Alguacil. Con todos los otros cuerpos encontrados recientemente, no hay forma de hacerlo desaparecer.

—¿Cómo está nuestro amigo el Alguacil? Hizo un buen trabajo encontrando a alguien responsable de todos esos asesinatos tan rápido.

—Está estresado, pero aguantando.

—Está estresado porque siempre la cagas. También estoy estresado, lo que no es bueno para tu salud a largo plazo, amigo mío. Si sigues creando situaciones estresantes, dejarás de ser útil.

Consciente de lo que Tomás era capaz de hacer, John no deseaba convertirse en una lección para los demás.

—El Alguacil ha resuelto el tema de los cadáveres con Alejandro. Cuando confirme quién puso el rastreador en el camión, me encargaré de ellos.

—Que así sea. —Tomás se levantó para marcharse—. Una cosa más. Sus errores han causado una interrupción significativa a nuestras operaciones. Estimo que me vas a dar una carga gratis de producto en la próxima entrega. Espero que esto sea aceptable.

John asintió. Su vida valía para él mucho más que unos cuantos millones de dólares de producto.

—Gracias, Tomás.

Tomás se fue sin decir nada más. La interrupción de su operación fue menor, y se esperaban cosas así, pero aun así fue agradable ganar unos cuantos millones de dólares con el error.

●　●　●

Analicé la hoja de cálculo bajo una suave brisa en el porche trasero iluminado por el sol. Banshee perseguía afanosamente olores que solo él detectaba a través de los álamos temblones. Las hojas de cálculo y otros documentos que El BT me había enviado anoche incluían cuentas bancarias y formularios fiscales, así como un análisis de El BT. Una parte de mí quería saber cómo había conseguido esa información, mientras que el resto quería asegurarse de no hacerlo enojar nunca.

A primera vista, los libros de Tim's Garden Spot parecían sencillos. Los informes anuales correspondían con las cantidades que aparecían en los formularios de impuestos, y pagaban todos sus impuestos a tiempo, pero Tim's Garden Spot era demasiado rentable, con casi cuatro millones de dólares de beneficios al año, una barbaridad para siete viveros. Y lo que es más preocupante, mostró un buen flujo de caja en los meses de invierno. Estaba dispuesto a apostar que un vivero promedio no vendía demasiadas plantas durante el invierno en Utah.

Dirigí mi atención a los documentos financieros de Felton, que mostraban un complejo conjunto de cuentas y empresas, pero, afortunadamente, El BT había proporcionado un resumen. En los últimos diez años, el rancho había sido increíblemente rentable, vertiendo casi 100 millones de dólares en su Fundación Felton para compensar las obligaciones fiscales. La Fundación había estado comprando activos y negocios en la ciudad, prestando algunos servicios caritativos, pero también obteniendo beneficios de esos negocios, que se reinvertían para poseer más activos.

En realidad reflejaba un brillante plan para lavar dinero. El exceso de efectivo se declaraba ingreso para el rancho y se transfería a la fundación, donde se hacían algunas donaciones, pero la mayor parte se reinvertía en otros negocios que producían efectivo, que se utilizaba para comprar más negocios. Los Felton no solo utilizaban dinero lavado para comprar activos, sino que además lo hacían libres de impuestos.

Volví a sentarme en la silla y observé cómo las nubes surcaban el cielo turquesa mientras unía todas las piezas en mi mente. Tenía que apreciar la complejidad y sofisticación de la operación, y dudaba que los Felton pudieran llevarla a cabo por sí solos. Los registros mostraban que el aumento de la rentabilidad comenzó hace unos diez años. Antes de eso, solo obtenían un modesto beneficio cada año. El viejo Felton había hecho un trato diez años atrás, y el dinero sucio fluía por el rancho, oculto bajo la apariencia de una caridad benévola.

Miré a Banshee, que yacía a mi lado con la cabeza apoyada en las patas delanteras después de todas sus exploraciones.

—Banshee, ¿qué te parece visitar un invernadero en Salt Lake City?

Banshee agitó su cola.

• • •

Larry organizó una llamada en conferencia con el Alguacil y el Fiscal hacia el final de la tarde y habló antes de que alguien siquiera saludara.

—¡Tenemos una coincidencia con la sangre, Alguacil! ¡Lo tenemos!

El Alguacil tuvo que recordar hacerse el sorprendido, aunque sabía exactamente lo que mostraría la sangre.

—Ve más despacio, recupera el aliento y empieza desde el principio.

—La tipificación del ADN en la sangre del arma se completó hace una hora, y comparamos los resultados con el Sr. Ramírez y todas las víctimas. La sangre del arma coincide con la de Laurie Vaughn.

Hicimos una prueba de confirmación, que es más sensible, y coincide perfectamente.

—¿Hasta qué punto estás seguro de que coincide? —preguntó el fiscal.

—Los resultados muestran que hay una posibilidad entre 5,300 millones de que esta sangre no sea suya. Esa es la sensibilidad máxima de la prueba.

—Bien, buen trabajo, Larry. Necesito que me traigan dos copias de esos resultados a mi oficina inmediatamente. Voy a llamar a Travis para darle los resultados, y él puede tener una copia. ¿Nos queda suficiente sangre para que tome una muestra si quiere?

—Sí, señor. Podemos analizar ADN en cantidades microscópicas, y hay suficiente para que tenga una muestra si la necesita.

—Buen trabajo a todos. Asegúrense de que nadie diga una palabra a nadie, ni siquiera a sus esposas. Esto se mantiene en silencio hasta la audiencia del lunes.

Todos colgaron y esperaron ansiosos la cena de celebración de esa noche.

•   •   •

Travis pasó por la oficina del Fiscal Media hora después para recoger su copia del informe. Al igual que el hombre que ocupaba el asiento, la oficina personificaba la mediocridad. Algunas fotos familiares colgaban de las paredes beige, con viejos libros de leyes ordenadamente alineados en los estantes. Un solo folder frente a él decoraba un escritorio limpio y despejado. La bandera de Montana en la esquina era la única concesión al color.

—Travis, gracias por venir tan rápido.

Travis se sentó en una silla y se dirigió al fiscal.

—Asumo por tu sonrisa apenas reprimida que los resultados de ADN han sido favorables para tu caso.

Don empujó la carpeta por el escritorio.

—Bastante favorable. Esta es tu copia, y los resultados coinciden perfectamente con el ADN de la Sra. Vaughn.

Travis agarró la carpeta y hojeó brevemente el informe estándar del laboratorio estatal, con unas 20 páginas de términos científicos. Pasó a la última página para leer el resumen.

—Una posibilidad entre 5,300 millones de que no sea su sangre. —Cerró la carpeta y la volvió a dejar sobre el escritorio—. Así que hay una posibilidad de que no sea de ella.

Don se echó a reír.

—Lo sabes muy bien. Tenemos sangre de la víctima en su arma. Un estudiante de primer año de Derecho podría obtener esta condena. Su cliente no tiene ninguna posibilidad, pero estoy dispuesto a hacer un trato. Si se declara culpable, no pido la pena de muerte. Si esto va a juicio, lo haremos, y ganaremos.

Travis asintió con la cabeza mientras miraba la bandera de Montana durante treinta segundos, fingiendo que consideraba la oferta. De repente, se levantó y recogió la carpeta.

—Gracias, Don. Me voy a asegurar de que mi cliente está al tanto de la oferta, y te doy su respuesta el lunes. Mientras tanto, me gustaría revisar este informe. Necesito una muestra de sangre para nuestros estudios. Por favor, dile a Larry que la paso a recoger esta tarde.

Travis llamó a Doc mientras volvía a su despacho.

—Es Travis. ¿Cómo se llama ese forense tan listo de Houston?

• • •

Llamé a Kirsten esa noche.

—Buenas noches, preciosa. ¿Tienes planes para el fin de semana?

—No estoy de guardia y mi agenda está libre. ¿Tienes algo en mente?

—¿Te gusta el baloncesto?

—Una pregunta un poco rara, pero sí, está bien.

—¿Qué tal si me acompañas a Salt Lake City este fin de semana para ver un partido de los Jazz? Los Lakers están en la ciudad para los playoffs y debe ser un buen partido.

Kirsten fingió pensárselo.

—Tienes que endulzar esa oferta. El baloncesto está bien, pero no merece un viaje de cinco horas de ida y vuelta.

—Está bien, ¿qué tal si añado un hotel de cinco estrellas, un masaje de 90 minutos en su spa y el desayuno en la cama?

—Eso está mejor. ¿A qué hora nos vamos?

—Te recojo mañana a las ocho de la mañana.

—Nos vemos entonces.

Banshee me miraba con la cabeza de lado.

—No te preocupes, muchacho. Voy a encontrar algún lugar que permita perros de servicio.

CAPÍTULO 22

Sábado 14 de mayo
8:03 a. m.

Recogí a Kirsten a tiempo, y Banshee se acomodó a regañadientes en el asiento trasero con vistas a las ventanillas laterales. Nos dirigimos hacia el oeste hasta que tomamos la I-15 para seguir en línea recta hacia el sur hasta Salt Lake City.

—¿Qué pasa con los planes de última hora?

Kirsten se hizo un ovillo en su asiento.

—Tenía el fin de semana libre y quería hacer algo que no implicara fosas comunes. Estaba viendo la tele y mencionaron el partido Jazz vs Lakers del sábado. Chequé la disponibilidad en línea y aún quedaban asientos decentes, así que me decidí por un viaje por carretera.

—La verdad es que parece fácil viajar por carretera en esta cosa. Este asiento es más cómodo que cualquier mueble de mi casa.

—Mercedes se especializa en características que no necesitas, pero que definitivamente quieres. Por ejemplo…

Pulsé algunos botones del panel de control y esperé brevemente su respuesta.

—¡Dios mío, tienes que estar bromeando! ¿Un masajeador de asiento?

—Sí, y ése es solo uno de los diez programas. También puedes añadir calor a cualquiera de ellos.

—Baja la velocidad y tómate tu tiempo al volante. Voy a revisar todas estas opciones.

Kirsten reclinó el asiento, cerró los ojos y se deleitó con el masaje.

El camino, fácil y hermoso, serpentea entre verdes colinas y montañas a ambos lados. Los carteles indicaban el camino a Yellowstone y Jackson Hole, y tomé nota mental de incluirlos también en mi lista de viajes. Paramos para descansar y para que Banshee pudiera corretear por Malad City, una pequeña ciudad al norte de la frontera de Utah, antes de volver a subirnos al G Wagon para continuar hacia el sur. A la una, llegamos al norte de Salt Lake City, cerca de donde el camión había parado en Tim's Garden Spot.

—Me muero de hambre. Vamos a comer —sugerí.

Kirsten bostezó y se estiró.

—Eso suena bien después de 400 kilómetros de masaje continuo.

Me detuve en la siguiente salida y elegí un IHOP.

Kirsten me miró de reojo.

—¿En serio?

—Siento que un waffle llama mi nombre, con una guarnición de hotcakes y aros de cebolla, y tal vez un vaso de carbohidratos para digerirlo todo.

Kirsten recapacitó.

—No había pensado en waffles hasta que lo dijiste, pero vamos.

Terminamos nuestros waffles y Banshee se comió rápidamente sus salchichas. Cargados de carbohidratos, regresamos al Mercedes para el resto del viaje. Me desvié por la carretera principal hacia la autopista y giré inmediatamente a la derecha en un estacionamiento.

—¿Qué estás haciendo? —preguntó Kirsten.

Señalé el cartel.

—Voy a comprar una planta. Vamos.

Abrí la puerta y Banshee saltó tras de mí. Entramos en Tim's Garden Spot con una desconcertada Kirsten siguiéndonos.

Limpio y bien organizado, un gran edificio diáfano repleto de plantas de interior y suministros daba la bienvenida a los clientes errantes. La parte trasera daba directamente a invernaderos que contenían plantas de exterior más grandes. Más atrás, un patio abierto exhibía árboles y suministros a granel, incluido mantillo.

—¿Es esto lo que estás buscando?

Kirsten sostenía una pequeña flor rosa del tamaño de mi meñique en la maceta más pequeña del mundo.

Fingí estudiarla un momento.

—Demasiado varonil. Necesito algo más delicado.

Kirsten torció los ojos y lo devolvió a la estantería.

—¿Por qué ese repentino interés por las plantas?

—Tuve un patio increíble en Houston. He querido comprar algunas plantas para la casa, pero no he tenido tiempo. Llámalo compra impulsiva. Echemos un ojo.

El bien organizado vivero no albergaba indicios de actividad delictiva. En el jardín, reconocí enseguida el mantillo de Felton Ranch. Le señalé la bolsa a Kirsten.

—Parece que no podemos escapar de esos weyes.

Kirsten arrugó la cara, disgustada.

—Si compras una bolsa de eso, me voy caminando a casa.

—No te preocupes, el mantillo no está en mi lista de hoy. —Me incliné y le susurré a Banshee—: DROGAS.

Banshee olfateó inmediatamente toda la zona, rodeando metódicamente las pilas de sacos de mantillo. Volvió conmigo sin indicar la presencia de drogas. Decepcionado, pero no sorprendido, le rasqué las orejas y le dije «RELÁJATE».

En el interior, elegí un helecho y un pequeño ficus para mi hogar. Convencí a Kirsten de un helecho a juego para su casa. Lo único que sabía era que Tim's Garden Spot existía y tenía un negocio estable. Por el lado positivo, tenía algunas plantas nuevas para mi casa.

—¿Alguna otra parada planeada? —preguntó Kirsten.

—No, nos dirigimos al hotel.

—Bien. Mi masaje está programado para las tres.

. . .

De vuelta en Tim's Garden Spot, el gerente hizo una llamada.

—Luis, teníamos a un cabrón paseando con su perro, revisando el lugar, como dijiste que podía pasar.

—¿Qué manejaba?

—Un G Wagon negro.

—¿Estaba solo?

—No. Tenía una linda morra con él.

—Envíame fotos. ¿Compró algo?

—Solo un par de plantas pequeñas.

—Envíame también el recibo de la tarjeta de crédito.

Quince minutos más tarde, Luis hizo llegar las fotos a Tomás, quien se las pasó a los Felton.

—¿Reconoces a este hombre?

Al mirar la foto, todo su cuerpo se contrajo.

—Sí, ese es definitivamente Doc y su perro. ¡Cabrón hijo de puta! ¿Qué hace por allá?

—Siguiendo el rastreador que le permitiste poner en mi camión. ¿Quién es la mujer?

—Kirsten Jenkins, una doctora ortopédica de aquí. Se dice por ahí que están saliendo. También deberías saber que es la hija del Alguacil Stein.

—Tengo que tomar algunas decisiones.

Colgó antes de que John respondiera.

. . .

El precioso hotel nos asignó una habitación con vistas a las montañas. Salimos al balcón abrazados, respirando el aire fresco de un cálido día de primavera.

—Esto es muy relajante. Me dan ganas de quitarme la ropa y sentir la brisa.

—Por mi encantado.

—Tal vez más tarde. Ahora tengo que prepararme para mi masaje.

—¿Cómo te preparas para un masaje?

Me agarró de la mano y me llevó hacia la regadera.

—A su servicio, mi señora.

Después de un baño estimulante, Kirsten me dejó planeando mi próximo movimiento en una bata de hotel en el balcón con Banshee a mi lado. Sabía que los Felton y Tim's Garden Spot probablemente lavaban dinero, pero no podía probarlo.

—¿Qué te parece, Banshee? Parece que soy yo el que rompe las leyes para encontrar pruebas de que estos weyes están haciendo algo ilegal. Buen chiste, ¿no?

Banshee dirigió su mirada hacia mí.

—No te preocupes. Yo también estoy confundido. ¿Qué quieres hacer ahora?

Banshee agitó su cola en el balcón.

—Buena idea. Vamos a dar un paseo.

Banshee saltó de un lado al otro al oír su palabra favorita. Decidí contárselo todo a Kirsten.

· · ·

Kirsten regresó de su masaje, relajada y radiante, con el rostro soñoliento. Nos vestimos para cenar, y Kirsten pidió un pequeño filete mignon con croquetas de cangrejo, mientras que yo pedí una hamburguesa con papas fritas. Caminamos diez minutos hasta el estadio. Los Jazz se llevaron la victoria con un tiro en el último segundo, provocando la euforia del público. Contagiados por la emoción, aún sentíamos euforia mientras caminábamos de regreso al hotel.

—Gracias por esto. Había olvidado lo bien que se siente salir.

Kirsten se acurrucó en mi brazo.

—Hay que hacer lo que nos gusta con las personas adecuadas.

—Esto definitivamente me gusta.

Caminamos en silencio hasta nuestra habitación. Emocionado al vernos, Banshee prácticamente me lanzó su correa.

—Está bien, vamos a dar un paseo rápido.

—Adelantense sin mí. Voy a prepararme para dormir.

Banshee y yo paseamos por el recinto del hotel. Lo solté para que quemara energía. Marcó su territorio antes de que volviéramos a la habitación.

Encontré la habitación vacía y la puerta del balcón abierta. Kirsten, recostada desnuda sobre una manta, contemplaba el cielo nocturno.

—Me alegro de que seas tú y no el servicio a la habitación. ¿Quieres acompañarme?

Acarició la manta que tenía a su lado. Me desnudé rápidamente y me recosté a su lado.

—Las estrellas están tan bonitas esta noche —observó.

—Tú también.

Se subió suavemente encima de mí.

—Gracias por un día tan agradable.

CAPÍTULO 23

Domingo 15 de mayo
8:42 a. m.

Nos despertamos abrazados, con Banshee acurrucado a los pies de la cama. Me zafé de su abrazo, me puse una bata y salí tranquilamente al balcón. Otra mañana perfecta con una ligera brisa, el sol brillaba bajo en el cielo. Quince minutos después, Kirsten se deslizó a mi lado en bata.

—Buenos días. ¿Cómo dormiste? —pregunté mientras le daba un besito en la mano.

—Como un bebé. Esto es precioso. —Se volvió hacia mí—. Me la pasé muy padre ayer.

—Yo también. Tenemos que hacerlo otra vez.

Nos sentamos en silencio durante unos minutos.

—Kirsten, necesito decirte algo.

Me miró de reojo con una ceja levantada.

—Si esta es la parte en la que me hablas de tu mujer y tus cuatro hijos, te voy a tirar por este balcón.

—No. Mi esposa y yo solo tenemos dos hijos. —Eso se ganó un puñetazo juguetón en el hombro—. En serio, necesito tu opinión. Algo está pasando con los Felton.

—Siempre pasa algo con esos idiotas.

—Esto es más serio. Cuando estaba en el rancho, los oí hablar de una entrega especial de los invernaderos, así que decidí investigar un poco. Banshee y yo nos escabullimos por la noche y vimos cómo cargaban un camión. Prestaron especial atención a dos palés de mantillo, y todo el mundo andaba armado. Definitivamente, algo raro estaba pasando.

Kirsten me miró con los ojos muy abiertos y la mandíbula desencajada.

—Es una locura. Pudiste haber muerto. Te pueden disparar por allanamiento en cualquier rancho, pero especialmente en ese.

—Tuve cuidado y me mantuve alejado de la luz. Creo que nadie nos vio. Puse un rastreador en el camión y rastreé la entrega hasta Tim's Garden Spot aquí en Salt Lake City.

—¡Aja! entonces por eso nos detuvimos en ese vivero. Ya se me hacía raro que quisieras comprar plantas en vacaciones.

—La verdad es que me gustan mucho las plantas, pero le atinaste, quería ver el vivero.

—¿Y encontrarte algo raro? Se veía como un invernadero normal.

—No. Se veía como cualquier otro invernadero. Hasta hice que Banshee oliera en busca de drogas, pero no había nada.

—¿Drogas? ¿Crees que los Felton son narcos?

—Le hablé a un conocido mío de Houston. Me consiguió los registros fiscales y bancarios del rancho y del vivero. Hay un montón de dinero extra moviéndose a través de ambos negocios. El rancho funciona como una operación de lavado de dinero.

Kirsten se inclinó hacia mí.

—Esperate. ¿Me estás diciendo que escuchaste una conversación, y con eso, entraste en su propiedad, rastreaste su camión, y conseguiste que algún hacker mirara su información financiera por ti? ¿Y concluiste que los Felton lavan dinero procedente de la droga? ¿Hay algo más que deba saber?

—Eso es casi todo.

—Así que eso te convierte en el puto James Bond.

—Y eso te convierte en mi perfectamente hermosa chica Bond.

—Eso no me gusta. A las guapas ayudantes de James Bond siempre les pasa algo malo.

—No voy a dejar que nada malo te pase. ¿Qué debemos hacer ahora? ¿Debo informar al Alguacil de lo que encontré?

Kirsten soltó una carcajada.

—Mi primer consejo es que te alejes del Alguacil. La única prueba de actividad delictiva que hay ahora mismo eres tú, colándote al rancho de los Felton. Ellos tienen demasiado poder. Si vas tras ellos con esto, van a salir libres y hacer de tu vida un infierno. No hay forma de que el Alguacil los persiga sin pruebas reales.

Tenía sentido. Estaba seguro al 99 % de que sabía lo que estaba pasando, pero no podía demostrarlo.

—Creo que tengo que volver a entrar al rancho para conseguir pruebas, pero antes, tenemos que desayunar e irnos a casa. ¿Quieres bañarte primero?

Me tomó de la mano y tiró de mí tras ella.

—Creo que debemos ahorrar agua. Vamos a bañarnos juntos.

•   •   •

Morquist llamó a Travis exactamente a las dos en punto.

—Buenas tardes, Travis. Completé mi revisión de los materiales que me enviaste.

—Gracias por su ayuda. ¿Encontraste algo interesante?

—Una anomalía que no puedo explicar.

Morquist compartió sucintamente sus hallazgos con Travis, que tomó notas precisas. Morquist respondió a algunas preguntas, y Travis tenía un plan para su defensa de Alejandro.

•   •   •

Llegamos a la ciudad a última hora de la tarde, después de un viaje tranquilo y relajado. Ayudé a Kirsten a deshacer las maletas y luego la ayudé a elegir un lugar para su nuevo helecho.

—Recuerda que debes girarla con frecuencia para que crezca de forma uniforme y no la riegues muy seguido.

—¡Sí, señor! —Kirsten hizo su mejor imitación de un saludo militar exagerado.

—Me la pasé muy chido este fin de semana.

—Yo también, Dr. Espía Secreto. ¿Seguro que no puedo ir contigo?

Habíamos hablado de eso durante los últimos 100 kilómetros. Kirsten tenía muchas ganas de ir a visitar el rancho con Banshee y conmigo, pero yo no quería que se metiera en líos.

—Sería vergonzoso que tu padre te arrestara.

Hizo un puchero.

—De acuerdo. Tú y Banshee diviertanse. Mientras yo me quedo aquí a cuidar de mi planta.

La abracé.

—No va a ser tan emocionante, y quiero que estés a salvo. Hablando en serio, si están involucrados en lavado de dinero y drogas, esto puede ponerse peligroso. No le digas una palabra a nadie.

—Mis labios están sellados. Ahora vete de aquí. Tengo algunas cosas que hacer antes de trabajar mañana. —Me dio un beso largo y apasionado antes de empujarme hacia la puerta—. Adiós, Señor Bond.

CAPÍTULO 24

Lunes 16 de mayo
9:00 a. m.

La sala del tribunal parecía aún más abarrotada que el viernes. Una palpable emoción se extendía entre los presentes mientras se acercaban las nueve en punto. El fiscal lucía impecable en su traje azul marino que le quedaba perfectamente, una camisa blanca almidonada hasta el punto de incomodidad y una corbata de seda con rayas rojas. Travis llevaba el mismo traje del viernes y parecía como si hubiera dormido en él todo el fin de semana. El fiscal rebosaba de nerviosa anticipación mientras Travis miraba fijamente los papeles esparcidos sobre la mesa frente a él.

A la hora prevista, el Alguacil anunció la llegada del juez. El juez Morestrand entró en la sala para sentarse en el estrado. Barajó unos cuantos papeles antes de levantar la vista hacia la abarrotada sala.

—Esta es una continuación de la audiencia de fianza para el Sr. Ramírez del viernes pasado. La fiscalía pidió tiempo para revisar las pruebas y la defensa accedió amablemente a la prórroga. Sr. Anderson, ¿está preparado para presentar pruebas que justifiquen su petición de no fianza en este caso?

—Lo estamos, su señoría.

—Entonces, por favor, proceda.

—Su señoría, nos gustaría llamar a Larry Watson al estrado.

Larry ocupó su lugar en el estrado y prestó juramento.

—Sr. Watson, ¿podría decirle a la corte sus cualificaciones?

—Sí, señor. Soy patólogo certificado con 20 años de experiencia en patología forense. Soy el médico forense jefe del condado y superviso toda la recolección de pruebas y las autopsias del condado.

—En su calidad de médico forense en jefe, ¿tuvo la oportunidad de procesar las pruebas recogidas en el domicilio del acusado?

—Sí, señor. Recibimos una pistola Glock del calibre .45, recuperada en casa del Sr. Ramírez. Esas pruebas se procesaron según nuestros procedimientos habituales y se analizaron en busca de huellas dactilares, sangre y cualquier rastro de pruebas. Los resultados se resumen en este informe.

El informe se presentó como prueba sin comentarios por parte de Travis.

—¿Qué reveló su estudio del arma?

—Detectamos múltiples huellas dactilares en el arma, todas ellas pertenecientes al Sr. Ramírez.

—¿No había otras huellas en el arma? ¿Solo del Sr. Ramírez?

—Así es. También encontramos dos manchas de sangre en el cañón. El informe muestra un primer plano de las manchas de sangre.

El fiscal mostró una foto de las manchas de sangre al juez e hizo que Larry diera una tediosa descripción de los procesos utilizados para recoger y analizar la sangre. Travis, desinteresado, siguió hojeando los papeles que tenía sobre la mesa. Por último, el fiscal pasó por los detalles del análisis.

—¿Y no tiene ninguna duda de que la sangre se extrajo y analizó correctamente y de que los hallazgos se resumen en este informe?

—Sí, señor. Ese informe contiene los resultados verdaderos y exactos de la sangre recogida del arma encontrada en el domicilio de Ramírez.

Un Travis repentinamente alerta se levantó bruscamente.

—Disculpen al tribunal por la interrupción. Como anciano, mi oído no siempre es el mejor. ¿Puede repetir esa última afirmación?

—¿Podría el taquígrafo repetir la última pregunta y respuesta para la defensa?

El taquígrafo del tribunal leyó obedientemente el último intercambio.

—Gracias, su señoría. Disculpe la interrupción.

El juez miró pensativo a Travis. Había juzgado cientos de casos en esta sala, y éste era el primer indicio de un problema de audición.

—Sr. Watson, ahora que hemos establecido la custodia del arma y la recogida y análisis de la sangre, ¿puede resumir los resultados en este informe?

—El análisis de ADN de la sangre reveló una coincidencia positiva con Laurie Vaughn, una víctima fallecida encontrada el día 10 de este mes.

Un golpe firme del martillo y una mirada aún más firme del juez silenciaron a la multitud.

—Si sienten la necesidad de hablar, por favor retírense de la sala ahora. —Algunos periodistas salieron de la sala con la esperanza de ser los primeros en dar la noticia—. El resto de ustedes permanezcan sentados y en silencio mientras dure esta audiencia. —Puntuó sus palabras con una prolongada mirada a la multitud que hizo pensar a cada persona que solo les hablaba a ellos—. El Estado puede proceder.

—Gracias. Sr. Watson, ¿qué tan seguro está el laboratorio de que esta sangre coincide con la de la Sra. Vaughn?

—Los resultados indican que hay una probabilidad de uno entre 5,300 millones de que ésta no sea realmente su sangre. Es el análisis más preciso disponible con la tecnología actual.

—En su opinión profesional, no hay duda alguna de que la sangre encontrada en el arma pertenece a la Sra. Vaughn. ¿Es correcto?

—Estoy seguro más allá de cualquier duda razonable que la sangre pertenece a la Sra. Vaughn.

—Gracias, no hay más preguntas en este momento.

El juez miró a Travis, que seguía rebuscando entre los papeles de su mesa.

—Defensa, ¿desea interrogar al testigo?

—Sí, su señoría. Un momento, por favor, mientras encuentro el documento correcto.

En el estrado, el Sr. Watson se preparó para el contrainterrogatorio. Había testificado contra los clientes de Travis muchas veces a lo largo de los años, y sabía lo cabrón que podía ser Travis.

Finalmente, Travis levantó un documento, se puso en pie y se apoyó despreocupadamente en la mesa de la Defensa mientras hablaba.

—Sr. Watson, tengo aquí una copia del informe que entregó a mi oficina el viernes. ¿Es ésta una copia fiel y exacta del informe que se presentó como prueba?

—No puedo hablar del documento que tiene en la mano, pero el documento que recibió el viernes era un duplicado exacto del documento presentado como prueba.

—Me parece justo. —Travis dejó caer su copia y recogió la que se presentó como prueba—. Sr. Watson, ¿ha tenido la oportunidad de revisar este informe?

—Sí, señor.

—Se trata de un informe muy detallado. Diecinueve páginas con todo tipo de palabras científicas y gráficos y tablas. ¿Ha hojeado este informe o ha leído cada palabra?

—He leído cada palabra de ese informe, y mantengo mi declaración en cuanto a su exactitud.

—Muy impresionante. Como no soy un hombre de ciencias, solo pude hojearlo. Demasiadas frases médicas polisilábicas que no tuve tiempo de buscar, pero leyó todo el documento, cada palabra, y cree que es exacto. Cree que esto demuestra sin ninguna sombra de duda que la sangre de esa pistola pertenecía a la Sra. Vaughn.

—Estoy 100 por ciento seguro de que el informe es exacto y que la sangre pertenece a la Sra. Vaughn.

Travis hojeó el informe en silencio durante diez segundos antes de levantar la vista.

—Bueno, supongo que está decidido entonces. Gracias, Sr. Watson. No más preguntas.

Larry se sentó en el estrado atónito e incrédulo ante la concesión que había hecho Travis. El juez y el fiscal pensaron a toda velocidad tratando de averiguar qué trampa había tendido Travis. El juez mantuvo una cara de póquer, pero la expresión del Sr. Anderson delataba preocupación.

—Sr. Watson, puede retirarse. Sr. Foster, ¿quiere la defensa llamar a algún otro testigo?

Por primera vez, se le escapó una pequeña sonrisa al responder.

—De hecho, la Defensa llama al Dr. Morquist Levy, Jefe Médico Forense de Houston, Texas. El Dr. Levy se unirá a nosotros por videoconferencia esta mañana.

El fiscal se puso inmediatamente de pie.

—Protesto, su señoría. La defensa no nos ha revelado este testigo ni su testimonio previsto. No tenemos ni idea de las cualificaciones de este testigo.

—Su señoría, no recibimos ninguna prueba hasta el viernes por la tarde, y yo mismo pude hablar con el doctor Levy ayer mismo. Estoy seguro de que podemos establecer sus credenciales, y también estoy seguro de que el Tribunal estará interesado en lo que tiene que decir.

—No ha lugar. Permitiré su testimonio.

La llamada se conectó y el Dr. Levy apareció en la pantalla. Un hombre delgado con gruesos lentes que hacían más grandes sus ojos, apareció con el pelo oscuro pulcramente peinado que contrastaba con su camisa de cuello blanco y su tez pálida. Llevaba una placa con su nombre sujeta a la camisa y un bolígrafo y un lápiz a juego en el bolsillo. En general, daba la impresión de ser un científico de la NASA de los años 70. El Alguacil le tomó juramento rápidamente.

—Buenos días, Dr. Levy. Gracias por acompañarnos.

—Gracias por recibirme. Es la primera vez que testifico en Montana.

—Estamos contentos de tenerle. ¿Puede hablarnos de sus cualificaciones?

—Ciertamente. Actualmente soy Médico Forense Jefe del condado de Harris, que cubre el área metropolitana de Houston. Soy patólogo con triple titulación desde hace 27 años. Realicé miles de autopsias y testifiqué en 652 declaraciones y 471 juicios. Soy autor principal de 67 artículos revisados por pares y coautor de 327 artículos. ¿Necesita más información?

Hablaba con frases cortas y rápidas, sin pausas, como un subastador que anuncia sus credenciales médicas.

Travis se rió entre dientes.

—Creo que es suficiente. ¿Tuvo la oportunidad de revisar un informe fechado el 13 de mayo relativo a un análisis de la sangre encontrado en un arma incautada al Sr. Ramírez?

—Lo hice. Recibí el informe por correo electrónico en mi bandeja de entrada a las 10:04 a. m. del sábado, y lo revisé entre las 2:21 p. m. y las 3:09 p. m. de ese mismo día.

—En general, ¿considera que el informe es de calidad satisfactoria?

—Sí, el informe procede de un laboratorio reconocido a nivel nacional por su calidad.

—¿Así que crees que este informe es exacto?

—Eso espero. Una de mis antiguas alumnas dirige ahora ese laboratorio, y me sorprendería que sus datos no fueran perfectos.

—Este informe concluye que la sangre del arma coincide perfectamente con el ADN de la Sra. Vaughn. ¿Está de acuerdo con esa afirmación?

—Basándome en los datos que tengo delante, no hay duda de que la sangre del arma coincide con la de la Sra. Vaughn hasta los niveles más altos de la tecnología actual.

—Bueno, volvamos nuestra atención a la salpicadura de sangre en el arma. Puede usted por favor ir a la página 17 del informe que muestra una foto de cerca de la sangre en el arma. ¿Tienes alguna opinión sobre los patrones de sangre que se ven en esta foto?

—Protesto, su señoría. El testigo no está cualificado para hablar de patrones sanguíneos.

El juez miró a Morquist, que habló antes de que se formularan otras preguntas.

—Mantengo una certificación en análisis de salpicaduras de sangre, soy el autor principal de 14 artículos y coautor de 52 artículos adicionales relativos a pruebas de salpicaduras de sangre. Examiné 972 armas en busca de patrones de sangre y testifiqué en los tribunales 518 veces. Mis conclusiones nunca han sido erróneas.

El juez reprimió una sonrisa al decir:

—No ha lugar. Continúe.

Travis recogió.

—¿Qué puede decirnos sobre los patrones de sangre en esta arma?

—Los patrones son inusuales para los hechos de este caso. Las pruebas indican que la víctima recibió un disparo mientras estaba arrodillada a corta distancia. Esto significaría un ángulo hacia abajo para el arma. Al disparar un arma de alto calibre, como una .45, el arma se levantaría hacia la izquierda para un tirador diestro, exponiendo el lado derecho del arma a las salpicaduras. El arma estaría apuntando más horizontalmente, y la sangre viajaría hacia arriba desde abajo, por lo que el patrón debería ser más vertical en el arma. Esta foto muestra la sangre paralela al cañón del arma, y yo esperaría que fuera más perpendicular.

—¿Pero es posible que el tirador bajara el arma después de disparar en lugar de levantarla?

—Ciertamente es una posibilidad, pero muy poco probable.

—¿Algo más sobre el patrón que parezca fuera de lugar?

—Sí. En el primer plano, se puede ver que el patrón es relativamente consistente de adelante hacia atrás. Es más ancha por delante y más estrecha por detrás, pero las líneas son relativamente rectas. Normalmente, cuando se obtiene una salpicadura de sangre de un disparo cercano a la cabeza, la sangre ha viajado rápidamente y ha creado un patrón diferente al que se ve aquí. Normalmente, el patrón mostraría un punto claro de impacto con microgotas que se extienden en todas direcciones desde el impacto. La mayoría continuará a lo largo del eje original, pero algunos salpicarán en todas direcciones. No vemos ese patrón aquí.

—Entonces, ¿es su opinión profesional que el patrón de sangre podría haber sido causado por un disparo cercano a la cabeza en ángulo descendente?

—Sería un patrón inusual para un disparo de este tipo y, aunque poco probable, es definitivamente posible que el patrón de sangre proceda de ese tipo de disparo.

Travis barajó sus papeles antes de mirar a Morquist.

—Dr. Levy, ¿debo entender que es su opinión profesional que la sangre coincide al 100 % con la de la víctima, y que el patrón de sangre, aunque inusual, podría haberse producido cuando la Sra. Vaughn recibió un disparo a quemarropa mientras estaba arrodillada?

—Así es.

—¿Entonces asumo que es su opinión profesional que la sangre encontrada en esta arma ocurrió cuando la Sra. Vaughn fue disparada?

—Absolutamente no. Estoy 100 % seguro de que la sangre pertenece a la Sra. Vaughn, pero también estoy 100 % seguro de que la sangre no llegó al arma en el momento de su asesinato.

La sala se agitó y el juez dirigió su mirada a la multitud para restablecer el silencio. Travis ignoró la interrupción y mantuvo su ímpetu.

—Es una afirmación bastante extraordinaria. ¿Podría explicárnoslo, por favor?

—Claro. Si van a la página 12 del informe y miran la tercera nota a pie de página, puedo explicarlo todo. —El fiscal pasó rápidamente las páginas para encontrar la nota a pie de página—. Verá que el informe señala la presencia de tres sustancias químicas diferentes en la muestra de sangre. Una de estas sustancias químicas es el EDTA potásico, que no se encuentra en la sangre de forma natural. Es un anticoagulante que se usa en tubos de sangre como éste. —Morquist levantó un tubo con tapa de color lavanda—. Un laboratorio comercial como éste no utiliza este producto químico para ninguna prueba, y la única fuente de ese producto químico puede ser un tubo de transporte de sangre.

—¿No es posible que el producto químico se transfiriera accidentalmente durante el procedimiento de análisis?

—Imposible. El análisis de pruebas como ésta se haría en un entorno estéril, con guantes frescos y herramientas nuevas para cada muestra, y la sangre de la Sra. Vaughn se procesaría una semana antes y estaría almacenada lejos de la zona de trabajo.

—¿Quizás este producto químico fue inocentemente transferido de otra muestra?

—De nuevo, no es posible. Si hubiera contaminación de otra muestra, veríamos un segundo conjunto de ADN en los resultados.

—Dr. Levy, ¿podría exponer claramente al tribunal su interpretación de este informe?

—Este informe prueba concluyentemente que la sangre encontrada en el arma procedía de un tubo de sangre de la Sra. Vaughan en algún momento después de su asesinato.

—Gracias, Dr. Levy. Su señoría, pedimos que se retiren estos cargos y que se inicie una investigación sobre cómo se corrompieron estas pruebas.

El juez dirigió su atención al fiscal.

—Sr. Anderson, ¿cómo le gustaría proceder?

El fiscal miró a su equipo antes de decidir.

—Su señoría, la fiscalía solicita un receso de 15 minutos.

—Muy bien. Se levanta la sesión durante 15 minutos.

Golpeó el mazo y abandonó la sala.

•　　•　　•

Travis se recostó en su silla, abrió un libro de bolsillo y leyó sin preocuparse por nada. Alejandro se inclinó.

—¿Qué está leyendo?

—Es *Zona Peligrosa* de Lee Child. Un libro excepcional.

—¿De qué se trata?

—Trata de un hombre que es acusado injustamente de asesinato en un pequeño pueblo y tiene que demostrar su inocencia.

—Así que es como una investigación para mi caso.

—Algo así. Aquí, toma esta copia. Ya lo leí varias veces y creo que te va a gustar.

—Gracias. ¿De verdad cree que todo esto se termina hoy?

—Hijo, fue hace más de diez minutos. Intentan averiguar cómo salir de esta habitación con una pizca de dignidad intacta. Míralos.

Travis señaló a la mesa de la acusación, que ahora incluía a Larry Watson y al Alguacil, que se habían unido al fiscal y a su ayudante, y aunque sus voces eran bajas, estaba claro que los ánimos se habían calentado.

El fiscal exigió en un susurro áspero.

—Larry, necesito saber ahora mismo si ese tipo tiene razón o no. Sin tonterías. Dámelo directamente.

—Estoy de acuerdo con él en que el patrón es inusual, pero podría explicarse por una transferencia secundaria desde un dedo o la superficie de la ropa. El problema es la presencia de EDTA potásico. No hay forma de explicarlo a menos que digamos que el informe es erróneo.

—Eso sería una gran idea si no hubieras declarado bajo juramento hace treinta minutos que cada palabra del informe era verdadera y exacta. Larry, ¿cómo chingados llegó esa sangre a esa pistola?

Larry suspiró pesadamente antes de contestar.

—La única forma de que la sangre que contenía EDTA de potasio llegara a esa pistola era que se sacara de un vial en el laboratorio y se pusiera intencionalmente en la pistola.

Intervino el Alguacil.

—¿Estás diciendo que alguien puso a propósito esa sangre allí para incriminar a este wey?

—Eso es exactamente lo que estoy diciendo.

El fiscal preguntó:

—Larry, ¿cómo se te pasó esa nota en el informe?

—Por amor a Dios. El pinche informe tiene 20 páginas y siempre el mismo formato con las mismas notas a pie de página. No los leí hasta el final. Yo asumiré la culpa de esto.

—No. El cabrón que puso la sangre en la pistola va a asumir la culpa y tendrá 20 años de cárcel para pensarlo. Tenemos que dejar el caso. Las pruebas están contaminadas, e incluso con una nueva comprobación de la sangre, hay suficientes dudas como para que mi caso sea desestimado.

Un silencio embarazoso impidió el contacto visual.

—Muy bien, amigos. Estamos a punto de ser la burla de la comunidad jurídica, pero hagamos lo correcto.

La reunión se interrumpió cuando quedaban cinco minutos de receso. Volvieron a sus asientos e intentaron parecer ocupados hojeando documentos mientras evitaban el contacto visual. Finalmente, el Alguacil convocó de nuevo al tribunal y el juez volvió al estrado.

—Bien, Sr. Anderson, ¿cómo quiere proceder el Estado?

El fiscal se levantó lentamente y miró fijamente al juez.

—Su señoría, al Estado le gustaría ofrecer sus más profundas disculpas al Sr. Ramírez. Parece que nosotros mismos hemos sido víctimas de un delito, ya que alguien ha manipulado pruebas en este caso. He dado instrucciones al Alguacil para que abra una investigación inmediata sobre cómo el autor accedió a la sangre de la Sra. Vaughan y al arma del Sr. Ramírez. Ordenaré al laboratorio que examine a fondo todos sus procedimientos de seguridad para descubrir cómo se hizo y asegurarse de que no vuelva a ocurrir.

—Estoy seguro de que el pueblo de Montana aprecia su dedicación a la resolución de este nuevo crimen, pero ¿qué está haciendo concretamente en el caso de Montana contra Alejandro Ramírez?

—Su señoría, el Estado quisiera desestimar todos los cargos contra el Sr. Ramírez relacionados con los asesinatos de estos siete individuos.

—Sr. Anderson, me gustaría dejar claro que estos cargos serán desestimados con prejuicio.

—De acuerdo, su señoría.

—Sr. Ramírez, por favor póngase de pie. En nombre de este tribunal, me gustaría disculparme por los cargos que se presentaron contra usted utilizando pruebas falsas. Estos cargos están siendo desestimados con prejuicio, lo que significa que usted es declarado inocente de los cargos y nunca puede ser juzgado por ellos de nuevo. Sr. Ramírez, es usted un hombre libre. Se levanta la sesión.

El juez abandonó rápidamente la sala, que se llenó de felicitaciones. Mamacita se abrió paso hasta el frente para asfixiar primero a Alejandro, y luego a Travis, con abrazos que aplastaban los huesos. Le susurró al oído mientras lo abrazaba:

—Gracias, Sr. Foster. Puedes comer y beber gratis en mi casa mientras vivas.

Travis se zafó del abrazo.

—Ten cuidado con lo que prometes. Puedo beber fácilmente más de mi tarifa normal.

Travis entregó su ejemplar del libro a Alejandro.

—Disfruta del libro y disfruta de tu libertad. Trabajaremos en la demanda por detención ilegal la semana que viene.

Travis salió de la sala entre choca esos cinco y palmadas en la espalda.

El fiscal y su ayudante recogieron en silencio sus papeles, aún incrédulos por lo ocurrido. El Alguacil se quedó mirando al suelo, preguntándose cómo iba a salir de este lío. Él estaba a cargo de la investigación sobre cómo se alteraron las pruebas, pero la bolsa rasgada que había presentado en el registro de pruebas seguro que iba a ser discutida. Fue una de las pocas personas que tuvo acceso tanto al arma como a las muestras del laboratorio. Peor aún, iba a tener que explicar a John y Tomás lo que había pasado en el juicio. Con Alejandro libre, tendría que reabrir la investigación de los asesinatos. Tenía dos crímenes que resolver, y era cómplice de ambos. Necesitaba encontrar una manera de salir de este lío, y ni siquiera estaba seguro de que existiera una solución. Se alejó pesadamente del juzgado.

CAPÍTULO 25

Lunes 16 de mayo
10:57 a. m.

El Alguacil se quedó pensativo en su despacho privado tras dar órdenes estrictas de retener las llamadas y rechazar las visitas. Los medios de comunicación lo rodeaban y no tenía ni idea de qué decir. Se sobresaltó cuando su puerta se abrió bruscamente sin previo aviso.

—¡Te lo dije! Nada de visitas.

—Lo siento, no tengo cita, pero tenemos que hablar.

John Felton entró y se desplomó en una silla chueca y manchada frente al Alguacil. John llevaba una chamarra de cuero beige a juego con sus pantalones y unas botas vaqueras limpias. Puso suavemente su sombrero Stetson boca abajo sobre el escritorio.

—Te ves como la mierda, Alguacil.

El Alguacil se reclinó en su silla y soltó un fuerte suspiro.

—Tal vez sea porque estamos hasta el cuello de problemas.

John parecía desconcertado.

—¿Nosotros? ¿Cómo que nosotros? No tenemos problemas. Tú tienes problemas.

El Alguacil se incorporó, se inclinó sobre el escritorio y entrecerró los ojos.

—Déjame ser perfectamente claro, John. Estamos juntos en esto. Mis problemas son tus problemas. Si caigo por esto, caerás conmigo.

John le devolvió la dura mirada con una sonrisa condescendiente.

—Alguacil, ya conoces a la gente para la que trabajamos. Ya sabes lo que le pasa a quienes les fallan. Tenemos que trabajar juntos para encontrar una salida de este pedo.

El Alguacil se reclinó en su silla.

—Bueno, si tienes una historia que explique cómo se alteraron las pruebas y un nuevo sospechoso para los asesinatos, entonces estoy dispuesto a escucharte.

—Estoy trabajando en ello. Vamos a tener que inventar la historia de que el verdadero asesino entró en el laboratorio y manchó de sangre la pistola antes de allanar la casa de Alejandro.

—Eso podría funcionar, pero tiene que ser alguien con acceso al laboratorio que supiera que Alejandro era el principal sospechoso.

—¿Supongo que no hay ningún oficial en el equipo con quien tengas pedos? —John sugirió.

—Ni siquiera lo pienses. No voy a enviar a uno de mis oficiales al corredor de la muerte.

John levantó las manos y se puso de pie, recogiendo su sombrero mientras se dirigía hacia la puerta.

—Está bien, pero hay que encontrar a un asesino que también entró en el laboratorio y alteró las pruebas sobre Alejandro. Necesitamos una solución, y la necesitamos rápido. La gente para la que trabajamos no tolera el fracaso.

—¿Has sabido algo de ellos hoy?

—No. Estaba a punto de llamarlos para decirles que estamos trabajando en una solución. Eso nos dará algo de tiempo, pero necesitamos un chivo expiatorio.

• • •

Me dirigí a la ciudad alrededor del mediodía para almorzar, y terminé en Marty's Diner. De nuevo, Travis tenía una mesa y me hizo señas para que me acercara.

—Feliz lunes, Travis. ¿Celebrando algo? —pregunté mientras señalaba sus tres botellas de cerveza vacías.

—Doc, debes ser la persona peor informada de esta ciudad. Estoy celebrando la liberación de mi cliente, y tengo que agradecértelo.

—Espera, ¿Alejandro está libre? ¿Cómo pasó?

Travis me dio un resumen detallado de la audiencia.

—Y eso, amigo mío, es por lo que estoy celebrando.

—Me alegra oír que Morquist ayudó. No me puedo imaginar cómo ocurrió un error así.

Travis se puso serio por un momento.

—Eso no fue un error, hijo. Es otro ejemplo de la excusa de mierda del departamento de policía de esta ciudad que juega con las pruebas a su conveniencia para encubrir a sus amigos. Dispuestos a meter a ese pobre muchacho en una celda o en el corredor de la muerte por… —Travis se detuvo al darse cuenta de que había dicho demasiado—. De todos modos, el caso ha terminado. Brindo por eso.

—¿Así que este tipo de cosas han pasado antes?

—Olvida lo que dije. Soy un viejo borracho hablador. Mira, ya llegó nuestro almuerzo. Disfrutemos de estas papas fritas.

El resto de la conversación estuvo dominado por temas triviales no relacionados con el caso, pero las divagaciones del viejo borracho se repetían continuamente en el fondo de mi mente.

• • •

Esa noche salí de casa a las 11 y llamé a El BT por el camino. Contestó antes incluso de timbrar.

—Está listo, Doc. Tengo una hora de video de las cámaras, y estoy listo para ponerla en bucle cuando lo digas. Mándame un mensaje de cuando empezar y cuando parar.

—Gracias, El BT. Hazme un favor y vigila la transmisión en vivo, y llama al Alguacil si me meto en problemas.

—No hay pedo. Lo vigilo todo todo el tiempo. Ten cuidado. Hay dos guardias fuera esta noche —colgó bruscamente.

Manejé hasta el mismo lugar donde me estacioné la última vez, me puse el equipo y volví a comprobar el equipo de Banshee. Caminamos hasta los invernaderos, pero una vez más hicimos un alto en el camino para admirar el cielo nocturno. El cielo despejado ofrecía un espectáculo de estrellas que me guiñaban.

—Banshee, necesitamos pasar una noche durmiendo bajo estas estrellas.

Banshee ladeó la cabeza.

Después de 45 minutos, estábamos frente a los invernaderos. Los dos guardias, uno sentado en una silla plegable frente a la puerta del invernadero y el otro merodeando por el perímetro, parecían apáticos, pero tendrían que irse para que yo pudiera entrar en el invernadero. Le envié un mensaje a El BT para que cortara la transmisión en vivo de las cámaras de seguridad y reprodujera la cinta en bucle. Me respondió por mensaje diciendo que era seguro moverse.

Comprobé el equipo de Banshee una última vez y lo despedí con la orden:

—SILENCIO. —Banshee se adentró en la oscuridad y yo observé su progreso con mi cámara. Daba vueltas detrás de los invernaderos con ocasionales cambios de dirección por mi parte. Cuando estuvo en el lado opuesto, le hice retroceder hasta la oscuridad, donde la luz no podía penetrar, y luego le ordené—: QUEDATE EN SILENCIO.

Cuando el guardia del perímetro se acercó a menos de 15 metros de Banshee, activé su altavoz y susurré por el micrófono.

—Shhhhhh. Está cerca.

El guardia giró al instante su linterna hacia el sonido de mi voz. Hice que Banshee se alejara silenciosamente otros diez metros del invernadero y activé el micrófono, de nuevo.

—Vamos, nos va a ver.

El guardia definitivamente escuchó eso y llamó a su compañero mientras se dirigía hacia la voz. Su compañero saltó de la silla y lo siguió en la oscuridad. Le di a Banshee la orden de regresar en silencio y luego corrí hacia la puerta del invernadero más cercano.

En 20 segundos, estaba dentro y encendí la luz. Las diez primeras filas eran una especie de arbusto de abeto con un penetrante aroma a pino que no lograba opacar el olor característico que emanaba de la parte trasera del invernadero. Las filas 11 en adelante estaban formadas por plantas de marihuana perfectamente alineadas, unas 20 en cada fila, con al menos 50 filas solo en este invernadero. Tomé videos y fotos y recogí una muestra antes de mi salida.

Esta era la parte difícil. Si volvieran, iría directo hacia ellos. Con suerte, seguían persiguiendo voces vacías en la oscuridad. Empujé cautelosamente la puerta unos centímetros. No vi a nadie y nadie me disparó. La abrí un poco más y vi sus luces moviéndose a lo lejos. Aliviado, salí y solté la puerta. Por desgracia, la puerta tenía una bisagra de tensión, presumiblemente para mantenerla cerrada durante los días de viento. En el momento en que la solté, la puerta se cerró de golpe, y el metal contra metal repiqueteó como un trueno en la noche. No estaba seguro de que se oyera en la casa principal, pero los guardias identificarían el ruido. Inmediatamente giraron sus luces en mi dirección y corrieron hacia mí.

Eliminado el sigilo, solo quedaba la velocidad. Corrí todo lo que pude hacia la oscuridad, lejos de los guardias. Me acerqué al límite del alcance de la luz del reflector, cuando ráfagas de tres disparos de los AR-15 que llevaban me motivaron a correr aún más rápido, zigzagueando de izquierda a derecha. Llegué a la línea de oscuridad mientras uno de los guardias descargaba un cargador completo en modo automático hacia mí. Las balas impactaron en el suelo a mi izquierda, y giré bruscamente hacia la derecha para alejarme de la línea de fuego. Continuaron disparando, pero las balas empezaron a golpear la tierra más lejos de mí.

Me detuve para enfocar mi visión nocturna y llamé suavemente a Banshee. Se materializó en la oscuridad segundos después con la lengua fuera del hocico y moviendo la cola.

—Te gustan este tipo de paseos, ¿verdad? Vamos, salgamos de aquí.

Nuestro paseo de 45 minutos hasta el invernadero se convirtió en un trote de 20 minutos de vuelta al carro. Banshee se acurrucó en el asiento delantero con los ojos cerrados, mientras yo luchaba por normalizar mi ritmo cardíaco y reflexionaba sobre mis próximos pasos.

• • •

De vuelta a los invernaderos, los dos guardias discutían sobre qué hacer. Rogelio no toleraba el fracaso, pero mentirle era la opción más temible. Finalmente, decidieron reportarlo.

—Es tarde. Más vale que sea importante —respondió Rogelio.

—Alguien intentó entrar en los invernaderos, pero lo espantamos.

Rogelio se despertó del todo.

—Voy a enviar a algunos hombres para relevarte, y luego nos vemos en la oficina de seguridad. —Llamó a las barracas y ordenó a cuatro hombres que relevaran a los dos guardias—. Quiero que se registre cada centímetro cuadrado de esa zona. Asegúrate de que no haya nadie.

Rogelio se apresuró a ir a la oficina de seguridad e hizo que el guardia sacara el video de las cámaras de seguridad de los invernaderos.

—Retrocede treinta minutos —ordenó.

En la pantalla principal aparecen seis secuencias de video grabadas treinta minutos antes. Mostraron distintos ángulos de un guardia aburrido recostado en su silla y otro recorriendo el perímetro de los invernaderos.

—Adelantalo —ordenó Rogelio.

El técnico aceleró la transmisión mientras miraban. El guardia de la silla permaneció sentado mientras la guardia itinerante marchaba cómicamente rápido por la zona. Observaron los treinta minutos completos en menos de un minuto de tiempo real que no mostró indicios de actividad anormal.

—Retrocede una hora y hazlo de nuevo.

El técnico puso el video en el momento correcto y volvió a hacer avanzar la cinta. Una vez más, un guardia se sentó en la silla y el otro recorrió el perímetro sin actividad anormal. La preocupación de Rogelio se convirtió en alarma.

Rogelio hizo que los dos guardias explicaran lo de investigar la voz, el portazo del invernadero y ver a alguien correr en la oscuridad. Le habían disparado, pero no estaban seguros de si habían dado a alguien, y entonces llamaron a Rogelio.

Despidió a los guardias y llamó a John.

—Siento despertarlo, señor. Tuvimos un intruso en los invernaderos. Creo que deberías venir a ver esto.

John maldijo antes de colgar. En cinco minutos, se reunió con Rogelio en la oficina de seguridad, vistiendo jeans, una sudadera puesta al revés y con una expresión de extremo enfado en su rostro.

—¿Qué chingados pasa?

—Los guardias oyeron unas voces y fueron a investigar. Mientras buscaban, oyeron cerrarse de golpe la puerta del invernadero y vieron a alguien que huía. Hicieron varios disparos, pero no creo que le dieran. Huyó en la oscuridad.

—¿Lo vieron bien?

—No. Vieron su espalda huyendo, pero eso no es lo preocupante. De alguna manera, hackearon nuestro sistema de seguridad y pusieron un video de la noche anterior que se repetía. No tenemos nada en las cámaras de seguridad.

John se sentó cansado a pensar en el problema.

—Tenemos a dos personas trabajando juntas con la experiencia y conocimiento para entrar a nuestro sistema de seguridad. De ninguna manera son policías. Devolverían el fuego. Debe ser el cabrón de Doc husmeando de nuevo. ¿Qué tan difícil sería piratear nuestro sistema de seguridad?

Rogelio se encogió de hombros.

—Probablemente no sea demasiado difícil. Es un sistema sólido, pero no hemos hecho nada especial para protegerlo. Nunca había sido un problema.

—Bueno, ahora es un maldito problema. Haz que alguien investigue cómo accedieron al sistema y asegúrate de que no vuelva a ocurrir. Tenemos que aumentar el número de guardias y ampliar el perímetro hasta que atrapemos a esos cabrones.

—¿Qué le vamos a decir a Tomás?

—Por ahora, nada. Se lo haremos saber después de atrapar a esos imbéciles. A trabajar.

• • •

A mitad de camino a casa, me acordé de llamar a el BT para devolver los videos de seguridad a la normalidad. Como de costumbre, contestó al primer timbrazo.

—Muy por delante de ti, Doc. Devolví el video a la normalidad en cuanto desapareciste en la oscuridad.

—¿Estabas mirando?

—Alguien tiene que cubrirte las espaldas. Lo estabas haciendo muy bien hasta que esa puerta se cerró. Esa es una de las primeras cosas que te enseñan en la escuela de espías, por cierto. No dejes que las puertas metálicas se cierren de golpe durante una misión secreta.

Agradecí su humor para liberar algo de tensión de la última hora.

—De seguro falté a esa clase. Gracias por la ayuda. ¿Están haciendo algo interesante ahora?

—No, andan por ahí haciéndose los bravos y persiguiendo sombras.

—Gracias de nuevo por la ayuda. Duerme un poco.

—¿Dormir? Es el mejor momento para los hackers. Descansa y cuídate, Doc, y asegúrate de cuidar de Banshee. Es un perro bien chingón.

CAPÍTULO 26

Martes 17 de mayo
7:42 a. m.

Después de un breve sueño, Banshee y yo esperábamos encontrarnos nuevamente con Travis para recibir su consejo durante el desayuno en Marty's Diner. Tan pronto como cruzamos el umbral, Travis nos hizo señas con el periódico en una mano y una mimosa en la otra.

—Buenos días, Travis. ¿Sigues celebrando tu victoria?

—Un solo día de celebración tras equilibrar la balanza de la justicia en esta ciudad no es suficiente. Toma asiento.

Banshee se dirigió directamente al lado de Travis de la mesa.

—Veo que este perro tiene más gusto que lealtad —comentó Travis, mientras se rascaba enérgicamente el cuello.

—Cierto, pero va regresarse cuando llegue el tocino. Travis, necesito tu opinión sobre un asunto legal.

Travis me miró con curiosidad.

—Es mi política no trabajar antes de las diez a menos que esté en la corte, pero feliz de prestar un oído.

—¿Está cubierto por el secreto profesional?

—Así es, pero, para estar seguros, ¿por qué no haces de esto una historia sobre tu amigo hipotético hablando con un abogado hipotético? Eso me permite negar haber escuchado algo en caso de que sea necesario.

—De acuerdo. Hipotéticamente, mi amigo y su perro estaban recorriendo un gran rancho de prestigio, y él escuchó una conversación no dirigida a ellos sobre un misterioso cargamento que salía del rancho esa noche. Mi amigo y su perro espiaron ese envío y colocaron un rastreador GPS en el camión, que entregaba suministros de viveros a un negocio de jardinería de Salt Lake City. Mi curioso amigo pidió a un socio que desenterrara los registros financieros del rancho y del vivero, que mostraban grandes cantidades de efectivo inexplicables en ambas empresas. Mi amigo decidió hacer otro viaje al rancho y, mientras su socio cortaba la alimentación de las cámaras de seguridad, se infiltró en un invernadero y encontró esto.

Le enseñé una foto de las plantas de marihuana en mi teléfono.

Travis estudió la foto un momento mientras daba un sorbo a su bebida.

—Según mis cuentas, tu amigo ha infringido unas diez leyes diferentes, pero dejémonos de tonterías. Descubriste que John cultiva y distribuye marihuana en su rancho.

—Ya lo sabías, ¿verdad?

—Por supuesto que lo sabía. La primera vez que nos vimos, te dije que esta ciudad no tiene secretos. Llevo aquí toda mi vida, y durante los primeros 40 años, ese rancho apenas dio beneficios. De repente, se volvieron muy rentables y crearon una fundación para revitalizar la ciudad y comprar la mitad de las propiedades de los alrededores. No se gana tanto dinero vendiendo árboles. Básicamente ha montado una operación de lavado de dinero.

—¿Quién más sabe de esto?

Travis se encogió de hombros.

—Mucha gente sospecha, pero probablemente muy pocos saben realmente algo. John mantiene el rancho bien cerrado.

—¿Por qué no has denunciado esto?

—No soy oficial de la ley y no tengo conocimiento directo de ningún delito. Además, el dinero ha ayudado mucho a esta ciudad.

—De seguro que el Alguacil lo sabe.

Travis se burló.

—Estoy bastante seguro de que el Alguacil tiene un conocimiento práctico de las actividades en ese rancho, pero como mencioné antes, la relación entre John y el Alguacil es complicada, y no estoy en libertad de discutir más al respecto.

Me recline en mi silla.

—Esta pequeña ciudad está llena de secretos.

—Hay muchos más trapos sucios en esta ciudad de los que imaginas.

—Hablando de trapos sucios, ¿crees que el rancho tiene algo que ver con todos esos cuerpos encontrados cerca del límite de su propiedad?

Travis me señaló con el dedo.

—Esa, amigo mío, es la pregunta del millón para la que ni siquiera yo tengo respuesta. Es posible, pero no tengo conocimiento de ninguna conexión con esos cuerpos.

—¿Y si lo hicieras?

—Quemaría ese rancho hasta los cimientos, metafóricamente hablando. ¿Qué vas a hacer con estos nuevos conocimientos que ha descubierto tu «amigo»?

—Siento que debería informar al Alguacil.

—Eso sería muy tonto de tu parte. El Alguacil está teniendo una semana terrible. Lo más probable es que primero arreste a tu amigo antes de que pueda decir dos frases.

—¿Estás dispuesto a compartir la información con el Alguacil mientras me mantienes en el anonimato?

—Muy fácil para mí hacerlo, pero le estás rascando los huevos al tigre.

—Entonces ráscale los huevos por mí. Estoy seguro de que el rancho tiene algo que ver con todos esos cuerpos.

—Bien, lo haré, pero ten cuidado y ponte al tiro. Las cosas se van a poner muy agitadas en esta ciudad.

—No te preocupes, Banshee me cubre las espaldas.

—Eso es bueno. Creo que puedes necesitarlo antes de que todo esto se aclare.

•   •   •

Durante el camino de vuelta a su despacho, Travis decidió no visitar al Alguacil en persona, ya que su presencia probablemente no sería bien recibida en la comisaría después de los acontecimientos de ayer. Se dejó caer en su silla con una botella de cerveza fresca en la mano y llamó.

—Alguacil, este es Travis. ¿Tienes un momento?

Travis imaginó que el Alguacil se ponía rojo y hervía de ira al oír su voz, y no andaba muy desencaminado.

—¿Qué chingados quieres, Travis?

—Quería informarte de un posible problema que me ha llamado la atención.

—Creo que ya has causado suficientes problemas.

—Los procedimientos de ayer han concluido, y ese asunto está cerrado. Quiero hacerte partícipe de un asunto que uno de mis clientes compartió conmigo recientemente.

—¿Alguna posibilidad de que me digas qué cliente?

—Por desgracia, no. El cliente pidió el anonimato, y la ética profesional me obliga a respetarlo. Descubrió información interesante sobre el Rancho Felton Forty.

El Alguacil se debatió entre colgar o no.

—Me voy a arrepentir de esto, pero adelante.

—Mi cliente afirma tener pruebas de que los Felton cultivan grandes cantidades de marihuana en su rancho y la distribuyen en Salt Lake City.

Travis esperó en un silencio incómodo.

El Alguacil cerró los ojos y trató de concentrarse para que no le diera un ataque. Se había despertado esa mañana seguro de que no había forma de que esta semana fuera a peor, y acababa de empeorar exponencialmente. Tras unas cuantas respiraciones tranquilizadoras, respondió.

—¿Tu cliente presenció esto de primera mano?

—Vio las plantas con sus propios ojos y tiene conocimiento de primera mano de su envío a Salt Lake City. No conoce ninguna red de distribución.

—Mencionaste pruebas. ¿Qué tiene?

—Tiene fotos y una muestra que dice que son de un invernadero en el rancho de los Felton, pero no puedo verificar la fuente de ninguna de las dos.

—¿Cómo los consiguió?

—No hablamos en detalle de cómo obtuvo las pruebas.

—¿Y tu cliente no se va a presentar él mismo?

—Desea permanecer en el anonimato, y estoy de acuerdo en que sería lo mejor para su seguridad a largo plazo.

El Alguacil suspiró.

—Gracias por compartirlo, Travis. Desafortunadamente, con información de segunda mano de una fuente anónima y sin pruebas presentadas, no hay suficiente para conseguir una orden de cateo de su casa, pero voy a tomar nota de esta conversación y hacer un seguimiento si se dispone de más información.

—No esperaba menos de ti, Alguacil. También estoy tomando nota de esta conversación en mis archivos. Buenos días, Alguacil.

El Alguacil giró su silla para mirar por la ventana la ciudad a la que había servido durante más de 20 años. Había trabajado duro para construir una comunidad segura y vibrante. Claro que se había saltado algunas leyes por el camino, pero siempre por el bien de la ciudad. Cuando aceptó ayudar a los Felton, puso como condición que un porcentaje del dinero se reinvirtiera en la ciudad. Había funcionado tan bien que habían aumentado los fondos destinados a la ciudad como parte de su estrategia de lavado de dinero. El nuevo hospital, las escuelas, los edificios de oficinas y las viviendas se pagaron con dinero de Felton. Diablos, la oficina en la que estaba sentado había sido financiada por su fundación.

Ahora, el plan amenazaba con desmoronarse a su alrededor. Se habían encontrado cadáveres y la investigación estaba abierta sin sospechosos. La investigación sobre cómo se manipularon las pruebas contra Alejandro había comenzado, y ahora Travis tenía información sobre la operación de la marihuana. El Alguacil estuvo a cargo de las tres investigaciones e intrínsecamente implicado en los tres delitos. Permaneció sentado durante largo rato, mirando sin ver la ciudad y considerando sus opciones, eliminándolas tan rápido como las formaba. Treinta minutos de reflexión después, seguía sin tener respuestas sobre cómo escapar de esta situación.

Un almuerzo a medio terminar no hizo nada por mejorar su humor, mientras el Alguacil llamaba finalmente a John Felton. Lo había evitado todo lo posible, y John descolgó al tercer timbrazo.

—Buenas tardes, Alguacil. Espero que me llames con buenas noticias.

—En realidad, todo lo contrario. Tenemos otro problema.

—Alguacil, te pagamos por soluciones, no por problemas.

—John, cierra la puta boca y escucha un minuto. Te llamo por cortesía para decirte que Travis Foster sabe de tu pequeña granja de marihuana. Se enteró por un cliente anónimo. ¿Alguien ha estado husmeando por ahí?

—De hecho, alguien ha estado aquí. Tenemos en video a alguien moviéndose por las sombras, pero es difícil identificarlo.

—Este es ahora tu problema. Tengo demasiada mierda con la que lidiar relacionada con los cuerpos y la situación de Alejandro. No tengo tiempo para ocuparme también de esto. Tienes que averiguar quién es y callarlo, o cerrar la operación.

—Sabes que cerrar no es una opción. Mi socio no lo aceptaría pacíficamente.

—Soy muy consciente de lo que Tomás es capaz de hacer. No quiero saber detalles, pero resuélvelo, y que sea rápido.

John se quedó mirando el teléfono cuando el Alguacil terminó la llamada. Las cosas habían ido sobre ruedas durante tanto tiempo y ahora todo se desmoronaba, incluido el Alguacil. Se estaba convirtiendo en un lastre. Había que tomar decisiones rápidamente.

Tomás respondió inmediatamente.

—Hola, John.

—Tenemos un problema urgente que requiere una solución.

—¿Cuál es este problema urgente?

—Quienquiera que haya estado husmeando por aquí habló con un abogado de la ciudad y le contó de nuestra operación. El abogado se puso en contacto con el Alguacil, pero no tenía pruebas. El Alguacil puede retrasar las preguntas durante un tiempo, pero al final esto saldrá a la luz.

—¿Estás sugiriendo que hagamos desaparecer al abogado?

—No. Tenemos que eliminar su fuente. Si nos ocupamos de quien husmeaba por aquí, Travis no va a tener nada.

—¿Estás seguro de saber quién te estaba espiando?

—Tiene que ser el cabrón de Doc y ese maldito perro suyo. Tiene historial de meter las narices donde no lo llaman, y todos estos problemas empezaron cuando llegó a la ciudad. Además, es amigo de Travis.

—Así que elimínalo y el problema desaparecerá.

—No es tan sencillo. Es un tipo bastante conocido por aquí, y ya hay muchos cadáveres inexplicables rondando esta ciudad.

—Entonces que sea un accidente, pero que sea pronto. Si el problema no lo resuelves tú hoy, lo resolveré yo mañana. ¿Entiendes?

—Sale. Nos ocuparemos de ello.

—Asegúrate de hacerlo.

John le envió un mensaje a Connor para que se reuniera con él en su oficina.

—Tengo un trabajo para ti, hijo. Hay que hacerlo esta noche.

Connor escuchó alegremente el plan.

CAPÍTULO 27

Martes 17 de mayo
8:44 p. m.

La sala de urgencias había estado tranquila, así que no debería haberme sorprendido que un hombre frenético y desaliñado trajera a su mujer embarazada cuando quedaban 15 minutos para que terminara mi turno. La trasladamos a una camilla, mientras gritaba que venía el bebé.

Me puse unos guantes mientras las enfermeras la conectaban a monitores y a una vía intravenosa. Me dirigí a su marido para que me contara la historia.

—Soy el Doctor Docker. ¿Cómo te llamas?

—Phil Lowry.

—Bien, Sr. Lowry, ¿cuándo empezaron las contracciones?

—Hace una hora.

—¿Es su primer bebé?

—Sí.

—¿Algún problema con el embarazo?

—No, pero el bebé va a nacer hasta dentro de tres meses.

Toda la actividad pareció detenerse en una momentánea suspensión del tiempo, mientras la preocupación recorría los rostros de todos.

—¿Seguro que la fecha de parto es dentro de tres meses?

—Sí, solo está embarazada de 26 semanas.

—Sra. Lowry, soy el Doctor Docker, y necesito examinarla. Respire hondo e intente relajarse.

Me agaché para examinarle el cuello del útero y ver lo dilatada que estaba. En lugar de un cuello uterino dilatado, sentí la coronilla del bebé.

—Sra. Lowry, el bebé está a punto de nacer. Respire hondo y deje de pujar por un momento. Equipo, preparen el calentador y un kit de reanimación neonatal.

CJ entró en ese momento. Nunca me había alegrado tanto de que mi relevo nocturno apareciera unos minutos antes. Echó un vistazo a las caras serias.

—¿Qué tienes?

—Veintiséis semanas a punto de nacer en los próximos dos minutos.

—Tú lo atrapas y yo prepararé la reanimación.

CJ dirigió su atención al equipo de reanimación y al material.

—Muy bien, Sra. Lowry. Avíseme cuando sienta que empieza la siguiente contracción. Quiero que de un gran empujón cuando se lo diga, y entonces será mamá. ¿Está lista?

—Sí, doctor —dijo entre jadeos.

—¿Va a tener un niño o una niña?

—Ni idea, Doctor.

—Estamos a punto de averiguarlo. —Su cara se contrajo de dolor cuando empezó la siguiente contracción—. Respire hondo y puje para mí. Puje, Sra. Lowry.

Sentí que la cabeza del bebé avanzaba mientras pujaba.

—¡Un empujón más, Sra. Lowry!

Dio un último empujón y el pequeño bebé descansó en mis manos. Definitivamente un bebé prematuro, pesaba menos de un kilo con una piel fina como el papel. Cabía cómodamente en una de mis manos.

CJ, preparada con dos pinzas y tijeras para cortar el cordón umbilical, llevó al bebé a un calentador situado en un rincón de la habitación. Me aseguré de que la Sra. Lowry toleraba bien físicamente el parto y luego la dejé al cuidado de la enfermera jefe. Volví mi atención a ayudar a CJ con el bebé.

Las enfermeras ya lo habían secado y lo estaban colocando monitores mientras CJ se preparaba para intubar. Jadeaba a través de unos pulmones demasiado inmaduros para funcionar correctamente. CJ colocó el laringoscopio para visualizar las cuerdas vocales y, a continuación, deslizó con pericia un tubo respiratorio del tamaño de una pajita por la tráquea. Los monitores confirmaron el retorno del dióxido de carbono del tubo, y las cifras de oxígeno mejoraron. Y lo que es más importante, su pecho se movió, y su horrible color azul/gris se tornó rosa vibrante. CJ siguió ventilando al paciente mientras yo comprobaba la circulación.

El pulso, 120 constante en ese momento, era bueno para un bebé prematuro, pero necesitaba acceso intravenoso para administrar medicamentos y líquidos. Sin tiempo para una vía periférica, me preparé para colocar una vía en la vena umbilical.

Me puse una bata y guantes estériles, limpié la zona alrededor del cordón umbilical y lo desabroché. El catéter umbilical se deslizó hasta el mayor de los tres vasos, la vena umbilical. El buen flujo sanguíneo y la facilidad de lavado confirmaron que el catéter estaba en su lugar. Lo aseguré y pedí a las enfermeras que empujaran la cama de la Sra. Lowry hacia el calentador.

—Sra. Lowry, felicidades por su hijo. Tienen que subir pronto, pero puede saludarlo un momento.

Acarició con lágrimas en los ojos su mejilla y su pequeño brazo, más pequeño que su dedo.

—Es tan pequeño.

—Pero es fuerte. No deje que su tamaño la engañe. Es un bebe resistente. ¿Cómo se llama?

—Aún no lo decidimos. Quizá le pongamos su nombre.

—Por favor, no haga eso. Se merece algo mejor.

La Sra. Lowry insistió.

—¿Cómo se llama, doctor?

—Es AJ.

—No, tu nombre completo.

—Se lo diré, pero tiene que ser nuestro secreto.

Me incliné y le susurré al oído, y la señora Lowry se echó a reír.

—Sabe, Doctor, tal vez no le vamos a poner su nombre al bebé.

El equipo de neonatología llegó para trasladar al bebé a la UCIN, que sería su hogar durante los tres meses siguientes. Poco después, una enfermera llevó a la Sra. Lowry a la planta de partos para su recuperación posparto.

De repente, la sala de urgencias vacía volvió a quedar en silencio.

—Muy oportuna tu llegada, Dra. Johnson. Es bueno tener otro par de manos para eso.

—Siempre es agradable empezar un turno con una descarga de adrenalina. ¿Algo más que checar?

—No. Las camas están vacías, el piso es tuyo.

—En ese caso, sal de aquí y descansa un poco. Por cierto, ¿cuál es tu nombre completo?

Me incliné hacia ella y le susurré al oído:

—Es un secreto —y llevé a Banshee hasta el carro.

•   •   •

Me acomodé en mi G Wagon, enganché el arnés de Banshee al cinturón de seguridad del pasajero y puse en la radio algún clásico de Bruce Springsteen. Thunder Road cantaba por los altavoces mientras salía del estacionamiento y giraba hacia casa. El parto y la reanimación de un recién nacido siempre van acompañados de una gran sensación de logro. Traer una nueva vida al mundo limpia refrescantemente la muerte y las heridas que también vemos.

Mientras cantaba el final de la canción, mi carro dio un violento sacudón al ser golpeado por detrás, lo que provocó que derrapara descontroladamente. Actué por instinto, contravolanteando mientras aceleraba para recuperar el control. Siendo un vehículo pesado, la G-Wagon luchaba por tracción mientras se balanceaba de un lado a otro.

Giré el volante rápidamente, disminuyendo el vaivén con cada movimiento, y tras unos tensos segundos, logré recuperar el control del vehículo.

En el espejo retrovisor, una camioneta encendió sus brillantes luces y aumentó la velocidad. Mi preocupación inicial por un accidente provocado por un conductor ebrio se convirtió en alarma por el ataque intencionado de un conductor agresivo. Pisé el acelerador y el motor de 577 CV rugió mientras mi vehículo se lanzaba hacia delante. El camión se abalanzó sobre mí por segunda vez, pero mi aceleración suavizó el impacto y pude mantener fácilmente el control de mi carro.

Consideré mis opciones. Podía correr más rápido que cualquier camioneta, pero el conductor probablemente sabía exactamente dónde vivía. Es hora de pasar de cazado a cazador.

Puse un poco de distancia entre nosotros y solté el acelerador. El camión aceleró detrás de mí y, en la oscuridad, pude distinguir una camioneta roja de modelo antiguo, pero no pude ver al conductor. Cuando la camioneta se acercó a 15 metros, pisé a fondo el pedal del freno. Para ser un vehículo grande, el G Wagon se detiene rápidamente con sus frenos cerámicos. Mientras aminoraba la velocidad, vi crecer los faros en mi espejo retrovisor y me pregunté qué elegiría el conductor.

•　•　•

En la camioneta roja, la furia de Connor ardía. Había esperado a que Doc saliera del hospital para acercarse sigilosamente con las luces apagadas y golpearle perfectamente en el lado del pasajero trasero de su vehículo. El vehículo, muy pesado, debería haberse deslizado lateralmente y volcado en la zanja de la derecha o en el arroyo de la izquierda. De algún modo, había recuperado el control y acelerado. Las órdenes de Connor eran claras: hacer que pareciera un accidente con fuga y asegurarse de que Doc muriera. Después de las otras veces que lo había hecho, nadie había recuperado el control del vehículo tras el primer golpe.

Connor pisó el acelerador a fondo mientras ambos carros aumentaban la velocidad. La alta velocidad haría que el accidente fuera más violento. Decidido a atraparlo en este tramo de carretera, Connor fantaseaba con pararse sobre el cadáver de Doc, hasta que notó las luces de freno. Al principio, la acción no tuvo sentido, ya que este era un tramo recto de carretera, sin lugares para girar y sin razón aparente para frenar.

Finalmente, su mente concluyó que el carro frente a él no solo estaba disminuyendo la velocidad, sino que se estaba deteniendo. Pisó a fondo el freno, pero había reaccionado tarde y sus frenos eran viejos. No había forma de que pudiera detenerse a tiempo. El instinto de supervivencia superó la misión, y giró hacia el carril izquierdo para evitar estrellarse contra el Mercedes. Con su maniobra abrupta y la tracción limitada de la camioneta debido a los frenos bloqueados, perdió el control, deslizándose junto a Doc por el lado izquierdo. La camioneta dio un giro brusco y terminó girando hasta quedar frente al Mercedes, deteniéndose a unos 15 metros del vehículo de Doc. Mientras un atónito Connor procesaba lo ocurrido, Doc iluminó su camioneta con las luces altas deslumbrantes.

•　　•　　•

Observé cómo la camioneta se deslizaba hacia mí a través del espejo retrovisor. No quería un choque, pero la parte trasera de mi vehículo era robusta y estaba llena de piezas no esenciales. La camioneta sufriría daños en el compartimento del motor, quedando incapacitada. Me preparé para el impacto, pero mi preocupación se convirtió en diversión al ver cómo la camioneta roja pasaba deslizándose por mi lado izquierdo y perdía el control. Convenientemente, terminó frente a mí a unos 15 metros de distancia, y encendí las luces altas. Un Connor visiblemente afectado me devolvió la mirada.

No me sorprendió ver el rostro de Connor, pero sabía que tenía que despistarlo. Podría superarlo en velocidad, pero eso pondría en peligro a otros conductores. En su lugar, activé la tracción en las cuatro ruedas y giré hacia la derecha, saliendo de la carretera en dirección al arroyo Myer's Creek. Dependiendo del clima reciente, Myer's Creek podía ser desde un hilo de agua hasta un río embravecido. En ese momento, con unos nueve metros de ancho y un metro y medio de profundidad, acompañado de una corriente suave y constante, el arroyo ofrecía condiciones perfectas.

Bajé la pendiente con mi G Wagon y entré en el agua a una velocidad constante de ocho kilómetros por hora, asegurándome de que el motor pudiera aspirar aire y no agua. Las tomas de aire de la mayoría de los vehículos se encuentran bajo el cofre, pero el G63 tenía un snorkel, un tubo que llegaba hasta la parte superior del vehículo para introducir aire en el motor desde arriba. Mientras el tubo de respiración se mantuviera por encima del agua, no entraría nada en el motor.

Me adentré en la parte más profunda del arroyo y el nivel del agua en el exterior se acercó a mis hombros. Con el peso suficiente para mantener una línea recta en la suave corriente, la tracción a las cuatro ruedas me llevó a través del arroyo. Al cabo de 20 lentos segundos, mi G Wagon salió del arroyo y subió a la otra orilla como un monstruo mecánico prehistórico. El agua se fue escurriendo a medida que subía por la suave pendiente del otro lado del arroyo. Me giré en mi asiento para observar el siguiente movimiento de Connor.

•　　•　　•

Furioso, Connor observó cómo el Mercedes intentaba escapar lentamente a través del arroyo. Sin pensárselo dos veces, aceleró cuesta abajo y chapoteó en el arroyo, lo que hizo que entrara agua en el compartimento del motor. El motor chisporroteó brevemente.

Una vez que perdió impulso hacia delante por su repentina entrada, Connor pisó el acelerador a fondo, con la esperanza de cruzar el arroyo rápidamente. El motor respondió abriendo todas sus válvulas para aspirar más aire y producir aceleración. El problema era que las válvulas no podían acceder al aire, solo al agua. Las tomas de aire sumergidas no podían producir potencia y el motor se ahogó. Con un último chisporroteo, murió en lo más profundo del arroyo. Connor bajó las manos sobre el volante con frustración, mientras un sonriente Doc le decía adiós con la mano, abandonándolo en el arroyo.

. . .

Probablemente no debería haber saludado, pero la visión de Connor varado en medio del arroyo me divirtió. Me acerqué para rascar a Banshee, poco impresionado por todo el alboroto, mientras escuchábamos Jungleland de camino a casa. Llegué diez minutos más tarde e inspeccioné mi vehículo. Los daños, en gran parte estéticos, solo se veían en el parachoques y el panel trasero. Era molesto, pero nada que un mecánico con talento y el dinero del seguro no pudieran reparar. Llamé a la policía para presentar una denuncia por atropello y fuga, indicando que la errática camioneta roja se dirigía hacia Myer's Creek. Decidí no mencionar la participación de Connor. Pensé que si era una camioneta Felton, la rastrearían hasta él, y si no, Connor presentaría un centenar de testigos para respaldar su falsa coartada.

Dentro de la casa, volví a comprobar todas las cerraduras de puertas y ventanas antes de activar la alarma. Dejé la escopeta junto a la cama y la Glock en la mesa de noche, asegurándome de que ambas estaban cargadas. Ordené a Banshee

—GUARDIA.

Sus orejas se agudizaron e inmediatamente salió a patrullar la casa. Dormía con un ojo y las dos orejas abiertas toda la noche. Me fui a dormir cómodamente, sabiendo que nadie se acercaría a Banshee.

. . .

Un Connor mojado llegó de vuelta al rancho 40 minutos después, tras una llamada telefónica a Rogelio y un breve baño. John lo esperó.

—¿Qué chingados te pasó?

Connor tomó una toalla del bar y se secó enérgicamente el pelo.

—Le di a mucha velocidad, pero pudo controlar el carro. Ese G Wagon tiene más peso del que pensaba.

—¿Cómo acabaste en el arroyo?

—Se metió al arroyo para huir y yo lo seguí. El maldito pudo salir, pero yo me empantané.

—¿Te vio?

—Sí que me vio. El cabrón me saludó mientras se iba. Voy a matar a ese hijo de la chingada.

—No, no lo vas a hacer. Tuvimos una oportunidad de hacer que esto pareciera un accidente. Probablemente ya lo denunció. ¿Seguro que la camioneta está limpia?

—Sí, la robé del estacionamiento del bar Last Chance. Probablemente ni siquiera la han reportado como robada aún, y limpié todo.

—De acuerdo. Tengo que llamar a Tomás. Se va a enfadar.

John llamó a Tomás, le explicó brevemente lo sucedido y luego pasó otro minuto diciendo «de acuerdo» y «sí, señor» antes de terminar la llamada. Se volvió hacia Connor y Rogelio.

—Tomás viene mañana en la tarde.

CAPÍTULO 28

Miércoles 18 de mayo
7:00 a. m.

Banshee y yo llegamos con donas calientes para mi turno de mañana en la sala de urgencias vacía. Mi primer paciente no llegó hasta pasadas las ocho.

—Buenos días, soy el Doctor Docker. ¿Qué ocurre hoy?

La paciente, de unos 20 años, presentaba respiración superficial.

—Creo que me rompí el esternón.

—No es una queja muy común. Dime cómo pasó.

—Anoche estaba entrenando a un equipo de animadoras y lanzamos a una chica al aire. Se suponía que tenía que aterrizar plana en nuestros brazos, pero aterrizó de lado y su codo golpeó en medio de mi pecho. Dolía como la chingada anoche y era peor esta mañana. Busqué mis síntomas en Google y creo que tengo el esternón roto.

—No le creas, Doc. Es una dramática. —La nueva interlocutora entró en la habitación y se plantó al otro lado de la cama. Miré a uno y otro lado—. ¿Son gemelas? —Pelirrojas e idénticas en todos los rasgos, hasta en los ojos azul claro, respondió la hermana de la paciente.

—Soy Hannah, y no somos gemelas. Soy adoptada. Nuestros padres pasaron mucho tiempo buscando a alguien a la altura de Jessica.

—No escuches nada de lo que diga. Es una ñoña. Sí, somos gemelas —dijo Jessica.

—Asumo que tu padre tiene problemas de presión alta y canas.

—Y probablemente una úlcera —añadió Hannah.

—Bueno, vamos al grano. Necesito hacer un examen rápido, y luego podemos hacer una radiografía de tórax. Probablemente no muestre un esternón roto, pero quiero asegurarme de que las costillas y los pulmones están bien.

—Entonces, ¿cuál es el tratamiento si está roto? —Jessica preguntó.

Antes de que pudiera responder, Hannah empezó a cantar:

—Reposo, hielo e ibuprofeno. Reposo, hielo e Ibuprofeno. —La miré y se encogió de hombros—. Papá nos dice que reposemos, pongamos hielo y tomemos ibuprofeno cada vez que nos lesionamos.

—Tu padre es muy inteligente.

Hannah torció los ojos.

—No le digas eso. Ya está seguro de que es médico.

—Como sea vamos a hacer primero la radiografía y después armamos un plan.

Empezaron a discutir sobre qué heridas dolían más antes de que saliera de la habitación. Debe haber sido toda una aventura criar a esas dos.

• • •

Kirsten pasó por allí a la hora de comer con un par de contenedores blancos de poliestireno.

—¿Tienes chance de comer? —preguntó.

—Depende de lo que haya en ese contenedor. Si es pastel de carne, la respuesta es no.

Se asomó al interior.

—No. Parece que a este le pusieron un sándwich de queso a la parrilla y papas fritas.

—¿Y el otro?

Se asomó al otro contenedor.

—Parece otro sándwich de queso a la parrilla y papas fritas.

Alcé las cejas sorprendido.

—Dra. Jenkins, ¿la he contagiado de mis malos hábitos?

—Digamos que se me está pegando un poco.

—Preferiría estar pegado a ti.

—Yo también, pero tiene que ser más tarde. Solo tengo unos minutos libres antes de mi siguiente cirugía.

Fuimos a la sala de descanso y disfrutamos de nuestro elegante almuerzo. Banshee nos mostró todos los trucos que conocía, ganándose una papa frita y una sonrisa de Kirsten por cada uno de ellos.

—¿Tienes planes para esta noche? —pregunté mientras terminábamos.

—No, es una noche de pizza y Netflix.

—¿Qué tal si llevo la pizza y podemos tener una noche de pizza, Netflix y relajarnos juntos?

—Tengo una mejor idea. ¿Qué tal si nos relajamos primero, comemos pizza, vemos Netflix y luego nos relajamos otra vez?

—Una noche con doble relajación suena como un reto, pero vale la pena. ¿A las cinco?

—A las cinco en punto está bien. Tengo que irme. —Recogió la basura y se inclinó para darme un beso rápido en la mejilla—. Hasta luego. Te amo.

Ambos hicimos una pausa mientras ella esperaba mi reacción a su uso de la palabra con A por primera vez. Me incliné para abrazarla, mientras le susurraba al oído:

—Yo también te amo.

• • •

Tomás llegó al rancho a la hora de comer y se sentó con John, Connor y Rogelio.

—Estoy tan decepcionado, no puedo creer que resultaron ser unos inútiles para resolver este problema. No tolero el fracaso. Supongo que este Doctor ya reportó el accidente de anoche a la policía.

Respondió John.

—Lo hizo, pero no mencionó el nombre de Connor, así que probablemente no sabe que fuimos nosotros.

—¡Pendejo! Claro que sabe que fuiste tú. Ha estado asomando la cabeza por aquí, y luego alguien intentó sacarlo de la carretera. ¿Quién más intentaría deshacerse de ese Doctor?

Connor interrumpió.

—¡No es mi culpa! Su camioneta es más pesada de lo que pensé.

Tomás volvió su mirada de acero hacia Connor.

—Hoy tuve que decidir entre enterrarte vivo, meterte en un barril o dejarte vivir un poco más. Lo mejor es que cierres el hocico y dejes a los adultos hablar.

Connor tragó saliva cuando Tomás volvió a dirigir su intensa mirada a John.

—Otro atentado contra su vida puede atraer demasiada atención con tantos cadáveres en esta ciudad. No vamos a matar a este Doctor, pero lo vamos a desacreditar. Cuando acabemos con él, nadie le va a creer, diga lo que diga.

Tomás pasó cinco minutos explicando el plan.

—Nos vamos esta noche.

Asintieron con la cabeza. Connor prácticamente salivaba con anticipación.

•   •   •

El resto de la tarde fue un flujo constante de pacientes fáciles. Entre una consulta y otra, pensaba en mi relación con Kirsten y en el momento en que nuestro noviazgo se había transformado en amor. Normalmente no soy de los que se enamoran. Había tenido muchas relaciones en el pasado, pero solían ser un acuerdo mutuo para pasar el rato juntos y divertirse. Ninguno tenía potencial para una relación duradera o, Dios no lo quiera, para casarse.

Cuando se me metió la idea del matrimonio en la cabeza, ya no se me iba, lo cual era extraño, porque habían pasado 38 años sin pensar en ello. El matrimonio implicaba establecerse en un lugar, y niños, y escuelas, y minivans, y reuniones de padres y profesores. Tal vez incluso gemelas. No hay nada inherentemente malo en ninguna de esas ideas, pero no asocié ninguna de ellas con mi propia vida. Estaba destinado a trasladarme a otra ciudad al cabo de tres meses para vivir nuevas aventuras.

A las cuatro en punto, terminé mi jornada, finalicé mis expedientes y me fui a casa para darme un baño rápido antes de dirigirme a casa de Kirsten. Llegué unos minutos después de las cinco, y Kirsten me recibió con una sudadera y shorts, con el cabello mojado, recién salida de la regadera.

—Vamos, entra. Voy a ponerme crema humectante.

—En el momento perfecto, como siempre. Afortunadamente para ti, estoy certificado en aplicación de cremas.

—Son buenas noticias. Algunas de estas partes del cuerpo son difíciles de alcanzar.

Entró lentamente en el dormitorio, quitándose la sudadera y los shorts.

•   •   •

Media hora después, una Kirsten bien hidratada luchaba por recuperar el aliento.

—Bueno, esa fue la aplicación de crema humectante más intensa que he experimentado.

—Te advertí que soy un experto.

—Nunca voy a volver a dudar de tus habilidades. Todo ese ejercicio me dio antojos, ¿sabes de que?

—¿Segunda ronda?

Me dio un puñetazo en el brazo.

—No, me dan ganas de una pizza. Y luego la segunda ronda.

Pedimos pizza, nos pusimos la ropa y nos arreglamos lo suficiente para que no pareciera que nos habíamos revolcado en la cama. Nos acomodamos en el sofá y checamos las opciones de películas.

—Sabes, sobre lo que dije antes hoy, no estoy segura de por qué lo dije. ¿Te molestó? —preguntó Kirsten mientras yo me desplazaba por las opciones de películas.

—No me molestó, más bien me tomó por sorpresa.

Kirsten sonrió.

—Supongo que en medio de urgencias no era el mejor lugar para anunciar mi amor por ti.

—En medio de urgencias no suele ser un buen lugar para anunciar nada.

—¿Por qué te gusta tanto la medicina de urgencias?

—Imprevisibilidad. Puedo estar leyendo un libro y, al momento siguiente, reanimando a una víctima de un traumatismo. Siempre estás a un momento del caos en urgencias.

—¿Te gusta el caos?

—Me gustan los retos que enfrentas durante el caos. El trabajo consiste en domarlo y poner un orden que produzca los mejores resultados para los pacientes.

—¿Qué hay de tu trabajo como médico de urgencias itinerante con un contrato nuevo cada tres meses? ¿No te cansas de moverte?

—Para Banshee y para mí es una aventura ir a lugares nuevos y conocer gente nueva.

—Te lo he preguntado antes. ¿Lo haces porque huyes de algo o porque buscas algo?

—Quizá un poco de ambas.

—¿Qué buscas?

—Lo voy a saber cuando lo vea, y entonces voy a saber que es el momento de sentar cabeza.

—Supongo que tengo que trabajar para convencerte de que extiendas tu contrato.

—Estás haciendo un buen trabajo hasta ahora. Entonces, ¿qué película vamos a ver?

—Se me antoja algo con acción y drama.

—¿Qué tal *La Supremacía Bourne*?

—¿Cuál es?

—Esa en la que está metido en su rollo cuando Treadstone le tiende una trampa, así que tiene que ir a partirles la madre.

—¿No muere su novia en esa?

—Sí, pero lo hace pagar. Ve a recoger la pizza mientras yo voy poniendo la película.

• • •

Dos horas y una pizza después, la película había terminado y ambos estábamos llenos.

—Tengo que irme. Tengo que estar en urgencias mañana tempranito.

—Todavía no te vayas. No hemos comido postre.

—¿Hiciste mágicamente un pastel mientras yo veía la película?

—No, tenía otra cosa en mente. El mejor postre.

Veinte minutos después, Kirsten se acurrucó encima de mí.

—Espero por Dios que no tengas planeado un tercer plato para esta noche. O no voy a poder trabajar mañana.

Kirsten se rió mientras se quitaba de encima de mí y se ponía una sudadera.

—Quizá otro día podamos repetirlo, pero mañana también tengo que trabajar.

Me acompañó hasta la puerta, aún vistiendo solo su sudadera.

—Espero que no tengas vecinos chismosos. Sería todo un escándalo que te vieran vestida así.

Kirsten abrió la puerta de golpe, salió al porche y se echó a reír.

—Tengo los vecinos más chismosos del mundo y estoy segura de que mi escandaloso comportamiento va a ser el chisme de la ciudad mañana. ¿Pero sabes qué? No me importa, porque te amo, y espero que encuentres aquí lo que buscas.

Me echó los brazos al cuello y se puso de puntillas para darme un largo y sensual beso y sus vecinos una larga mirada a su perfecto trasero. El beso terminó por fin y le di una suave palmada en el culo.

—Creo que ya lo encontré. Correle, entra antes de que alguien llame a la policía.

Kirsten seguía en el porche sonriendo mientras Banshee y yo nos dirigíamos al G Wagon. Me sopló un beso exagerado, se giró hacia la puerta, se levantó la sudadera y dio un último meneo de caderas mientras entraba.

—Banshee, ¿qué te parece pasar un poco más de tiempo en Montana?

· · ·

Connor observó la escena desde el final de la calle. Doc estaba tan engreído con ese perro y su bonito carro, y esa putita meneando el culo para que todo el mundo la viera. Veamos lo engreído que estaba esta noche.

Llamó a Tomás por teléfono.

—Doc se fue, probablemente vaya camino a su casa.

—Démosle tiempo para que llegue y se instale. Abandonen la zona y estén en posición en treinta minutos. No la cagues, o dormirás en un barril esta noche.

Connor se fue a buscar comida rápida. La anticipación le dio hambre.

CAPÍTULO 29

Miércoles 18 de mayo
8:47 p. m.

Kirsten salió de la regadera, se puso una bata y se acurrucó en el sofá con el último libro de Daniel Silva. Planeaba leer unos minutos mientras se secaba el pelo, pero sus pensamientos volvían una y otra vez a Doc. Algo emocionante estaba sucediendo allí, y ella realmente quería que se quedara y estaba deseando aprender todo sobre él, incluido su nombre real. Soltó una risita al darse cuenta de que aún no sabía qué significaba AJ. Se lo volvería a preguntar por la mañana.

·   ·   ·

Tomás llamó a Connor.

—¿Estás en posición?

—Estoy listo.

—Acuérdate de ponerte los guantes, y nadie debe verte. Espera en la puerta trasera hasta que te deje entrar.

—Lo sé. No estoy pendejo.

Tomás podría argumentar ese punto, pero en lugar de ello dio por finalizada la llamada. El chico era un lastre, pero mantenía a John bajo control.

Tomás estacionó su carro calle abajo. Vestido como un repartidor, llevaba un sobre grande y una gorra de beisbol, lentes y una pequeña almohada metida en la camisa medio desabrochada. A la luz de los focos apareció como un repartidor regordete, miope y de movimientos lentos, muy lejos de su aspecto normal, esbelto y bien vestido. Se acercó a la puerta y llamó al timbre.

Absorta en su libro, el timbre de la puerta sobresaltó a Kirsten. Se ciñó la bata y se dirigió a la puerta arrastrando los pies. Un rápido vistazo por la ventana reveló a un repartidor con un sobre. Llamó a través de la puerta.

—¿Puedes dejarlo en la entrada?

—No, señora. Necesito una firma. Es una especie de documento legal.

Kirsten suspiró y volvió a comprobar el lazo de su bata. Antes ya había dado suficiente espectáculo al vecindario. Abrió la puerta.

El repartidor le tendió el sobre y, cuando ella lo tomó, él levantó la otra mano para apuntarle con una pistola.

—Esto es un robo. Haz lo que te digo y no vas a salir herida. Cállate y entra despacio a la casa.

Una sorprendida Kirsten retrocedió lentamente hacia la entrada. Se devanó los sesos en busca de opciones y no encontró ninguna. Apenas iba vestida y no llevaba armas, y el desconocido ya estaba cerrando la puerta con la pistola aún centrada en su pecho.

—Ni se te ocurra —dijo Tomás—. Camina despacio hacia la cocina.

Kirsten se dio la vuelta para obedecer.

—Mis joyas están en el dormitorio. Llévate lo que quieras.

—Llegaremos a eso. Mantén la calma y todo va a estar bien.

En la cocina, la hizo detenerse junto a la isla.

—Necesito que te des la vuelta lentamente con las manos en alto.

Kirsten puso las manos por encima de la cabeza y se dio la vuelta lentamente. El arma apuntaba directamente a su cara, a centímetros de sus ojos. Todo su mundo se concentró en la apertura del cañón, temiendo la bala que podría entrar en su cerebro antes de que siquiera procesara lo que estaba sucediendo.

Por eso nunca vio que su otra mano se abalanzaba con un cuchillo de 20 centímetros hacia la parte inferior de su pecho. Tomás sostuvo el cuchillo con la palma hacia arriba y la hoja hacia un lado. Apuntó al lado del esternón, en la zona entre la quinta y la sexta costilla. Sintió brevemente cómo el cuchillo raspaba el hueso y temió haber golpeado solo su costilla, pero este resbaló y se hundió profundamente en su pecho. Afilado como una navaja por ambos lados, el cuchillo cortó fácilmente el tejido blando. A los cinco centímetros, la punta del cuchillo se topó con el ventrículo izquierdo del corazón, que seguía latiendo, ajeno al ataque, y luego abrió un orificio de dos centímetros de ancho para seccionar los nervios que coordinaban la actividad eléctrica del corazón. El cuchillo siguió su camino hasta salir de la aorta, seccionándola casi por completo.

Los resultados fueron catastróficos. En menos de un segundo, el corazón dejó de latir y la sangre llenó su cavidad torácica, privando de sangre a sus órganos vitales, incluido el cerebro.

Kirsten nunca tuvo tiempo de entender lo que pasó. Su cerebro procesó momentáneamente el dolor, pero para entonces ya se estaba desvaneciendo. solo tuvo un segundo de claridad de que se estaba muriendo antes de que la oscuridad la abrumara.

El ataque de Tomás fue perfecto, testimonio de sus años de violenta experiencia. Sacó el cuchillo y lo metió con cuidado en el sobre. Regalo de Javier hace muchos años, lo limpiaría y afilaría para la próxima vez.

Subió a Kirsten a la isla de la cocina. El corazón dejó de bombear tan rápidamente que la cavidad torácica contuvo la mayor parte de la hemorragia. Le cerró los ojos y elevó una breve plegaria por su alma. Se le escapó la ironía de rezar por alguien a quien había asesinado.

Abrió la puerta trasera e hizo un gesto a Connor, dispuesto a hacer su papel.

—¿Dónde está?

—Cambio de planes. Estaba a punto de gritar y tuve que apuñalarla. Está muerta.

De hecho, éste había sido el plan desde el principio. A Connor le habían dicho que debía agredirla primero, pero Tomás no lo permitiría, y seguía necesitando a Connor enfadado.

—¿Qué chingados? ¡Ese no es el plan! Se suponía que tenía que divertirme un poco con la zorra antes de tirármela.

—Relájate, los planes cambian. Aún nos queda trabajo por hacer.

Tomás lo llevó a la cocina, donde la isla mostraba el cuerpo de Kirsten con la bata abierta. Connor rasgó la bata, dejándola completamente al descubierto. Llevó su mano enguantada a su pecho y Tomas la apartó de un manotazo.

—No le faltes al respeto a los muertos.

—¿Qué? Está jodidamente muerta, hombre. No le importa.

—Maldito imbécil. Esto tiene que ser un crimen pasional, no una oportunidad para que manosees a una mujer muerta. —Tomás tomó el cuchillo más grande del juego de la encimera con la mano enguantada y se lo dio a Connor. —Si estás encabronado con ella, ahora es tu oportunidad de demostrarlo. Apuñálala.

Connor tomó el cuchillo y miró a Kirsten recostada, desnuda. Recordó todas las veces que ella y cualquier otra mujer hermosa lo habían rechazado. Sostuvo el cuchillo sobre su cabeza y le cortó el pecho. Lo sacó y la apuñaló una y otra vez, perdido en el momento, mientras la rabia lo consumía.

Tomás sonrió mientras observaba. Necesitaba un crimen pasional, y Connor definitivamente jugó su papel. Contó en silencio los cuchillazos y, tras el decimoséptimo, agarró el brazo de Conor.

—Suficiente. Dame el cuchillo.

Tomás lo metió en una bolsa de plástico que había sacado de su bolsillo, mientras Connor miraba el cadáver, que supuraba poca sangre, pues el corazón ya se había detenido. Ya no tenía color, y su pecho y abdomen estaban cubiertos de heridas desgarradas. Su rostro permanecía intacto, con los ojos cerrados, como si hubiera dormido plácidamente. Connor se dio la vuelta.

Tomás hizo que Connor sustituyera sus guantes sucios por otros limpios, y luego hizo lo mismo para sí mismo con los guantes sucios metidos en otra bolsa de plástico. Tomás lanzó una mirada de disgusto a Connor.

—Ve a buscar su teléfono.

• • •

El Alguacil se reclinó en su sillón favorito para ver un partido de baloncesto, cuando sonó su celular. ¿Quién demonios le llamaba a esas horas y por qué siempre llamaban en los dos últimos minutos del partido? Puso la televisión en pausa y miró su teléfono, sorprendido al ver el nombre de Kirsten iluminado en la pantalla.

—Buenas noches. ¿A qué debo el honor de esta llamada?

Responde una voz masculina.

—Alguacil, es Tomás. Escúchame con atención. Necesito que te pongas el uniforme y manejes hasta la casa de Kirsten. Sin luces ni sirenas. Maneja normal y te lo explico todo cuando llegues.

—¿Qué chingados está pasando? Déjame hablar con Kirsten.

La voz de Tomás se endureció.

—Alguacil, ponte el uniforme y ven aquí. Ahora. Maneja con normalidad y no llames la atención. No hables con nadie. ¿Fui claro?

—Voy para allá. Pero si algo le pasa a Kirsten...

—Alguacil, déjame recordarte para quién trabajas. Cualquier amenaza que hagas se queda corta en comparación con el desmadre que yo puedo hacer. Por esta vez voy a dejarlo pasar, pero no vuelvas a amenzarme.

Tomás terminó llamada.

El Alguacil se quedó mirando el teléfono mientras el nombre de Kirsten desaparecía de su pantalla. El pecho se le apretó hasta la náusea mientras luchaba contra un horrible presentimiento sobre lo que encontraría en casa de Kirsten. Demasiado metido en la sociedad con esa gente, no tenía salida y había metido a Kirsten en su lío. Se puso el uniforme como le habían indicado y se dirigió a su carro a tropezones, olvidando todo pensamiento sobre el partido de baloncesto.

• • •

Diez minutos después, el Alguacil se estacionó delante de la casa de Kirsten, se abrochó el cinturón y subió las escaleras hasta la puerta principal, que se abrió al acercarse. Connor pasó junto al Alguacil, evitando el contacto visual. El Alguacil le observó adentrarse en la oscura calle sin decir palabra.

—¿Qué chingados está pasando, Tomás?

El Alguacil exigió dentro de la casa.

—Nuestra situación se ha vuelto inaceptable, corremos mucho peligro de ser expuestos. Por desgracia, hubo que tomar decisiones difíciles.

—¿Dónde está Kirsten? ¿Dónde está mi hija?

—Está muerta, Alguacil. Lo siento, pero era necesario. No sufrió en absoluto.

—¡Hijo de puta!

El Alguacil echó mano a su pistola, pero Tomás, preparado y más rápido en el desenfunde, apuntó su arma a la cara del Alguacil con una mano, mientras con la otra impedía que el Alguacil desenfundara la suya.

—Comprendo que estés furioso, pero no lo dirijas hacia mí. Toda esta situación fue causada por ese Doctor. Es él quien sigue metiendo las narices donde no lo llaman. Quien involucró a tu hija en todo esto, y a él es a quien van a culpar por muerte.

El Alguacil miró fijamente a Tomás durante varios segundos antes de soltar el arma y desplomarse en una silla cercana.

—Todavía tienen que pasar muchas cosas esta noche. Sabemos que Doc estuvo aquí hoy en la tarde, y necesitamos apuntar todas las evidencias hacia él para inculparlo.

—Quiero verla.

El Alguacil se levantó de la silla.

—Te voy a llevar con ella, pero la escena no es bonita. Tuvimos que crear la ilusión de un crimen pasional. Las heridas que vas a ver fueron cuando ya estaba muerta. No sufrió en absoluto.

Tomás dirigió al Alguacil hacia la cocina. El Alguacil caminó lentamente, temiendo la escena que le esperaba, pero sabiendo que tenía que verla. Se detuvo en la puerta, como bloqueado por un muro invisible. Desnuda sobre la isla de la cocina, con la luz de los LEDs tiñendo su piel de un blanco fantasmal, Kirsten tenía el pecho y el abdomen llenos de heridas, y la sangre se acumulaba en la encimera, goteando silenciosamente por el lateral de la isla en múltiples chorros.

Le temblaban los hombros mientras sollozaba al ver a su hija. Finalmente, dio la espalda a la cocina y volvió a sentarse en el salón. Tomás esperó pacientemente hasta que recuperó la compostura.

—¿Qué chingados estaba haciendo Connor aquí?

—Su presencia garantiza la cooperación a largo plazo de otros involucrados.

El Alguacil levantó la vista y mantuvo el contacto visual con Tomás.

—No quiero que se involucre en esto.

—Mientras las cosas salgan bien hoy, nunca se va a descubrir su participación. Además de nosotros dos, solo John sabe lo que pasó.

—Debería quemarte a ti y a todo este problema hasta los cimientos.

—Esa es una opción, pero también destruirías tu vida y la de los que aún amas. Centra tu ira en el médico. Es por él que todo esto es necesario.

El Alguacil se quedó pensativo unos instantes.

—¿Cómo vamos a hacer esto?

Tomás se inclinó hacia delante en su asiento, feliz por la aceptación.

—Te llamé antes desde el teléfono de Kirsten. Vas a decir que Kirsten te llamó. Te dijo que tuvo una pelea con Doc, y que estaba asustada porque la amenazó. Decidiste venir a ver cómo estaba y la encontraste muerta. Vas a salir a tu carro y a llamar por la radio oficial. Cuando llegue tu equipo, procesarán la escena como harían normalmente en cualquier escena de asesinato. Debido a la llamada de Kirsten, tú y un equipo de oficiales van a ir a casa de Doc para interrogarlo y registrar su casa. Debe dejarlos, ya que él no tuvo nada que ver. Es importante que registres su carro, y cuando lo hagas, tienes que colocar esto en el carro. —Tomás sacó la bolsa con el cuchillo ensangrentado y la puso sobre la mesa delante del Alguacil—. Si lo haces, Doc va a ser declarado culpable de este asesinato y desacreditado como testigo de cualquier cosa que descubriera sobre el rancho.

El Alguacil tomó la bolsa y le dio la vuelta entre las manos. Finalmente miró a Tomás y asintió.

—Está bien. Puedo hacerlo.

—Bueno. El tiempo es esencial. Debes hacer la llamada.

—Primero tengo que despedirme de mi pequeña.

El Alguacil se armó de valor y volvió a la cocina, rodeando la encimera hasta que estuvo cerca de su cabeza. Se inclinó sobre ella y le acarició el pelo, mientras le daba un último beso en la frente.

—Lo siento, cariño. Nunca quise que esto te involucrara.

Se enderezó, se secó los ojos y se dirigió tambaleándose a la puerta principal, seguido por Tomás. En su carro, Tomás le entregó el cuchillo embolsado.

—Recuerda poner el cuchillo en su carro.

El Alguacil contempló el cuchillo en sus manos, contuvo sus náuseas y lo arrojó al asiento del copiloto. Llamó a la comisaría mientras Tomás se adentraba en la noche.

• • •

En 20 minutos, la mayor parte de la policía llegó al lugar. El asesinato de una destacada doctora, que además era la hija del Alguacil, supuso que todos se pusieran manos a la obra. Las patrullas bloqueaban ambos extremos de la calle y la cinta amarilla delimitaba un amplio perímetro.

El Alguacil impidió que todos entraran hasta que llegaran los forenses de la escena del crimen. Reunió a su equipo.

—Kirsten fue apuñalada múltiples veces. Está muerta, y la casa está despejada.

Este pronunciamiento produjo expresiones de dolor y rabia por parte de su equipo, pero el Alguacil levantó la mano para pedir silencio.

—Kirsten me llamó esta tarde temprano, diciendo que ella y Doc habían pasado la tarde juntos, pero terminó en una pelea, y Doc la había amenazado. Vine a ver cómo estaba y la encontré ya fallecida.

—¡Hay que agarrar a ese cabrón!

Un oficial gritó y otros se unieron.

El Alguacil volvió a levantar la mano para pedir silencio.

—Nadie quiere encarcelar al asesino más que yo, pero vamos a hacer esto de acuerdo a la ley. Nada de vigilantes de mierda. Voy a interrogar a Doc, y necesito llevar algunos oficiales conmigo. El resto aseguren la escena hasta que llegue el equipo forense. Quiero cada centímetro de esta casa registrado en busca de pruebas. Vamos a interrogar a Doc y registrar su casa si lo permite. Si no, lo traeremos para un interrogatorio formal y conseguiremos una orden. No quiero errores.

El Alguacil se metió cansado a su carro, y los cuatro oficiales que había elegido le siguieron en otras dos patrullas. Más oficiales les abrieron paso entre el creciente grupo de vecinos. Entre la pequeña multitud, a Travis Foster no se le escapó nada.

CAPÍTULO 30

Miércoles 18 de mayo
9:53 p. m.

Sentado en el sofá, en shorts y una vieja playera gris, me sobresalté al mirar Twitter en mi teléfono cuando sonó el timbre de la puerta. Banshee gruñó desde su extremo del sofá y le dije que se relajara mientras yo iba a la puerta.

Me encontré con un Alguacil severo y otros cuatro oficiales mirándome.

—Doc, ¿te importa si pasamos un momento?

—¿Qué está pasando?

—Es mejor si hablamos dentro.

Intenté imaginar por qué cinco oficiales estarían en mi casa a esas horas de la noche y supuse que tendría algo que ver con mis interacciones con Connor. Tras una breve pausa, mantuve la puerta abierta.

—Adelante.

Llevé al grupo a la mesa de la cocina. Declinaron mi oferta de bebidas, mientras el Alguacil se sentaba frente a mí y los demás oficiales se esparcían por la sala, rodeándome despreocupadamente. Banshee se sentó a mi lado y observó al tenso grupo.

El Alguacil suspiró.

—Doc, no hay manera fácil de decir esto. Vengo de casa de Kirsten y está muerta.

El tiempo se suspendió mientras procesaba su frase más allá de mi comprensión mientras las lágrimas llenaban mis ojos. Hacía solo unos momentos, habíamos reído mientras cenábamos y veíamos una película y habíamos hablado de nuestro futuro juntos.

—¿Qué quiere decir? ¿Está muerta? ¿Cómo pasó?

—Fue asesinada.

—¿Asesinada? ¿Qué quiere decir con asesinada? ¿Cómo? ¿Por qué? —De repente me di cuenta de por qué cinco oficiales me rodeaban en mi cocina—. Mierda, Alguacil, lo siento. Tu hija… —Lágrimas, otra vez.

El Alguacil obvió el comentario y continuó.

—Tengo algunas preguntas. ¿Te importa si grabamos esta conversación?

Asentí con la cabeza y el Alguacil continuó mientras un oficial encendía la grabadora de su teléfono.

—Estabas allí esta tarde, ¿correcto?

Luché por recuperar la atención y la concentración, aunque seguía llorando.

—Sí. Pasamos la tarde juntos. Cena y películas.

—¿Cuándo te fuiste?

—Hace una hora, una hora y media.

Un oficial tomó notas de la conversación.

—¿Estaba bien cuando te fuiste?

—Sí. Estaba… perfecta. Pasamos un buen rato juntos. ¿Necesito un abogado?

—No lo sé. ¿Necesitas un abogado? Tenemos informes de que pelearon y de que la amenazaste antes de irte.

Me levanté y todos los oficiales se inclinaron hacia mí. Banshee gruñó silenciosamente.

—Es una locura. Pasamos una gran tarde juntos. Hablamos de nuestro amor, de nuestro futuro juntos y de ampliar mi contrato para quedarme aquí más tiempo. Nunca nos hemos peleado.

El Alguacil asintió.

—Ya que fuiste el último en verla con vida, tenemos que aclarar algunas cosas. ¿Te importaría enseñar a estos oficiales la ropa que llevabas esta noche, mientras echo un vistazo rápido a tu carro? Si todo se ve bien, podemos seguir con otras pistas, pero primero tenemos que descartarte.

—Por supuesto. El carro está abierto en la cochera. Puedo enseñarles mi ropa sucia, si quieren.

El Alguacil miró a su equipo.

—Ustedes dos vayan con Doc y revisen su ropa. No toques nada. Voy a dar un vistazo rápido al carro, y luego podremos seguir nuestro camino.

Llevé a los dos oficiales hasta mi dormitorio, con Banshee siguiéndome.

•   •   •

Solo en la cochera, el Alguacil se puso los guantes antes de abrir la puerta trasera del carro. El interior gris, por lo demás impoluto, solo albergaba pelos de perro, como entretejidos en la tela. Buscó bajo la camisa el cuchillo ensangrentado embolsado y lo extrajo con cuidado. Sin pensarlo dos veces, lo tiró al suelo del asiento trasero del acompañante. Rebotó una vez antes de posarse en la alfombra, lanzando pequeñas gotas de sangre, la sangre de Kirsten, en todas direcciones. La intrusión le dejó sin aliento.

El Alguacil se quitó los guantes sucios, los metió con cuidado en la bolsa y la cerró, asegurándose de que no quedara mancha de sangre en el exterior, y luego se la volvió a meter dentro de la camisa. Se puso guantes nuevos antes de hacer una foto con su teléfono de la escena que había montado.

Sin más miramientos por la vida que estaba a punto de arruinar, el Alguacil regresó a la cocina.

• • •

Abrumados por mi ropa sucia, los oficiales rehuyeron estoicamente mis intentos de conversación. Mi mente se había despejado del shock inicial y tenía mil preguntas para el Alguacil, al que oí en la cocina. Para mi sorpresa, el Alguacil estaba esperando con las esposas en las manos, mientras dos oficiales echaban mano a sus pistolas.

—AJ Docker, te pongo bajo arresto por el asesinato de Kirsten Jenkins. Pon las manos sobre el mostrador.

Obedecí, y un oficial avanzó para cachearme por encima del bajo gruñido de Banshee. Le ordené que se relajara mientras el oficial terminaba.

El Alguacil tiró de mis manos hacia atrás y puso las esposas en su lugar.

—Tiene derecho a permanecer en silencio...— Me leyó mis derechos y me preguntó si los entendía. Demasiado aturdido para murmurar una respuesta afirmativa, luché con mi situación surrealista cuando sonó el timbre de la puerta.

El Alguacil miró a un oficial.

—Atiende eso y deshazte de quien sea que está en la puerta.

El oficial abrió la puerta y se oyeron voces en el pasillo. El oficial no pudo retener a Travis.

—Lo siento, Alguacil, me empujó.

Travis absorbió de inmediato la escena de los cinco oficiales llenos de adrenalina abarrotando mi cocina y de mí con las esposas puestas.

—Supongo que a mi cliente se le han leído sus derechos.

—Por supuesto que sí, Travis. ¿Qué demonios haces aquí?

—Protegiendo a mi cliente. —Se volvió hacia mí—. No digas una maldita palabra a nadie. Te veo en la estación. ¿Entendiste?

—Sí. ¿Puedes ocuparte de Banshee por mí, por favor?

—Por supuesto.

Llamó a Banshee, que se acercó tímidamente.

—AMIGO.

En respuesta a mi orden, Banshee lo olisqueó brevemente y se sentó obedientemente junto a Travis.

—La correa y la comida están en ese armario.

—Yo me encargo de él. Alguacil, por favor, permite que mi cliente se cambie de ropa antes de llevarlo a comisaría.

El Alguacil asintió a un oficial.

—Toma un par de sus pantalones, zapatos y calcetines de arriba.

—Y una sudadera, por favor —añadió Travis.

Los cinco oficiales me observaron mientras me cambiaba los shorts de gimnasia. Al parecer, les preocupaba que luchara por escapar, pero apenas me quedaban energías ni cerebro para vestirme en esta pesadilla. Finalmente, me llevaron fuera con las esposas bien sujetas.

Travis me dio una última advertencia.

—Doc, ni una palabra hasta que llegue.

Asentí, me incliné para darle un beso en la cabeza a Banshee y me metí en la parte trasera de la patrulla.

—Travis, voy a necesitar que abandones mi escena del crimen —ordenó el Alguacil.

Travis escudriñó la habitación antes de volver su mirada al Alguacil.

—Esta vez nada de juegos.

—Vete a la mierda, Travis. Fuera de aquí.

Travis recogió la correa y la comida del perro antes de llamar a Banshee.

—Vamos, muchacho. Tenemos trabajo que hacer.

El Alguacil los vio marcharse.

—De acuerdo. Salgamos de aquí y sellemos la casa hasta que llegue el equipo forense. Va a ser una noche larga.

• • •

El viaje a la comisaría pasó borrosamente, con mi mente atrapada en la repetición. Kirsten estaba muerta. Creen que yo la maté. Yo no la maté. Kirsten estaba muerta...

Todavía aturdido mientras me quitaban las esposas y me cambiaban la ropa por un uniforme azul oscuro, calzoncillos y sandalias, se me pasó por la cabeza la absurda idea de que el uniforme me resultaba cómodo, excepto por la inscripción «Preso» en la parte delantera y trasera. Finalmente, la puerta de mi celda se cerró con un ruido metálico, seguido del zumbido de una cerradura electrónica, y los sonidos del surrealismo pasaron a la cruda realidad.

Me senté en la cárcel acusado de asesinar a la mujer que amaba.

Agradecido por el tiempo que pasé a solas, mi mente finalmente pasó a un modo analítico que utilicé para resolver los terribles y complejos problemas que se presentaban en la sala de urgencias. Primera regla: deja las emociones a un lado. En segundo lugar, céntrate en lo que sabes. Solo sabía tres cosas: Kirsten estaba muerta; la policía creía que yo la había matado; y alguien más lo había hecho.

Examiné mi entorno. La celda de hormigón con una pared de barrotes, de unos dos por dos metros y medio, iluminada por luces amarillas opacas que se filtraban tras un plástico grueso y sucio, no ofrecía intimidad. Una cama atornillada al suelo ofrecía una fina manta gris y una almohada más apropiada para un perro pequeño. Un retrete detrás de una pared de un metro tenía al lado un lavabo manchado de marrón. Al menos las instalaciones estaban medianamente limpias, y la ausencia de una segunda cama impedía la posibilidad de tener un compañero de habitación.

La habitación apestaba a miedo, ansiedad y frustración, o quizá era yo.

Me estiré en la cama, cerré los ojos y repasé los detalles de lo que había ocurrido en mi casa. El Alguacil llegó con otros cuatro oficiales, así que esperaba problemas. Parecía ansioso, pero su hija había sido asesinada, lo que impedía cualquier comportamiento normal. Estuvo tranquilo hasta que salió de la cochera. Cuando regresó, me detuvo airadamente. Por lo tanto, encontró algo en el carro que me conectó con el asesinato.

Repasé mentalmente el contenido de mi carro y no pude imaginar una conexión con un asesinato allí dentro, pero seguía sin saber cómo había muerto. Finalmente decidí que no tenía suficiente información para hacer deducciones inteligentes y dejé de pensar en ello por el momento.

La compartimentación es una habilidad importante en urgencias. Había que satisfacer las necesidades de los pacientes, ya fuera viendo a una víctima de accidente de tráfico dar sus últimos y fútiles suspiros o evaluando a un niño con múltiples fracturas provocadas por un padre maltratador. El equipo de atención médica tuvo que mantener la compostura y ser capaz de atender a todos los demás pacientes a partir de entonces, por muy perturbadoras o complejas que fueran sus afecciones. Con el tiempo, los turnos terminaron. Si toda la carga emocional de cada turno pesara sobre los profesionales médicos, dos semanas los aplastarían. Así que aprendimos a bloquear las partes difíciles y a despejar la mente. Me concentré en despejar mi mente para la terrible experiencia que me esperaba.

La puerta zumbó y entraron dos guardias.

—De pie, tu abogado está aquí. No hay necesidad de esposas, si cooperas.

Miré a los 450 kilos de policías furiosos que se cuadraban en la puerta y esbocé una pequeña sonrisa.

—Cooperaré.

De todos modos, cada uno me agarró de un brazo y me llevaron por el pasillo hasta una sala de interrogatorios de hormigón que solo tenía una mesa y dos sillas. Travis, con sus papeles repartidos por la mesa, ocupaba una silla.

—¿Seguro que está bien sin esposas? —preguntó un oficial.

—Gracias, oficial. Estoy seguro de que aquí estaré a salvo. Los llamo cuando hayamos terminado.

El oficial asintió y salió de la habitación, la puerta zumbó tras él. Travis se llevó un dedo a los labios para pedir silencio. Se dirigió a la cámara que estaba en el rincón más cercano, la desconectó y puso una bolsa negra sobre el objetivo. Repitió el proceso con la segunda cámara.

—Estás un poco paranoico, ¿no? —pregunté con una pequeña sonrisa.

—Definitivamente, pero quiero asegurarme de que estoy lo suficientemente paranoico. No se les permite escuchar ni mirar, pero la precaución es la mejor estrategia en este caso. Suéltalo, ahora todo está bajo el privilegio abogado-cliente.

Se sentó expectante a esperar a que yo hablara.

—¿Qué le ha pasado?

—Fue apuñalada.

Se me humedecieron los ojos al pensar en ella desangrándose por una puñalada.

—¿Por qué vienen tras de mí?

—El Alguacil dice que recibió una llamada de Kirsten, diciendo que la amenazaste después de una pelea.

—¡Es mentira! No nos peleábamos y nunca llamaba a su padre. Apenas podía soportar al wey.

—También encontraron un cuchillo ensangrentado en tu carro.

Se hizo el silencio entre nosotros mientras procesaba esta nueva información.

—Yo no lo hice.

—Lo sé.

Lo miré inquisitivamente.

—¿Cómo puedes estar tan seguro?

—Un hombre culpable proclama primero su inocencia y luego pregunta qué pruebas hay en su contra. Un inocente pregunta primero qué pasó y proclama su inocencia después.

Mi enfado aumentó.

—Alguien la mató y me está tendiendo una trampa.

—Parece que así es y ambos sabemos quién está detrás de todo esto.

—Los Felton.

—Definitivamente, pero todos han de tener coartadas para anoche. Sabemos por qué lo hicieron.

—Para hacerme callar.

—Pero tenemos que demostrar cómo lo hicieron y, más concretamente, quién lo hizo.

—Está bien, ¿cómo conseguimos esas pruebas?

—Ese es mi trabajo, mientras tú descansas aquí. Ahora, empieza por contarme todo lo que hiciste ayer, desde que te despertaste hasta que entraste en esta habitación. Quiero cada detalle.

Pasé treinta minutos reviviendo mi día. Casi me derrumbo al recordar aquel último bailecito coqueto que me hizo en el porche al marcharme, la última vez que la vería. Travis tomó numerosas notas. Cuando terminé, metió sus notas en el maletín.

—No digas una palabra sobre este caso a nadie. Está bien hablar, pero no del caso. ¿Necesitas algo?

—Una mejor almohada.

Travis soltó una carcajada.

—Compraron esa almohada hace unos 15 años, y el presupuesto municipal no prevé una nueva hasta dentro de cinco años. Voy a ver lo que puedo hacer. Por mientras, te traje un regalo. —Metió la mano en el bolso y sacó un libro de bolsillo—. Se hace bastante aburrido estar en esa celda, y leer ayuda a pasar el tiempo.

—¿En serio? ¿*El Fugitivo*?

—Me pareció apropiado para la ocasión. Voy a sacarte de esto, Doc, sin necesidad de que escarbes un hoyo en tu celda.

—¿Y qué hay de atrapar a los culpables?

—Tienes mi palabra. Descansa un poco. Van a ser unos días largos.

Golpeó la puerta y los guardias me escoltaron de vuelta a mi celda. Me acosté en la cama y abrí mi libro.

CAPÍTULO 31

Jueves 19 de mayo
7:47 a. m.

Dormí mejor de lo esperado, considerando mi situación. Coloqué mi libro bajo la almohada para elevarla lo suficiente y evitar que mi cuello se entumeciera, y el guardia me revisaba cada hora, pero pronto aprendí a ignorarlo. Definitivamente, adquirí una mejor comprensión de cómo deben sentirse los animales en un zoológico.

Mi día empezó con 50 flexiones y 50 sentadillas. Más o menos cuando terminé, apareció otro guardia con una bandeja de tacos de desayuno, jugo de naranja y café, de nuevo, mejor de lo esperado.

Cuando terminé, el Alguacil apareció frente a mi celda, mirándome con desprecio.

—¿Mis hombres te tratan bien?

—Sí, señor. Fue una noche tranquila y sin problemas.

El Alguacil se quedó mirando, como si quisiera decir algo más, pero finalmente se dio la vuelta y se marchó sin decir nada más. No me sorprendería un trato duro como supuesto asesino de su hija, pero siguió siendo profesional. Terminé de desayunar, dejé la bandeja a un lado y me senté a leer con la atención dividida entre el libro y mi situación actual.

Poco después, el guardia me acompañó a reunirme con Travis, que volvió a desactivar las cámaras mientras Banshee saltaba a saludarme.

—Buenos días, Doc. ¿Dormiste algo anoche? —Travis irradiaba inteligencia con más intensidad que de costumbre.

Intenté responder mientras Banshee me colmaba de besos.

—De maravilla. Cuando salga de aquí, voy a buscar una almohada como la de mi celda. No sé dónde encuentras una almohada fina, plana y rasposa, pero esa es mi misión. Gracias por traer a Banshee.

—Creo que al Alguacil le preocupaba que Banshee sea parte de un plan para ayudarte a escapar, pero le dije que es para apoyo emocional. Francamente, me sorprende que el Alguacil me dejara traerlo.

—¿Se está portando bien contigo?

—Ha estado a mi lado todo el tiempo. Ha sido divertido probar varias órdenes y ver lo que sabe. Está mejor entrenado que la mayoría de los abogados.

Le di otra caricia y un abrazo.

—Es un chico listo. Gracias de nuevo por traerlo. ¿Qué hay de nuevo con el caso?

—Nada todavía. La autopsia es hoy, pero no espero sorpresas. Sabemos que tuviste sexo con ella esa noche, y sabemos que fue apuñalada múltiples veces. Dudo que el forense encuentre algo más, pero nunca se sabe. Tienen el cuchillo encontrado en tu carro, y coincide con el que ella tenía en su cocina. Los tipos de sangre coinciden, y espero que el ADN también.

—Eso no me da muchas esperanzas.

—No, pero hay algunas cosas a tu favor. Destrozaron tu casa y tu carro, y no encontraron pruebas de sangre en ningún otro lugar. Es extraño tener tanta sangre en la escena y en el cuchillo, pero ninguna en ninguna otra parte del carro o en tu ropa.

—¿Lo suficientemente extraño como para una duda razonable?

Travis negó con la cabeza.

—Tal vez, pero no puedo asegurarlo. Podrías haber tenido más cuidado de no manchar nada de sangre.

—¿Así que tuve mucho cuidado de no manchar nada de sangre, pero tiré el arma homicida ensangrentada en la parte trasera de mi carro y me olvidé de ella?

—Bueno, pasaste la noche allí, y el Alguacil informó de una llamada de su hija diciendo que la amenazaste. La encontraron muerta poco después, y el arma homicida estaba en tu carro.

Hice una pausa.

—En realidad no sabemos si el Alguacil recibió una llamada de ella.

—Los registros telefónicos van a mostrar si se realizó una llamada, cuánto duró y a qué hora.

Me puse de pie y caminé de un lado a otro, lo que a menudo me ayudaba a pensar con más claridad.

—Pero no tenemos ni idea de lo que se dijo. Solo sabemos que se produjo una llamada entre los dos teléfonos. Ni siquiera sabemos con seguridad quién estaba en cada teléfono.

—Continúa.

—El Alguacil afirma que ella lo llamó y le dijo que yo la había amenazado, pero es imposible que eso haya ocurrido. Nunca la amenacé, y nos despedimos en buenos términos, e incluso si hubiera estado preocupada, no llamaría a su padre, a pesar de que es el Alguacil. Por lo tanto, el Alguacil miente sobre la llamada telefónica.

—No tenemos forma de demostrarlo.

Continué con mis pensamientos, sin molestarme por su interrupción.

—Si miente sobre la llamada, podría estar mintiendo sobre otras cosas. —Caminé un poco más—. El cuchillo ensangrentado no podía estar en mi carro cuando salí de su casa, porque aún estaba viva. Llegué directamente a casa y me estacioné en la cochera. Nadie tiene acceso a esa cochera.

—Alguien pudo haber entrado a escondidas mientras te bañabas.

Me reí y señalé a Banshee.

—Ni un puto ratón podría haber entrado en esa cochera con él cerca. Tendrían que abrir la puerta de la cochera o entrar por la casa, y

Banshee me haría saber. La única persona que pudo haberlo puesto ahí fue la siguiente que entró en la cochera, el Alguacil.

Travis me miró fijamente mientras su ira crecía, no parecía sorprenderse ante la posibilidad de este escenario. Me observó en silencio mientras caminaba de un lado a otro y escuchó más revelaciones.

—Tiene sentido. El Alguacil tiene que estar en el complot contra mí. Puedo probarlo.

—¿Cómo puedes probarlo?

—Piénsalo. Estamos en un pueblo pequeño, y me acusan de matar a la hija del Alguacil. Como mínimo, era para que dijeran que me resistí a la detención y me dieran una madriza. Debería recibir maltratos de todo el mundo aquí, pero me tratan como a un VIP con una celda para mí solo. Nadie me ha puesto la mano encima. Tengo un desayuno caliente, un libro y una visita de Banshee. No haces todo eso por el wey que mató a tu hija. Haces de su vida un infierno.

—Sin duda tenía los medios y la oportunidad de tenderte una trampa, pero ¿y el motivo? ¿La mató o está encubriendo a los asesinos, y por qué haría cualquiera de las dos cosas? Sin motivo, no tenemos nada.

—Ya que estoy encerrado aquí, depende de ti encontrar un motivo.

Travis se frotó la barbilla mientras reflexionaba.

—Puede haber un vínculo con todo esto.

—Dime lo que estás pensando.

—Demasiado pronto. Déjame investigar un poco. Tengo trabajo que hacer, y necesito llamar a Morquist. Quiero que le eche un ojo a todo.

—Antes de irte, pídele al Alguacil que venga aquí. Quiero probar mi teoría.

—Ten mucho cuidado, Doc. Estamos jugando con fuego aquí.

Golpeó la puerta y pidió que llamaran al Alguacil.

Un minuto después, el Alguacil Stein estaba en la puerta.

—¿Hay algún problema?

Respondí antes de que Travis hablara.

—Ninguno, Alguacil. Quería ver si estaba bien que Banshee pasara unas horas en la celda conmigo. Travis va a estar fuera toda la tarde.

El Alguacil miró de Banshee a mí.

—Sé lo que ese perro puede hacer. Si causa problemas o amenaza a mis hombres, lo voy a entregar a la perrera.

—No va a ser un problema.

El Alguacil frunció el ceño.

—Entonces lo permito. ¿Algo más?

—No, señor. Gracias.

El Alguacil asintió y se marchó, cerrando la puerta tras de sí. Travis me sonrió.

—Creo que puede que estés en lo cierto, Doc. Recuerda, no hables con nadie sobre el caso. Me largo de aquí.

—Vamos Banshee. Tengo muchos olores interesantes para que investigues.

•　　•　　•

Mientras leía los últimos capítulos de mi libro, la puerta de mi celda se abrió con estrépito. Ni siquiera levanté la vista, pues ya había aprendido a ignorar los frecuentes controles de los guardias. Una voz fresca interrumpió mi lectura.

—Órale, qué cómodo te ves.

Encontré a una sonriente CJ de pie con una bolsa de papel marrón que olía a almuerzo en las manos. Había elegido pantalones de mezclilla y tacones rojos con una blusa roja de seda a juego y era la repartidora de comida a domicilio más amigable que había conocido.

Levanté mi triste almohada.

—Esta almohada murió hace unos diez años, así que he estado usando Banshee como almohada mientras leo. —Banshee se levantó y se estiró cuando su nariz le llevó hasta CJ—. ¿Estás aquí para ayudarme a escapar?

—Eso suena divertido. Puedo excavar un túnel hasta la mitad de tu celda y ayudarte a escapar.

Señalé sus zapatos.

—Ese plan va a arruinar tus zapatos.

Se rió mientras levantaba el pie.

—No seas tonto. Los tacones son para planear una fuga. La excavación real requiere botas vaqueras y este lindo par de overoles que compré la semana pasada. Mientras planeamos tu libertad, pensé que tal vez quisieras algo para almorzar. Un sándwich de queso a la parrilla con papas fritas para ti y unos nuggets de pollo para Banshee.

Me entregó la bolsa a través de la pequeña apertura en los barrotes.

—¿Cómo sabías que Banshee estaba aquí? —pregunté mientras desempaquetaba la comida.

Su sonrisa y su risa la envolvieron mientras respondía.

—Sigues sin entenderlo. Pueblo chico, infierno grande. Solo se habla de este caso. Si empezaras a hacer flexiones, media ciudad lo sabría en cinco minutos. —Se puso seria—. ¿Cómo te va con el encierro?

Suspiré con una débil sonrisa.

—Aguantando. Un pequeño cambio en mi estilo de vida habitual. Por cierto, probablemente no haga mi turno mañana. Debí haber llamado, pero me quitaron el teléfono.

Me comí las papas fritas mientras le daba nuggets de pollo a Banshee.

—Lo tenemos cubierto. No te preocupes por urgencias. Nos ocuparemos de todo hasta que vuelvas.

—Pensé que estabas aquí para correrme.

—Sé que no puedes hablar del caso, pero los vi a ti y a Kirsten juntos. Es imposible que hicieras las cosas que dicen. Así que voy con inocente hasta que se demuestre lo contrario, y cuando esto termine vas a seguir teniendo trabajo.

—Agradezco mucho que confíes en mí.

—La opinión pública es que eres inocente, al menos es lo que la mayoría piensa.

—Son muy buenas probabilidades. Ojalá la mayoría del jurado opine lo mismo.

—Ya veremos. ¿Puedo hacer algo mientras tanto?

—En primer lugar, gracias por la comida. Si tienes un momento, te agradecería mucho un libro nuevo.

—¿Qué estás leyendo ahora?

Levanté mi ejemplar.

—*El Fugitivo*. Travis tiene un sentido del humor ácido. Quería ver si me puedes comprar el libro *La Supremacía Bourne* para leerlo después.

—Claro. Puedo ir corriendo a la librería y volver en 15 minutos.

—Chido. Dos cosas más. ¿Te importa llevarte a Banshee contigo? Necesita el ejercicio, el Alguacil tiene su correa, y si me encuentras una almohada un poco más suave que está —dije, levantando la almohada hecha jirones—, vas a ser mi persona favorita en todo el mundo.

Se rió de la triste almohada.

—Tengo suéteres más esponjosos que esa cosa. Encantada de hacerlo. Voy a agarrar su correa.

Terminamos nuestra comida rápida y el guardia volvió con CJ para dejar salir a Banshee. Le puso la correa.

—Vamos chico. Vamos a hacer unos mandados.

Vi cómo salía alegremente por la puerta con CJ.

Inmerso en las últimas páginas de mi libro, me sorprendió que volvieran tan rápido.

—Siento haber tardado tanto. Banshee estaba contento de salir y lo dejé correr por el parque durante unos minutos. Me alegra informar de que todas las ardillas del parque fueron correteadas exitosamente.

Con la cabeza gacha y la lengua fuera de la boca, Banshee entró de mala gana en la celda. CJ levantó mi libro y una almohada nueva.

—Solo para que sepas, ambos fueron registrados minuciosamente y no contienen armas ni mensajes ocultos. Aunque tengo que admitir que la idea de ayudarte a escapar de aquí me está gustando.

El guardia negó con la cabeza mientras volvía a cerrar la puerta.

—Avísame si necesitas algo. Los guardias tienen mi número y dijeron que me van a llamar si se los pides. —Se le humedecieron los ojos—. Siento mucho que esté pasando esto. Kirsten era una persona tan hermosa, y ustedes dos eran perfectos juntos. No sé quién lo hizo, pero tenemos que atrapar a los hijos de la chingada y sacarte de aquí.

Me acerqué a través de los barrotes para tomar sus manos.

—Gracias. Significa mucho para mí que me creas y apoyes, y gracias por la almohada y el libro.

Me apretó la mano.

—¿Por qué querías ese libro en particular?

—Es donde los malos persiguen a Jason, lo incriminan por un asesinato y matan a su novia.

—Eso es horrible. ¿Cómo termina?

—Persigue a los culpables.

—Me voy, disfruta mucho el libro.

—Sale.

• • •

Travis vino esa noche con la cena para Banshee y para mí.

—Espero que no te aburra el menú. Es otro sándwich de queso a la parrilla y papas fritas.

Banshee olfateó con entusiasmo la bolsa.

—Gracias por esto. Jamás voy a aburrirme de los sándwiches de queso a la parrilla. ¿Dónde estamos en el caso?

Puse los nuggets de pollo en el suelo y Banshee los atacó alegremente.

—Más o menos donde estábamos ayer. La autopsia está completa, pero aún no he visto ningún informe, y el ADN del cuchillo aún está pendiente. Sin embargo, algo está mal.

—¿Qué quieres decir?

—No hay indignación por parte del Alguacil. Está investigando el asesinato de su hija, pero se muestra tranquilo y educado, como si estuviera ayudando a una anciana a cruzar la calle. Diablos, realmente te está tratando más como a un huésped de un hotel vacacional que como a un prisionero.

—Sin ofender al Alguacil, pero este hotel está de la chingada.

—Es un hotel de cinco estrellas comparado con el siguiente lugar al que te quieren enviar. Hablando de eso, voy a pedir un aplazamiento, lo que te va a mantener encerrado aquí el fin de semana.

—¿Y eso es bueno?

—Mejor que la alternativa. Si mostramos nuestras cartas mañana, no tendremos nada con qué argumentar para la fianza. Es probable que el juez la rechace, y si eso ocurre, te van a trasladar al condado mientras esperas el juicio, y vas a terminar con la población general.

—Sabes, mi celda parece bastante cómoda en este momento. ¿Sirve de algo retrasar la audiencia hasta el lunes?

—Le da tiempo a Morquist para revisar las pruebas y ver si puede hacer un agujero en el caso de la fiscalía. Y me da más tiempo para sacar todo el cochambre. El objetivo es sacarte bajo fianza, para que puedas estar libre mientras esperas el juicio.

—¿Algo que tenga que hacer mañana?

—Quédate ahí, luce bien y no digas ni una palabra. Tomé un traje y corbata de tu casa. Deben dejar que te bañes y afeites en la mañana antes de que vayas.

—Eso está de lujo. Estoy empezando a apestar a muerto aquí encerrado. ¿Puedes sacar a pasear a Banshee antes de irte?

—Sale. Duerme un poco esta noche, Doc. Necesito que mañana estés fresco como lechuga.

—Tengo un buen libro y una almohada nueva. Debería dormir como un bebé.

CAPÍTULO 32

Viernes 20 de mayo
8:03 a. m.

Me desperté renovado y entusiasmado con mi salida, aunque tenía que soportar un proceso judicial. Estaba bien en la celda, pero la mera idea de respirar aire fresco me sabía dulce. Tras desayunar y darme un regaderazo demasiado breve, me vestí con mi traje. Me esposaron las manos delante de mí para prepararme para el transporte.

—¿Viene con nosotros el perro? —preguntó el oficial.

—Tiene permiso.

No agregué con el permiso de quién. El oficial se encogió de hombros.

—No me importa mientras no la haga de pedo.

Como de costumbre, Banshee se había ganado el corazón de los que le rodeaban. Me llevaron afuera, a una patrulla para el breve trayecto, y una multitud de unas 50 personas esperaba el espectáculo, entre ellos fotógrafos y reporteros de varios medios de comunicación. Intenté mantener un semblante severo, pero sabía que la sonrisa de Banshee se robaría el espectáculo. Respiré hondo, saboreando la brisa fresca y fragante.

En el juzgado esperaba otro grupo de fotógrafos y curiosos. En una zona de detención de presos, me quitaron las esposas. Me senté junto a una ventana que dejaba ver el cielo e inhalé más aire fresco. Me prometí no volver a dar por sentado el embriagador confort del aire fresco.

Al cabo de unos minutos, me acompañaron a la sala del tribunal. Si la semana pasada se superó el récord de personas presentes en la sala del tribunal al mismo tiempo, el público de hoy lo ha superado con creces. Con todos los asientos ocupados, la gente estaba de pie como fósforos, en dos o tres filas de profundidad alrededor del perímetro. La energía nerviosa electrizaba a la multitud con comentarios susurrados y gestos sutiles en mi dirección. Escudriñé a la multitud para encontrar a CJ, que me ofrecía una sonrisa tranquilizadora desde la tercera fila detrás de mi mesa. Desde el otro lado de la habitación, los Felton me fulminaron con la mirada. Las opiniones del resto del público parecían divididas. Aunque tenía la sensación de que la mayoría de las sonrisas eran para Banshee.

Travis se sentó en su desgastada y desnuda mesa, en la que solo había una taza de café astillada, que imaginé que contenía un buena cantidad de Bailey's. Su traje limpio y reluciente contrastaba con su habitual aspecto desaliñado. El fiscal del distrito y un ayudante conversaban afanosamente y movían montones de papeles alrededor de la mesa.

El Alguacil se dirigió al tribunal.

—Todos de pie. Se abre la sesión, preside el juez Morestrand. —El juez subió a su estrado y miró al tribunal, y sus ojos se centran en Banshee antes de tomar asiento—. Estamos aquí hoy para la audiencia de fianza en el caso del Estado contra Augustus Julius Docker.

Hice una mueca de dolor cuando mi nombre completo resonó en toda la sala. Había una razón por la que me llamaba AJ. Miré por encima del hombro y vi a CJ reprimiendo una sonrisa.

—Antes de empezar, veo que la defensa tiene un miembro más en su mesa —dijo el juez mientras asentía a Banshee.

Travis se puso de pie para responder.

—Sí, su señoría. Banshee es un perro de apoyo emocional altamente adiestrado para mi cliente y un héroe de esta ciudad. Está bien documentado cómo desarmó a un tirador en una escuela y salvó la vida de nuestros hijos.

El juez asintió.

—Lo permito siempre y cuando se comporte. Eso va también para el resto de ustedes. Ustedes son espectadores aquí para observar el proceso judicial, pero no son participantes en ese proceso. No se toleran los arrebatos ni las interrupciones. Fiscal, tiene la palabra.

El fiscal se levantó rápidamente.

—Gracias, su señoría. El Estado acusa al doctor Docker de asesinato en primer grado por la muerte de Kirsten Jenkins, y solicitamos que no se le imponga fianza debido a la naturaleza atroz y despiadada de su crimen. Creemos que es una amenaza para la comunidad y un riesgo de fuga.

El juez dirigió su mirada a Travis, que se puso lentamente de pie.

—Su señoría, el Estado no ha aportado ni una sola prueba que vincule a mi cliente con este asesinato. Mantenerlo sin fianza por un cargo tan grave en ausencia de pruebas sería una grave injusticia.

El fiscal levantó unos papeles.

—Tenemos a la víctima llamando a su padre, el Alguacil, diciendo que fue amenazada por el acusado, y tenemos el arma homicida encontrada en su carro.

Travis negó con la cabeza mientras hablaba.

—Lo que hay son rumores, una supuesta conversación entre la víctima y su padre que no se puede corroborar. Podrían haber estado hablando de cualquier cosa, y la conversación podría haber sido con cualquiera. Además, el análisis de ADN que intenta relacionar ese cuchillo con la escena del crimen está incompleto. Una supuesta conversación de oídas y un cuchillo que puede no tener nada que ver con la escena no es base para la retención.

Replicó el fiscal indignado.

—Ese cuchillo coincide perfectamente con el juego que se encuentra en la cocina de la víctima.

—Posiblemente. Además, combina perfectamente con otros 87 juegos de cuchillos vendidos en la ciudad en el último año. Resulta que ese juego de cuchillos es uno de los más populares disponibles en Target. Su señoría, ¿puedo sugerir un compromiso razonable? Al parecer, en este momento no se dispone de información vital para el caso, pero debería estar disponible a lo largo del fin de semana. Si algo nos ha enseñado la historia reciente de este tribunal es que las decisiones precipitadas basadas en información incompleta pueden dar lugar a un grave error judicial. Por lo tanto, propongo que no tomemos ninguna decisión hasta el lunes. Esperemos que se disponga de información que aporte claridad a este caso.

El juez dirigió su mirada hacia el fiscal, que tras la derrota de la semana pasada, prefería una simple victoria sin fianza. Cediendo a lo inevitable, aceptó.

—La Fiscalía acuerda continuar el procedimiento el lunes.

El juez Morestrand asintió.

—Estos procedimientos continuarán el lunes a las nueve. El acusado permanece bajo custodia. Se levanta la sesión.

Golpeó el mazo y abandonó el estrado.

Travis se inclinó hacia él.

—Te voy a traer otro libro para el fin de semana.

Banshee encabezó con orgullo a nuestro grupo fuera del tribunal y de vuelta a mi celda, donde se desplomó para dormir en el fresco y gris suelo.

●　　●　　●

John Felton se reunió con el Alguacil detrás de una gasolinera abandonada a las afueras de la ciudad. El Alguacil llegó diez minutos tarde, lo que enfureció a un John ya frustrado.

—¿Qué chingados fue eso? —preguntó John antes de que el Alguacil saliera del carro.

El Alguacil se tomó su tiempo para levantarse y arreglarse el cinturón antes de responder.

—Buenos días a ti también, John. Ahora, ¿cuál era tu pregunta?

—No me jodas. Necesito saber que tienes todo bajo control, para que no tengamos otra cagada como la semana pasada. No tengo que recordarte lo que está en juego aquí.

El Alguacil se puso de pie y se acercó a John hasta quedar a escasos centímetros, sobresaliendo por encima del hombre más pequeño.

—Soy perfectamente consciente de lo que está en juego, y que quede claro. Si vuelves a amenazarme, romperé tu pequeño cuello de lápiz y luego me atengo a las consecuencias. Ninguno de ustedes hijos de la chingada ha sacrificado tanto como yo.

John dio un paso atrás y levantó las manos a la defensiva.

—Perdoname. El estrés me está afectando. ¿Tenemos las cosas bajo control?

—Todo va bien. El ADN de la sangre va a coincidir perfectamente con el de Kirsten. El cuchillo combina perfectamente con el juego de su cocina. Los registros de llamadas respaldan mi historia de que ella me llamó. El lunes lo van a encerrar en un centro estatal sin derecho a fianza, y nada de lo que diga va a ser tomado en serio.

—¿Y la autopsia?

—Muestra que murió por heridas de cuchillo. El ADN va a probar que se acostó con él. La historia es infalible.

—Lo mismo pensamos de Alejandro la semana pasada.

—Ni me lo recuerdes. Todavía tengo que encontrar un chivo expiatorio para esos otros cuerpos.

—Tomás nos va a ayudar a encontrar a alguien, preferiblemente uno que sea asesinado al intentar secuestrar a un excursionista que camina por ese sendero. Concéntrate en Doc por ahora. Lo necesitamos encerrado y desacreditado.

—Dile a Tomás que todo va bien —dijo el Alguacil mientras volvía al carro.

John lo vio alejarse en una nube de polvo y temió el contacto con Tomás.

CAPÍTULO 33

Sábado 21 de mayo
7:48 a. m.

Travis llamó al Dr. Levy a primera hora de la mañana.

—Buenos días, doctor, y gracias por aceptar ayudarme.

—No hay problema. Encantado de ayudar. De ninguna manera Doc hizo esto. Con suerte, podré encontrar algunas respuestas para ti.

—Yo también lo espero. Sé que no lo hizo, pero aún no puedo probarlo. ¿Qué te envío?

—Necesito todas las fotos de la escena del crimen, videos y fotos de la autopsia, y todos los informes del laboratorio.

—Tengo todo eso, pero es mucha información. ¿Seguro que puedes revisarlo todo este fin de semana?

—Según mi experiencia, debe tomar unas horas repasar todo el material. Te llamo mañana a las dos de la tarde con mis conclusiones. Si hay algo que encontrar, lo encontraré. Si a las dos no lo he encontrado, no existe.

—Gracias. Ahora mismo te envío un enlace con la información. Avísame si necesitas algo más, y gracias de nuevo por hacer esto.

—Encantado de ayudar. Doc es una buena persona y sé que él haría lo mismo por mí. Adiós.

Morquist colgó mientras Travis reflexionaba.

—Necesito un milagro, Morquist. Un milagro.

•   •   •

Mientras leía el final de *La Supremacía Bourne*, Travis vino a almorzar.

—Llegó el sándwich de queso a la parrilla, papas fritas y nuggets de pollo que ordenaste.

Banshee y yo nos sentamos con entusiasmo mientras la fragancia salada invadía mi celda.

—Gracias. Es la comida de los campeones. —Abrí el recipiente para Banshee mientras agitaba impacientemente su cola—. ¿Cómo va la abogacía?

Travis se sentó en una silla plegable fuera de mi celda.

—Podría ser mejor. Le di la información a Morquist, y espero que pueda encontrar algo interesante. Es raro.

Engullí un bocado de sándwich antes de contestar.

—Definitivamente, pero es la persona más inteligente que conozco. Si hay algo que encontrar, él lo hará.

—Él dijo lo mismo. Ese ADN llega esta tarde, y si coincide con su sangre, te tienen con el arma del crimen, lo que sumado a la palabra del Alguacil sobre que la amenazaste, es más que suficiente para negarte la libertad bajo fianza y retenerte para el juicio.

Saboreé las papas fritas aún calientes.

—Entonces, ¿qué crees que puedes hacer antes del lunes?

—Mientras Morquist revisa las pruebas, voy a recorrer el barrio a ver si alguien vio algo. La policía habló con todo el mundo en la calle, y de momento no hay testigos, pero voy a tocar algunas puertas a ver qué encuentro. ¿Necesitas algo?

—Un nuevo libro, y Banshee necesita un paseo.

—Lo voy a llevar a la librería y encontrar algo bueno.

El guardia vino por Travis y Banshee, devoré el resto de mi almuerzo y volví a mi libro. Veinte minutos más tarde, un feliz Banshee me saludó, seguido de Travis. Dejaron entrar a Banshee en la celda y Travis me entregó un libro.

—Para no perder la motivación.

Miré el título, *Falsamente Acusado*. Me reí con gratitud.

—Que chistosito.

Travis asintió y se fue a hablar con los vecinos de Kirsten mientras yo me acurrucaba con Banshee para terminar mi libro.

•　　•　　•

A las tres llegó el informe y Larry Watson lo revisó, asegurándose de leerlo todo, incluidas las notas a pie de página. Cuando estuvo seguro, llamó al fiscal.

—La sangre del cuchillo coincide al 100 % con la de la Dra. Jenkins.

—¿Sin errores esta vez?

—Sin errores. He leído todo dos veces. Es una coincidencia perfecta con su sangre.

—¿Sangre fresca? ¿No plantaron sangre del laboratorio?

—Sangre pura sin contaminantes.

—Buen trabajo. Asegúrate de que le llegue una copia a Travis. Me encantaría ver su cara cuando reciba el informe.

El fiscal colgó y llamó al Alguacil.

—La sangre en el cuchillo coincide perfectamente con la de su hija. Lo tenemos.

Respondió un Alguacil apagado.

—Gracias por avisarme. Va a ser bueno dejar esto atrás.

Stein se sentó en silencio y bebió un sorbo de whisky. Sin sorprenderse por los resultados, sabía que el cuchillo ensangrentado sería el último clavo en el ataúd de Doc. Por milésima vez se planteó decir la verdad, y por milésima vez dejó pasar la oportunidad. De mala gana, llamó a John y habló antes de pronunciar un saludo.

—La sangre coincide con el ADN. Lo atraparán el lunes.

Colgó antes de tener que soportar el sonido de la voz de John y arrojó su teléfono a un lado. Sirvió otro vaso de whisky e intentó olvidar la última semana.

· · ·

Mientras Travis recorría el barrio, comprobaba sus correos electrónicos entre casa y casa. Abrió uno nuevo de Larry Watson para ver el informe de ADN de la sangre del cuchillo, una coincidencia perfecta con la sangre de la doctora Jenkins. No le sorprendió. Se lo envió a Morquist con la esperanza de que hiciera algo de magia y llamó a la puerta de al lado.

Una amable anciana respondió inmediatamente.

—Travis, ¿qué haces ahí fuera con este calorón?

—Quería ver si tenías un momento libre para hablar, Esther.

—Por supuesto que tengo tiempo para hablar contigo, Travis. Pasa y siéntate. Tengo limonada fría en el refrigerador.

Una limonada fría sonaba bien, sobre todo con un chorrito de vodka.

CAPÍTULO 34

Domingo 22 de mayo
2:00 p. m.

El Dr. Levy llamó precisamente a tiempo.

—Buenas tardes, doctor Levy. Puntual, como siempre.

—Buenas tardes. He completado mi revisión de las pruebas, y hay un par de hallazgos interesantes.

Morquist explicó sus observaciones con insoportable detalle, mientras Travis tomaba numerosas notas, y se esforzaba por seguir el ritmo de su rápido discurso.

Cuando Morquist por fin hizo una pausa, Travis preguntó si había algo más.

—No en este momento. A menos que se disponga de más pruebas, no puedo testificar nada más allá de lo que ya he descrito.

—¿Y estás dispuesto a testificar en directo en la audiencia de mañana?

—Por supuesto.

—Bien, entonces esto es lo que vamos a hacer.

Travis describió su estrategia y luego la perfeccionó con Morquist.

Travis terminó la llamada y se sirvió otra copa antes de revisar todas las pruebas. Repitió su estrategia mentalmente y rellenó su vaso varias veces hasta convencerse de que estaba preparado. Contento, se dirigió a la cárcel.

•   •   •

Me sentía inquieto en mi celda, hacía ejercicio varias veces al día, leía mis libros y dormía la siesta, ya que no había nada más que hacer en mi jaula de hormigón y acero. No podía imaginarme vivir así el resto de mi vida. Incluso un Banshee de ojos tristes me miró implorante.

—Está bien, amigo. Te vas de aquí mañana. Lo único que no sé es si yo voy a ir contigo.

La puerta exterior se abrió de golpe, y Travis entró rápidamente en la habitación. Tras pensarlo mejor, tropezó. Parecía que Travis había estado dándole bastante al licor hoy. Se desplomó en la silla plegable fuera de mi celda con una sonrisa tonta.

—¿Cómo va tu día, Doc?

—Aparentemente, no tan bien como el tuyo. ¿Estás celebrando algo?

Travis se llevó un dedo a la boca.

—Es un secreto.

—¿Este secreto tiene algo que ver conmigo?

—Muchísimo.

—¿Vas a decirme de qué se trata?

Travis negó enérgicamente con la cabeza.

—No. —Señaló a su alrededor mientras continuaba—: Estas paredes tienen oídos.

No dudaba de que la policía pudiera escuchar esta conversación, aunque fuera privilegiada, pero sentía que merecía saber más.

—¿Qué tal si me das una pista?

Travis me hizo señas para que me acercara mientras se inclinaba más cerca de los barrotes. Calculó mal la distancia y se golpeó fuertemente la cabeza contra los barrotes. El golpe pareció centrarlo un poco mientras me hacía señas para que me acercara. Cuando ambos estábamos junto a los barrotes, me susurró:

—Mañana serás un hombre libre. Te lo juro.

Le pregunté cómo, pero sacudió la cabeza con el dedo sobre los labios.

—Solo actúa normal. Mañana no tienes que decir ni hacer nada. Siéntate y déjame hacer el resto. Confía en mí.

Me eché hacia atrás y traté de reunir más confianza en este viejo loco ebrio que tenía delante. Sus ojos centellearon sobre su sonrisa. Me guiñó un ojo antes de girar sobre sus talones, casi cayéndose, y salir por la puerta. Por alguna razón, confié en Travis.

Volví a sentarme en la cama y Banshee se recostó a mi lado con un sonoro suspiro.

—Lo sé, muchacho. Un día más. Un día más.

•   •   •

El Alguacil observó a un Travis claramente ebrio salir de la comisaría y pensó que el pobre se había dado por vencido. El fantasma de Kirsten pareció estrujarle el corazón, y volvió a su papeleo en un esfuerzo por escapar.

CAPÍTULO 35

Lunes 23 de mayo
7:53 a. m.

Renovado y listo para la batalla después de unas flexiones, sentadillas y un taco de desayuno, me cambié al traje. Afuera, otra multitud observaba mientras caminaba esposado con Banshee a mi lado hacia la patrulla. Un corto trayecto y otro desfile de fotógrafos después, me senté inquieto en la zona de espera para la audiencia.

Travis pidió a los guardias que nos dieran un momento de intimidad, mientras yo observaba su aspecto desaliñado, que contrastaba con su traje perfecto del viernes. Notó mi mirada de desaprobación y comentó:

—Todo forma parte de mi plan, hijo. Hacerles creer que tienen ventaja cuando no pueden vencernos.

—¿No pueden?

—Confía en mí. Vas a ser un hombre libre en una hora, y el pueblo va a hablar de este día durante años. Te lo prometo.

—¿Todavía no vas a contarme tu secreto?

—Todo a su tiempo. Sal ahí fuera y luce bien. Pase lo que pase, mantén el rostro inexpresivo. —Dirigió su atención a Banshee para rascarle el cuello—. Y sé un buen chico ahí fuera.

Travis se marchó y yo solo paseé ansiosamente por la pequeña habitación hasta que los guardias me llamaron. Me sudaban las manos al entrar en la abarrotada sala. Una vez más, CJ esbozó una sonrisa tranquilizadora desde su asiento detrás de Travis, mientras los Felton me miraban desde el otro lado de la sala. Me senté un momento antes de que el Alguacil llamara.

—Todos de pie. Se abre la sesión. Preside el juez Morestrand.

El juez entró en la sala y se sentó en el estrado. Miró la sala a rebosar y a los cuatro guardias apostados alrededor del perímetro. Dirigió su atención a las partes que tenía delante.

—¿Estamos listos para proceder con la audiencia de fianza para el acusado?

Travis y el fiscal asintieron.

—El Estado puede presentar su argumento.

El fiscal se levantó rápidamente y articuló.

—Como se mencionó el viernes, el Estado acusa al acusado de asesinato en primer grado, premeditado, y pedirá la pena de muerte. Creemos que el acusado es un riesgo de fuga y un peligro para la sociedad y debe ser detenido sin fianza en espera de juicio. Llamamos a nuestro primer testigo, el Alguacil Stein, al estrado.

El Alguacil Stein, en uniforme de gala, subió al estrado y prestó juramento.

—Alguacil, le pido disculpas de antemano por lo directo de las preguntas, ya que la víctima es su hija, pero es necesario.

El fiscal se detuvo un momento mientras Travis revolvía papeles.

—¿Puede decirnos, con sus propias palabras, qué ocurrió la noche del miércoles 18 de mayo?

El Alguacil respiró hondo.

—Estaba en casa viendo un partido de baloncesto después del trabajo y recibí una llamada de mi hija al celular. Esto fue sobre las 7:15. Dijo que discutió con Doc, y antes de irse, la amenazó con hacerle daño.

—¿Dijo cómo la amenazó con hacerle daño?

—No, solo que la amenazó. Quería que fuera a hablar con ella. Así que me puse el uniforme y manejé hasta su casa.

—¿Fue inmediatamente?

—Pasé unos minutos terminando un sándwich antes de ir para allá. Probablemente habían pasado unos 20 minutos desde la llamada cuando llegué a su casa.

—¿Qué encontró cuando llegó?

—Toqué el timbre y golpeé la puerta, pero no hubo respuesta. Probé la puerta y la encontré sin llave, así que entré.

—¿Estaba entrando como su padre o como el Alguacil?

—Yo entraba como su padre. Entré y llamé pero no obtuve respuesta, así que miré por toda la casa. Cuando llegué a la cocina, vi su cuerpo. Ella estaba…

El Alguacil hizo una pausa mientras sus ojos brillaban con lágrimas.

—Está bien, tómese su tiempo.

El Alguacil se recompuso.

—Estaba tendida en la isla, desnuda, con múltiples heridas de arma blanca. La sangre fresca seguía saliendo de las heridas. Era obvio que estaba muerta, pero de todos modos me acerqué a verla. Se había ido. Sin pulso. Los ojos mirando al techo.

—¿Qué hizo entonces?

—No estoy muy seguro. Me quedé allí de pie durante algún tiempo, intentando comprender lo que había sucedido. No podía creer que se hubiera ido. Por último, hice un rápido registro de la casa en busca de alguien más, luego salí y llamé por radio a la comisaría para informarles de que teníamos un homicidio. Luego esperé junto a mi carro hasta que llegaron los otros oficiales. Una vez asegurada la escena, llevé a cuatro oficiales a casa del doctor Docker para interrogarlo, ya que mi hija estaba preocupada por él.

—¿Qué pasó cuando llegaste a su casa?

—Se hizo el sorprendido al vernos y nos dejó entrar. Le expliqué lo que había pasado y le pregunté si podíamos echar un vistazo rápido a su casa. Accedió a que lo hiciéramos, y algunos oficiales subieron mientras yo iba a la cochera. Cuando abrí la puerta trasera de su G Wagon, el cuchillo ensangrentado se veía claramente en el suelo. En ese momento, volví a la cocina, arresté al Dr. Docker y le leí sus derechos.

—Gracias por compartir esa información hoy, Alguacil.

El fiscal pasó otros diez minutos aclarando detalles del testimonio del Alguacil, y Travis dedicó el tiempo a revisar varios expedientes. No se opuso a ninguna de las preguntas del fiscal. Finalmente, el fiscal terminó.

—Su testigo, Sr. Foster —dijo el juez.

Travis levantó la vista de sus papeles como confundido por lo que estaba ocurriendo.

—Su señoría, la defensa no tiene preguntas para el testigo en este momento, pero le gustaría tener el derecho de llamarlo más tarde, después de que nuestro testigo declare.

El juez lo permitió. A continuación, el fiscal llamó a Larry Watson, que prestó juramento.

—Sr. Watson, ¿puede hablarnos de la noche del 18 de mayo?

—Sí, me notificaron un homicidio y llegué al lugar a las 9:39. La casa estaba asegurada y no había nadie dentro. Solo el Alguacil, que encontró el cadáver, había estado dentro, así que era una escena del crimen impoluta. Me puse el equipo de protección y entré en la casa, tomando fotos de todo.

El fiscal pasó varios minutos revisando las fotos de la cocina, incluidas las imágenes gráficas del cadáver. Los pechos y la zona genital se difuminaron para mantener cierto sentido de la decencia, pero la exhibición de violencia afectó profundamente a la sala. Reinaba un silencio sepulcral mientras Larry describía las heridas.

—Había un total de 18 puñaladas en la zona del pecho y el abdomen. Es probable que la herida número 12 de esta foto fuera la causa de la muerte.

Señaló una herida en la pared torácica izquierda.

—¿Se encontró alguna otra prueba relevante en la casa?

—Había un juego de cuchillos —mientras se ponía en pantalla una foto de la cocina—, en el que se ve que falta uno de los ocho cuchillos. Por lo demás, no encontramos ninguna otra prueba significativa en la escena.

—Tengo entendido que también lo llamaron para una segunda escena esa noche.

—Sí, después de terminar en casa de la víctima, nos dirigimos a casa del acusado, donde se encontró un cuchillo ensangrentado en su carro.

—¿Y también procesó esta escena?

—Sí. Puede ver aquí una foto del cuchillo tal y como se encontró en el asiento trasero del vehículo, claramente cubierto de sangre. Lo recogimos en condiciones estériles y lo llevamos al laboratorio. El cuchillo combinaba perfectamente con los cuchillos de la cocina. Tanto la sangre del cuchillo como la del suelo del carro fueron sometidas a pruebas de ADN, y los resultados indicaron una coincidencia perfecta con el ADN de la víctima.

—¿Había huellas dactilares en el cuchillo?

—Solo las de la Dra. Jenkins en el mango.

—Basándose en la totalidad de las pruebas y en su experiencia, ¿qué determinó de todas las pruebas recogidas?

—Es mi opinión profesional que el cuchillo encontrado en el carro del Dr. Docker vino de la cocina de la Dra. Jenkins y fue el arma homicida utilizada para matarla.

La multitud murmuró, mientras el fiscal declaraba que no tenía más preguntas. El juez los mandó callar.

—Sr. Foster, seguramente tiene algunas preguntas para este testigo.

Travis se levantó lentamente.

—Así es, su señoría. Sr. Watson, ¿puede decirme dónde más se encontró sangre de la víctima en la casa y el carro de mi cliente?

—No se encontró sangre en ningún lugar excepto en el cuchillo y en el asiento trasero del carro.

Travis hojeó un informe.

—Parece que ha analizado su ropa, el resto de su carro, y la mayor parte de su casa en busca de sangre. Seguro que encontró algún otro rastro de sangre en algún lugar aparte del asiento trasero de su carro.

—No, señor.

—¿No le parece un poco inusual?

—En absoluto. Pudo haber tenido mucho cuidado de no mancharse de sangre.

Travis tenía cara de perplejidad.

—¿Debo entender, que su opinión experta es que mi cliente fue tan meticuloso que evitó mancharse con una sola gota de sangre en cualquier parte, en su ropa o en sus pertenencias?

—Sí, señor.

—¿Pero ese mismo hombre que fue tan meticuloso arrojó con desprecio un arma homicida ensangrentada sobre la alfombra gris en la parte trasera de su carro y la dejó allí? Eso suena más como el acto de un hombre descuidado, no de uno meticuloso.

Larry se retorcía en su asiento.

—Solo puedo hablar de las pruebas que encontramos.

—Y qué pruebas no encontró. Para reiterar, ¿cree que la sangre y el cuchillo encontrados en el carro de mi cliente coincidían perfectamente con la sangre de la víctima y un cuchillo desaparecido en su cocina, y que este cuchillo fue el arma homicida?

Larry estaba desconcertado de que Travis parecía hacer un caso en contra de su cliente.

—Sí, señor —balbuceó.

—En ese caso, no tengo más preguntas para este testigo.

Travis volvió a los expedientes de su mesa, mientras el juez y el fiscal observaban en silencio.

Finalmente, habló el fiscal.

—La fiscalía descansa, su señoría.

CAPÍTULO 36

Lunes 23 de mayo
9:52 a. m.

—Sr. Foster, ¿quiere llamar a algún testigo?

Un Travis de aspecto somnoliento desapareció mientras un Travis lleno de energía se ponía de pie.

—La defensa desea llamar al estrado al Dr. Morquist Levy.

Morquist apareció virtualmente en la pantalla y prestó juramento.

—Dr. Levy, ¿podría decirle al tribunal cuál es su formación que lo convierte en experto en este procedimiento?

Morquist estaba a punto de responder cuando el fiscal le interrumpió.

—Si le parece bien al tribunal, la fiscalía conoce al doctor Levy y estipula que es un experto en patología forense.

—Me parece bien. Podemos saltarnos los preliminares y pasar directamente al meollo del asunto. Dr. Levy, ¿tuvo oportunidad de revisar alguna prueba relacionada con este caso?

—Sí. Revisé 371 fotografías, un informe de autopsia de 51 páginas, 84 páginas de otros informes diversos y tres videos, con un total de 13 minutos y 43 segundos.

—¿Y estaba escuchando antes el testimonio del Sr. Watson?

—Sí.

—El Sr. Watson testificó que el cuchillo encontrado en el carro del Dr. Docker coincidía perfectamente con los encontrados en la cocina de la víctima. ¿Está de acuerdo con esa afirmación?

—Basándome en todo lo que he visto, estoy de acuerdo en que el cuchillo encontrado en el carro coincide perfectamente con los cuchillos encontrados en su cocina.

El fiscal escuchaba atentamente.

—Ya veo. El Sr. Watson también testificó que la sangre del cuchillo y del suelo del carro coincidía perfectamente con el ADN de la víctima. ¿Tienes alguna idea al respecto?

—Estoy 100 por ciento de acuerdo en que el ADN del cuchillo y del carro coincide perfectamente con el de la víctima.

—El Sr. Watson parece creer que este cuchillo era el que faltaba del juego de la cocina de la víctima. ¿Qué opina usted?

—Es ciertamente posible que alguien más tenga un cuchillo similar, pero con las huellas dactilares de la víctima en el cuchillo, y uno desaparecido de su cocina, es casi seguro que el cuchillo procedía de su cocina.

—Para resumir, es su opinión experta que un cuchillo de la cocina de la víctima fue utilizado para apuñalarla, y ese mismo cuchillo fue encontrado en el carro de mi cliente, cubierto con la sangre de la víctima. ¿Es correcto?

—Eso es exacto.

—¿Es correcto su testimonio, basado en su opinión experta, que el arma homicida usada en la Dra. Jenkins fue encontrada en el carro de mi cliente?

—Eso es incorrecto.

Travis hizo una pausa.

—Estoy confundido. Dijo que este cuchillo apuñaló a la Dra. Jenkins.

—Eso es correcto, pero no la mató. Se utilizó otro cuchillo para matarla. Hubo un segundo cuchillo usado en la escena que no está en las pruebas.

Esto produjo un caos generalizado en la sala que tardó un minuto entero en restablecerse. Finalmente, Travis reanudó.

—Dr. Levy, usted hizo la extraordinaria afirmación de que había un segundo cuchillo en la escena, y que ese cuchillo realmente causó la muerte de la Dra. Jenkins. ¿Podría explicárnoslo, por favor?

Morquist sacó una foto del cadáver.

—Hay 18 puñaladas en la víctima. Diecisiete de ellos están orientados verticalmente, mientras que solo uno, el número 12 de esta foto, está orientado horizontalmente. La herida número 12 es única.

—¿Por ejemplo?

—En primer lugar, tenemos la orientación horizontal. A continuación, tenemos la anchura de la herida. Esta herida tiene 2.3 centímetros de ancho. Las demás heridas fueron causadas por un cuchillo de solo 1.9 centímetros de ancho. El cuchillo de cocina mide exactamente 1.9 centímetros de ancho. Es demasiado estrecha para haber causado la herida número 12.

—¿Alguna otra diferencia?

—Sí. La herida número 12 fue causada por una cuchilla de doble filo. Se puede ver en la autopsia que ambos bordes de la herida fueron cortados limpiamente. Las demás heridas de arma blanca fueron causadas por un cuchillo de una sola hoja. Finalmente, esta herida de cuchillo era limpia y profunda. La orientación horizontal permitió que el cuchillo pasara limpiamente entre las costillas. Hay un ligero rasguño en la costilla número cuatro, pero no lo suficiente como para frenar el cuchillo. Probablemente lo hizo una persona que sostenía el cuchillo en la mano izquierda, de pie directamente frente a la víctima. Pasó limpiamente a través de la pared torácica, viajando 18 centímetros hacia arriba en el ventrículo izquierdo y la aorta. La muerte sería instantánea. El cuchillo se retiró sin problemas, sin más daños al salir.

—¿Has visto heridas de cuchillo como esta antes?

—Rara vez. Esta es una herida del cuchillo de un profesional, diseñada para incapacitar y matar instantáneamente. Es probable que el corazón de la Dra. Jenkins se detuviera antes de que fuera consciente de lo ocurrido.

—¿Y qué hay de esas otras 17 heridas? ¿En qué se diferencian?

—Como he mencionado, se utilizó un cuchillo diferente, muy probablemente el que se encontró en el carro. El cuchillo fue blandido desde arriba repetidamente hacia el pecho y el abdomen. Los cortes eran descuidados, con desgarros en los bordes, y claramente se produjeron cuando ya había fallecido. Lo sabemos por la ausencia de coágulos o hematomas en cualquiera de estas incisiones. Los ángulos indican que fue realizado por una persona que lo sostenía en la mano derecha, parada cerca de la cadera derecha del paciente, mientras este se encontraba acostado.

—Es su opinión profesional que la herida número 12 se produjo por un cuchillo de doble filo sostenido en la mano izquierda mientras el paciente estaba de pie y administrado de manera profesional para causar la muerte instantánea. Y las otras 17 heridas fueron heridas descuidadas por un cuchillo diferente sostenido en la mano derecha y administrado después de que ella estuviera muerta mientras estaba acostada. ¿Es correcto?

—Así es.

—No hay más preguntas.

El fiscal se levantó para dirigirse a Morquist.

—Dr. Levy, ha hecho hoy aquí unas declaraciones extraordinarias que me gustaría revisar.

El fiscal pasó 15 minutos bombardeando preguntas al Dr. Levy, pero no consiguió que modificara en absoluto su testimonio, consolidándolo de hecho. Después de que el siempre tranquilo Morquist repitiera sus conclusiones palabra por palabra por cuarta vez, un fiscal claramente frustrado se dio por vencido y despidió al testigo.

El juez volvió a centrar su atención en Travis.

—¿Algún testigo más antes de que tome mi decisión?

Travis sonrió al responder.

—Nos gustaría tener la oportunidad de hacerle al Alguacil Stein un par de preguntas rápidas. —El Alguacil Stein volvió al estrado y prestó juramento de nuevo—. Una vez más, Alguacil, mis disculpas por estas preguntas difíciles en estos momentos difíciles.

El Alguacil le indicó con la cabeza que procediera.

—Hemos escuchado su testimonio anteriormente sobre cómo visitó la casa de la víctima tras una llamada telefónica de ella, y cómo encontró su cuerpo. Centrémonos en la investigación. ¿Sus oficiales entrevistaron a alguien después del asesinato?

—Mis oficiales entrevistaron a todos los que viven en esa calle sobre los sucesos de esa noche.

—¿Alguna posibilidad de que se les haya escapado alguien?

—Cada hogar fue entrevistado por un oficial, y los resultados están todos en el expediente.

—¿Esas entrevistas revelaron algo interesante o alguna información relevante para el caso?

—Ninguno de los vecinos presenció actividades anormales la noche del asesinato.

—¿Y nadie oyó nada?

—Correcto. Nadie oyó nada esa noche.

—Ya veo. ¿Diría que el barrio donde vivía la Dra. Jenkins era un barrio seguro?

—Muy seguro.

—¿No se han registrado crímenes violentos en esa zona?

—Ninguno que se me ocurra.

Travis se volvió hacia su mesa y tomó un montón de papeles.

—Alguacil Stein, tengo aquí una lista de llamadas al 911 de este vecindario. ¿Creerías que hubo 17 llamadas al 911 desde su calle en el último año?

El Alguacil parecía desconcertado.

—Eso no me parece correcto.

Travis agitó los papeles.

—Todo está aquí. De hecho, 16 de esas llamadas procedían de la Sra. Esther Combs, que vive justo enfrente de la víctima.

El Alguacil soltó una carcajada ante la última afirmación.

—¿Me estoy perdiendo algo, Alguacil? ¿Hay algún humor relacionado con la angustia de la Sra. Combs que no entiendo?

—Perdóname. Esther, la Sra. Combs, es una anciana muy agradable que vive enfrente de la casa de mi hija. Está jubilada y pasa la mayor parte de su tiempo libre trabajando en su jardín. Llama al 911 cada vez que el perro de alguien defeca en su césped y no lo recogen.

Travis dejó que una risita recorriera la multitud.

—¿Y envían a un oficial a su casa cada vez que llama?

—Enviamos a un oficial y hacemos un informe. Nos hace recoger los excrementos como «prueba», pero sobre todo creo que quiere que limpiemos el césped.

Otra carcajada surgió de la multitud, e incluso el juez sonrió.

—¿Ha habido algún progreso en la detención del bandido de la caca de perro?

—Me entristece informar que el delincuente sigue suelto.

—¿Qué opina Esther de esto?

—Está bastante enfadada. Me empeño en evitarla en la ciudad, o no me va dejar de hablar al respecto.

—De hecho, hablé con Esther el sábado tomando un buen vaso de limonada helada. Habló de su frustración por las repetidas violaciones de su patio y la incapacidad de la policía para hacer algo al respecto. De hecho, está tan frustrada que se ha tomado la justicia por su mano. Hace un par de semanas compró dos cámaras de seguridad y las instaló en las esquinas delanteras de su casa, bajo los aleros, para que no se vieran fácilmente. Esas cámaras se activan por movimiento y graban y las imágenes se almacenan permanentemente. ¿Sabía que la Sra. Combs tenía cámaras de seguridad en su patio delantero?

Un Alguacil de aspecto repentinamente serio y nervioso respondió:

—No.

—Las imágenes de estas cámaras son extraordinariamente claras, y el porche delantero de la Dra. Jenkins se ve claramente al fondo. ¿Quiere ver las imágenes que se captaron el miércoles pasado?

—Protesto, su señoría. —El fiscal se levantó de su asiento y se acercó al estrado—. El Estado no tuvo conocimiento de esta grabación antes de esta vista. No hemos tenido oportunidad de revisarlo, ni siquiera de verificar su autenticidad.

—Su señoría, el video original permanece en el servidor de la nube con todas las marcas de tiempo apropiadas para verificar su autenticidad. Entiendo que el Estado no ha tenido la oportunidad de ver este video todavía. Nadie, salvo yo mismo, ha visto este video, pero le aseguro que va a explicar muchas cosas y evitar que el Estado cometa un grave error.

El fiscal miró fijamente a Travis, que le sostuvo la mirada, mientras el juez meditaba su decisión. La multitud se quedó completamente en silencio, esperando una decisión.

—La libertad y la vida de un hombre penden de un hilo. Voy a permitir el video.

El público se retorcía de expectación. Travis asintió sutilmente al fiscal, quien, tras un momento, le devolvió el gesto y volvió a su asiento.

El Alguacil se inquietó mientras Travis conectaba la unidad USB al sistema de proyección. Tomó el control remoto y se dirigió al tribunal.

—Este segmento de video va de las cuatro a las diez del pasado miércoles. Como ya he mencionado, la cámara se activa por movimiento. Parte del video son carros que pasan o peatones irrelevantes para este caso.

Travis presionó reproducir y la primera marca de tiempo, a las 16:54, mostró el carro de Doc aparcando frente a la casa de la Dra. Jenkins. La excelente calidad detallaba claramente su casa. Doc y Banshee caminaron hasta la puerta principal, donde Kirsten le dio la bienvenida con un beso.

Los siguientes clips mostraron algunos carros y peatones que habían activado la cámara. La multitud miraba en silencio el video.

A las 6:14 p. m., un breve clip mostró una entrega de pizza y la aceptación de la misma por parte de Doc en la puerta. A las 20:12, Doc salió por la puerta principal con Banshee. Kirsten los acompañó al porche, vistiendo solo una gran sudadera. Estaba claro que se reían y disfrutaban de su mutua compañía. Kirsten le dio un beso rápido y luego le enseñó coquetamente el trasero, que él abofeteó juguetonamente. Ella le sopló besos mientras él subía a su carro y se marchaba.

En la mesa, Doc se limpiaba las lágrimas de los ojos mientras lloraba viendo sus últimos momentos con Kirsten. Lo había repetido en su cabeza miles de veces, pero el video le marcó el corazón. En el estrado, el Alguacil pasó de nervioso a resignado. Se le humedecieron los ojos al ver a su hija, claramente feliz, coquetear con Doc.

A las 20:47, un repartidor se acercó a la casa y llamó al timbre. Atendió Kirsten, que llevaba una bata, y el hombre entró en la casa a empujones y cerró la puerta. El público lanza un grito ahogado.

A las 21:07, el Alguacil llegó a la casa. Mientras se acercaba lentamente a la puerta principal, Connor Felton salió con la cabeza gacha sin decir una palabra al Alguacil. El Alguacil le ignoró y entró.

El último clip, a las 21:17, mostraba al Alguacil saliendo por la puerta principal, seguido por el repartidor. Caminaron hasta el carro del Alguacil, donde el repartidor le entregó una bolsa de plástico. El Alguacil miró la bolsa que tenía en las manos, desvió la mirada hacia la casa y arrojó la bolsa en el asiento del copiloto antes de sentarse y tomar la radio.

Travis apagó el video mientras el juez golpeaba el mazo para poner orden entre la multitud descontrolada.

—¡Silencio! No voy a permitir esto en mi tribunal. Un arrebato más y la sala va a ser desalojada.

El juez miró fijamente a través de la sala hasta que un silencio abrumador se impuso.

Travis habló en voz baja.

—Alguacil, por favor, dígale a la corte lo que realmente pasó esa noche.

Mirando hacia abajo, el Alguacil finalmente habló.

—Kirsten no me llamó esa noche. Ya estaba muerta, la mató Tomás Escamillo, el hombre vestido de repartidor, y Connor Felton la apuñaló después.

—¡Esto es una mierda! —Connor gritó desde su asiento.

El juez volvió a golpear su mazo.

—Silencio, joven.

Doc notó la creciente tensión y se inclinó para susurrar al oído de Banshee.

—ALERTA. —Banshee se sentó erguido y dirigió su atención a la multitud. Todo su cuerpo se tensó y tembló.

El Alguacil continuó.

—Los Felton han estado cultivando marihuana y vendiéndosela a Tomás. Estoy en la nómina y llevo años encubriéndolos, pero se suponía que nunca iba a ser violento. Se suponía que solo iba a vender marihuana y que todo el mundo ganaría unos dólares extra, pero luego la cosa fue a más. Cuando algunos de los hombres robaban, eran eliminados. Cuando esos turistas se toparon con la operación, fueron eliminados. No tuve elección. Me obligaron a encubrir esos asesinatos, y luego el de Kirsten. —El Alguacil rompió a sollozar.

Travis se acercó a él.

—Cuéntenos el resto, Alguacil. Dígales por qué tuvo que proteger al asesino de esos turistas y de esos hombres encontrados fuera de la ruta de senderismo.

El Alguacil se centró en Travis y se secó los ojos.

—Protegí al asesino porque es mi hijo. Hace 23 años, tuve una aventura con Carol Felton, y nació Connor. Nadie lo sabía excepto John, Carol y yo. Connor mató a toda esa gente. Mi hijo mató a esa gente.

Connor se levantó y gritó:

—¡Maldito mentiroso!

Se llevó la mano a la funda del tobillo de la pierna izquierda, tomó su revólver del calibre .38 y lo levantó para apuntar a su padre.

Banshee juntó las patas traseras, avanzó un paso, saltó a la barandilla y se lanzó contra el arma de Connor, como una bola de pelaje sobre las cabezas de la multitud sentada.

Ajeno a la bestia que se abalanzaba sobre él, Connor se concentró únicamente en apuntar con su arma al pecho de su padre. Se colocó a la altura de la mira, estabilizó el cañón y apretó suavemente el gatillo en rápida sucesión, enviando dos disparos que rugieron hacia el estrado.

Cuando Connor dirigió su atención a su siguiente objetivo, solo notó un borrón en su visión periférica antes de sentir el dolor. Banshee apretó su muñeca con toda la fuerza de sus mandíbulas, aplastando músculos, ligamentos, tendones y nervios. La mano perdió su función y el arma cayó al suelo. El impulso de Banshee lo llevó más allá de Connor, pero se aferró a la muñeca, desequilibrando a Connor, y con un crujido repugnante, rompiendo los dos huesos de su antebrazo. Aún así, Banshee aguantó.

Con el brazo izquierdo ardiendo de dolor cegador, Connor solo podía ver unos ojos oscuros que lo miraban fijamente mientras unos dientes afilados se aferraban a su muñeca. Connor gritó.

CAPÍTULO 37

Lunes 23 de mayo
10:17 a. m.

Mi estupefacta sorpresa se intensificó con una ira abrasadora al ver el video del padre de Kirsten hablando con sus asesinos y arrojando tranquilamente el cuchillo ensangrentado a su carro. Resistí el impulso irrefrenable de estrangular al Alguacil mientras confesaba. Como todos los demás, no sabía que Connor, su hijo ilegítimo, había cortado sin piedad el pecho desnudo de su media hermana.

Mientras luchaba por controlar mi ira contra el Alguacil, me había olvidado de Connor, pero Banshee no. Con un rápido salto y un gruñido todopoderoso, Banshee se lanzó sobre la multitud mientras Connor levantaba su arma. Banshee voló para neutralizar la amenaza, pero demasiado tarde. El estruendoso disparo del arma resonó en todo el tribunal mientras la gente gritaba y se agachaba en el suelo. Los dientes de Banshee agarraron la muñeca de Connor y lo desarmaron, pero las balas ya habían salido del arma. Giré la cabeza para ver la mirada incrédula del Alguacil Stein ante la sangre que se extendía por su camisa.

Llamé a Banshee y me apresuré a la silla del Alguacil. Banshee saltó de nuevo por encima de la barandilla hasta llegar a mi lado, y le ordené que me custodiara, mientras yo volvía mi atención a las supurantes heridas del Alguacil.

Le abrí la camisa de un tirón para ver dos agujeros en el pecho izquierdo separados por apenas dos centímetros, uno derramando sangre roja brillante y el otro burbujeando granate oscuro. Ejercí presión sobre las heridas, aunque sabía que mis esfuerzos eran inútiles. Había recibido un disparo directo en el corazón y se desangraría hiciera lo que hiciera, pero aguanté la presión de todos modos y vi una tristeza infinita en sus ojos.

—Aguante, Alguacil. Vamos a llevarlo al hospital.

—Creo que me estás mintiendo Doc, lo cual está bien, ya que yo te mentí. —Hizo una mueca de dolor—. Nunca quise que esto sucediera. Prométeme una cosa, Doc.

—¿Qué necesita?

—Prométeme que nos van a enterrar juntos. Kirsten y yo.

—Lo prometo, pero aguante. Siga luchando.

Su voz vacilaba.

—No más lucha, Doc. Tiempo para descansar. Hora de disculparme con Kirsten.

Sentí su último latido, y luego nada. La sangre dejó de fluir cuando aparté las manos.

—¿Qué necesitas? —CJ se había apresurado a ayudarme.

Me volví hacia ella.

—Nada. Dos disparos al corazón. Se ha ido.

CJ, que no era ajena a la muerte, asintió en señal de aceptación. Miré el reloj y me volví hacia el Alguacil para cerrarle los ojos bien abiertos.

—Buena suerte en su viaje, Alguacil. Espero que encuentre la paz. Fin de la guardia a las 10:18 a. m.

El juez observó el intento de reanimación.

—Doc, gracias por intentarlo. Dra. Johnson, ¿puede ir a atender a ese idiota de Connor, mientras yo restauro el orden aquí?

CJ obedeció, mientras el juez golpeaba su mazo a un nivel récord de decibelios.

—¡Orden! ¡Escuchen! Necesito que desalojen esta sala inmediatamente, excepto los abogados y las fuerzas del orden. Salgan por las puertas con calma y de forma segura.

Su voz autoritaria hizo pasar a la multitud a través de las puertas dobles.

En el suelo, Connor se retorcía, agarrándose la muñeca. Dos oficiales se colocaron a su lado mientras CJ pedía un botiquín para vendarle las heridas antes de trasladarlo al hospital. Una oficial le leyó sus derechos mientras le vendaba el brazo.

Con el tribunal vacío, el juez se dirigió a los abogados.

—Voy a hacer un receso de cinco minutos. Estén en esos asientos cuando regrese. —El juez se volvió hacia mí—. Sígueme, Doc. —Me levanté, y un guardia se movió para seguirnos. El juez le hizo señas para que se fuera—. Eso no va a ser necesario.

El juez sostuvo la puerta de su despacho privado abierta para Banshee y para mí, ya que mis manos estaban cubiertas de sangre. Observé asombrado una oficina decorada con molduras de madera oscura, dedicada tanto al derecho como a la pesca. Las estanterías sostenían cientos de libros de leyes, y el resto de la oficina exhibía equipo de pesca, incluyendo arte histórico, cañas, carretes y señuelos. En la pared detrás de su escritorio colgaba un salmón real de más de un metro de largo, congelado en pleno salto.

Probablemente acostumbrado a las reacciones mudas de los visitantes primerizos, se encogió de hombros.

—Me gusta pescar cuando no estoy haciendo esto. —Señaló el salmón—. Ese me tomó una hora sacarlo y me costó una fortuna que lo montaran y lo enviaran desde Alaska.

Rebuscó en un cajón y sacó una bolsa de basura.

—Aquí dentro. —Señaló su baño privado.

Sostuvo la bolsa abierta mientras yo me quitaba con cuidado la chamarra, la camisa y la corbata empapadas de sangre sin ensuciar el suelo, dejándome en playera interior manchada de sangre y con las manos y los brazos ensangrentados. Abrió el grifo del lavamanos por mi.

—Límpiate y nos vemos afuera.

Me limpié la sangre de las manos, observando cómo los riachuelos rojos se volvían rosados y, finalmente, transparentes. Miré los ojos agotados que se reflejaban en el espejo y todo el trauma emocional me inundó de golpe. La muerte de Kirsten, el juicio, la confesión y el segundo asesinato violento. Me eché agua en la cara llorosa y me la sequé, recomponiendome. Me volví hacia Banshee, que aún tenía sangre de Connor en el hocico. Lo limpié hasta que ambos estuvimos presentables.

El juez, que descansaba en su escritorio, me lanzó una playera.

—Esto es lo único limpio que tengo por aquí.

Desdoblé la playera azul y vi lo que estaba escrito en grandes letras rojas «¡No juzgues el tamaño de mis peces». El juez se encogió de hombros.

—Volvamos. En realidad, no es apropiado que esté aquí a solas con un acusado, pero, de nuevo, hoy se han roto muchas reglas en mi sala.

Me puse la camisa, seguí al juez y ocupé mi lugar en la mesa de la defensa junto a Travis.

El juez golpeó el mazo desde el estrado.

—El tribunal vuelve a sesionar. El Alguacil Stein era un buen hombre que cometió terribles errores. Que descanse en paz.

El juez hizo un gesto con la cabeza hacia el cuerpo, que permaneció en el lugar para los técnicos de la escena del crimen.

Antes de continuar, Travis habló.

—Su señoría, me gustaría disculparme ante el tribunal. No esperaba que el video desencadenara esta violencia. Yo...

—No es necesario disculparse. Hiciste tu trabajo y proporcionaste información crítica que nos llevó a la verdad, algo de lo que se ha carecido mucho últimamente. Sin verdad, no puede haber justicia. El tribunal le da las gracias por un trabajo bien hecho.

El juez sonrió a Banshee.

—El tribunal sería negligente si no reconociera las acciones heroicas de Banshee. Su rápido y decisivo desarme del tirador impidió que se produjeran más heridos. Con mucho gusto, será bienvenido a mi sala en cualquier momento.

Susurré una orden para que Banshee se inclinara, y él se puso de pie y miró al juez, luego bajó la cabeza hacia el suelo mientras enroscaba una pierna debajo de él.

El juez aplaudió en señal de aprobación.

—Algún día tendrás que enseñarme todos los trucos que puede hacer ese perro. —Su semblante volvió a ponerse serio y se dirigió al fiscal—. ¿Supongo que tiene una declaración para el tribunal?

El fiscal se levantó y se alisó la corbata.

—Sí, su señoría. Basándose en la nueva información proporcionada por la defensa, el Estado desearía retirar todos los cargos contra el acusado.

—Para que quede claro, ¿pide que se desestime el cargo de asesinato contra Augustus Julius Docker, con perjuicio, y que se borre el cargo de su expediente?

—Sí, su señoría.

—Gracias, Sr. Anderson. Puede sentarse. —Volvió su atención hacia mí—. Dr. Docker, por favor levántese. El Estado ha desestimado el cargo de asesinato con prejuicio. Eso significa que es inocente de la muerte de la Dra. Kirsten Jenkins y nunca podrá ser juzgado por ese crimen de nuevo. Además, todos los registros de esos cargos contra usted serán eliminados del registro público. En nombre del tribunal, me gustaría ofrecer mis más sinceras disculpas por los recientes acontecimientos. Es injusto que se le identificara públicamente como un asesino. Es injusto que haya estado encarcelado cinco días. Lo más trágico es que se le negó la oportunidad de llorar adecuadamente la pérdida de alguien a quien claramente apreciaba. El tribunal no tiene poder para deshacer los errores del pasado, pero yo sí lo tengo para garantizar que se haga justicia en el futuro. Dr. Docker, usted es un hombre libre. Se levanta la sesión.

Travis me abrazó mientras el martillo sonaba por última vez. Hice un gesto hacia la puerta.

—Salgamos de aquí.

Travis ya había metido sus papeles en su gastado maletín negro.

—De acuerdo. Los técnicos de la escena del crimen tienen mucho trabajo que hacer, y Dios sabe que necesito un trago. Vamos a mi despacho.

Una gran multitud de medios de comunicación y curiosos nos esperaban fuera.

—¿Cómo manejaremos esto, abogado?

—Déjame hablar a mí. Te quedas ahí callado e intentas parecer elegante con esa playera.

Ambos miramos mi playera y estallamos en carcajadas, una liberación de tensión muy necesaria. Tardamos un momento en recuperar la compostura y salimos a la luz del sol con Banshee a mi lado. Los medios de comunicación se apresuraron a colocarse delante, y la multitud empujó detrás de ellos. Travis levantó las manos para pedir silencio, y finalmente la multitud se calmó.

—Me complace anunciar que el Dr. Docker ha sido absuelto de todos los cargos en la trágica muerte de la Dra. Jenkins. Aunque estamos extasiados ante este justo resultado, no es momento de celebraciones. La audiencia puso al descubierto muchos hechos inquietantes sobre esta ciudad y, en última instancia, llevó a la muerte de nuestro Alguacil por otro acto de violencia sin sentido. Es todo lo que tengo que decir por ahora.

Los reporteros lanzaban preguntas hacia nosotros y se acercaban cada vez más. Le hice una señal a Banshee, y él ladró con fuerza. La prensa retrocedió de inmediato.

Me agaché para calmar a Banshee.

—Por favor, denle algo de espacio. Todavía está un poco nervioso por lo ocurrido de antes en la corte.

La mayoría de la prensa había sido testigo de su ataque a Connor, y por arte de magia, un camino claro a la oficina de Travis surgió para nosotros.

Susurró Travis mientras caminábamos.

—El maldito perro tiene más usos que una navaja suiza.

Acaricié la cabeza de Banshee mientras seguíamos nuestro camino.

• • •

Travis se dirigió directamente al bar de su despacho, me arrojó una lata de ginger ale y tomó una botella de vodka antes de desplomarse en su silla. Puso los pies sobre el escritorio y bebió un largo trago de la botella.

—Hoy me he saltado la mimosa de la mañana —me explicó.

—Haces un buen trabajo sobrio. Deberías intentarlo más seguido.

—No. Me pongo de mal humor cuando estoy sobrio demasiado tiempo.

Bebió otro trago considerable.

—Travis, ¿cuándo supiste la verdad?

—Hablé con Esther el sábado por la tarde durante mi paseo por el barrio. Le pregunté si tenía cámaras de seguridad y me contó todos sus problemas. Resulta que los policías le preguntaron si había visto algo y se fueron. Nunca le preguntaron por las cámaras. Todo el mundo sabe que Esther es medio ciega y probablemente no podría ver muy bien a la gente en su propio porche. No sabía cómo acceder a su cuenta para las cámaras, así que se pasó el resto del día buscando la contraseña y, cuando volví por la mañana, seguía sin tenerla. Así que la ayudé a restablecer su contraseña, lo que significaba encontrar su dirección de correo electrónico. Ni siquiera pude acceder a su cuenta hasta el domingo por la tarde.

—Los retos de un abogado de pueblo.

—Así es. Una de las pocas veces que deseé tener un ayudante. Por fin conseguí copiar el video y enviármelo. No tenía ni idea de quién era el repartidor, pero era bastante obvio que Connor y el Alguacil estaban involucrados.

—¿Sabías que el Alguacil era el verdadero padre de Connor?

Travis se reclinó aún más en su silla.

—Siempre lo sospeché. Todo coincidía con la aventura y su divorcio, y la relación entre el Alguacil y los Felton siempre fue muy rara. Todo el mundo sabe que Connor es un psicópata, y el Alguacil hizo todo lo posible para asegurarse de que nunca fuera condenado por nada serio. No hay muchas razones para que un Alguacil de pueblo aguante a un muchacho como Connor.

—Todo esto es increíble.

—Sí, pero explica por qué el Alguacil lo protegio tras el asesinato de Kirsten. Su hijo era todo lo que le quedaba cuando ella se fue.

Sacudí la cabeza.

—Honestamente, todo esto parece la trama de una telenovela mexicana.

—Y solo es el principio. Connor será condenado a muerte por asesinar al Alguacil. Los Felton van a ser arrestados por tráfico de drogas y por los otros asesinatos. El rancho se va a ir a la quiebra.

—Eso va a generar un caos por aquí.

—Y se pone mucho peor para la ciudad. Recuerda, John es dueño de la mitad de los bienes raíces comerciales por aquí, y su fundación ha financiado una tonelada de proyectos, pero todos esos fondos son dinero sucio de la droga. La ciudad va a tener que conciliar qué hacer al respecto. Afortunadamente, ese no es mi trabajo.

Levanté mi ginger ale en un brindis.

—Deberías seguir haciendo lo que haces. Eres increíblemente bueno en ello. Te debo la vida.

—Brindo por eso, pero brindo por casi todo. Todo lo que hice fue hablar con algunas personas. ¿Cuáles son tus planes a partir de ahora?

—Realmente no he pensado mucho en ello. Pasé la mayor parte del fin de semana planeando cómo sobrevivir en una cárcel de verdad. Supongo que iré a casa a bañarme y luego voy a checar si todavía tengo trabajo.

Travis se levantó.

—Parece un buen plan. Ven conmigo. Tenemos que ir a buscar tu carro.

•   •   •

Caminamos hasta la comisaría y nos encontramos con un equipo reducido de unos pocos oficiales subalternos; los demás probablemente trabajaban en la escena del crimen en el juzgado. Travis entró pavoneándose como si fuera el dueño del lugar.

—Escuchen. Mi cliente necesita las llaves de su carro.

Los oficiales se miraron nerviosos.

—No estoy seguro de que podamos hacer eso, señor.

Travis se acercó hasta estar a menos de un metro del oficial.

—Déjame decirlo más lento para que lo entiendas. Mi cliente, que fue detenido por error y acusado erróneamente de asesinato, que fue incriminado por tu jefe, está considerando la posibilidad de demandar a este departamento, y cuyo perro desarmó al verdadero asesino en el tribunal, y quiere su puto carro de vuelta. ¡Ahora!

—Voy a hacer que lo traigan al frente de inmediato.

Hizo un gesto a otro oficial para que fuera por el carro.

Yo hablé.

—Quiero recoger algunas cosas de mi celda.

El oficial se encogió de hombros en dirección a la zona de prisioneros. Atravesé por última vez la puerta abierta de mi celda. Todo el fin de semana había imaginado vivir mi vida en una pequeña jaula, consumiéndome en el olvido. Banshee Gimió.

—No te preocupes, amigo, nos vamos a casa.

Recogí mis tres libros, esponjé la nueva almohada para el próximo huésped, agarré la vieja y desgastada almohada, y la tiré al bote de basura al salir.

Travis y yo vimos a mi G Wagon rodar hasta detenerse. Abrí la puerta y Banshee saltó al asiento del copiloto. Eché un vistazo al asiento trasero y vi que la alfombra había sido cortada donde el Alguacil había arrojado el cuchillo. Travis negó con la cabeza.

—Voy a añadir eso a la cuenta de la ciudad.

—¿Puedo llevarte a algún lugar?

Travis sonrió con picardía.

—No, creo que voy a ir a la cafetería a disfrutar de mi estatus de celebridad un rato. Todas las damas van a querer hablar conmigo.

—Bueno, disfruta. Voy a darme un baño caliente. Gracias, de nuevo, Travis. —Le tendí la mano.

Travis me estrechó la mano.

—De nada. Y espero que no volvamos a hacer esto, nunca.

Le vi caminar por la calle, saludando a todo el mundo. Un pequeño grupo le siguió, esperando enterarse de los últimos chismes. Travis parecía el flautista de Waterford.

Banshee se retorció en el asiento delantero. Me incliné para abrazarlo.

—Te vas a bañar cuando lleguemos a casa.

Banshee sacó la cabeza por la ventanilla y recogió olores durante todo el camino de vuelta a casa.

• • •

Me prometí a mí mismo no dar nunca por sentado tomar un baño caliente sin un hombre armado vigilándome. También le di un buen baño a Banshee, liberándonos a ambos del olor a cárcel.

Tomé una Coca-Cola light y me senté en la silla Adirondack del porche trasero. Banshee salió al patio para sustituir el olor a champú por el de hojas muertas en su limpio pelaje. Disfruté del sol con la brisa fresca en la cara. Cerré los ojos y saboreé los aromas de flores y un toque de humo de leña. Sentí la veta de la madera de la silla en cada yema de los dedos. Abrí los ojos y me fijé en una bandada de pájaros que revoloteaban perezosamente en el cielo.

Se me humedecieron los ojos al contemplar lo cerca que estuve de perder todo esto y cómo Kirsten no podrá volver a experimentarlo. Los pájaros se desdibujaron entre mis lágrimas mientras lloraba desinhibidamente por primera vez en años. Sollocé por las vidas perdidas y la libertad ganada. Lloré por la trágica vida del Alguacil, que vendió su alma y sacrificó a su hija para salvar a su hijo, solo para ser abatido por él. Sobre todo, me dolía Kirsten, una víctima de la violencia sin sentido que lo perdió todo. Fui yo quien la involucró. Fui responsable de su muerte, en cierto modo. Llevaría esa carga para siempre.

Al final, se me secaron las lágrimas, me limpié la sal de los ojos y decidí poner mi vida en orden. Silbé a Banshee, que saltó a mi lado con la lengua fuera del hocico.

—Vamos amigo. Tenemos que ir a ver si todavía tengo trabajo.

• • •

Nervioso por ver cómo me recibirían, atravesé las puertas dobles de la sala de urgencias del hospital y fui recibido con aplausos del personal y algunas palmadas en la espalda, todos contentos de verme.

CJ salió de su oficina para ver qué pasaba y se le iluminó la cara al verme. Se apresuró a abrazarme.

—¡Bienvenido de nuevo! Sabía que eras inocente.

—¿Significa que todavía tengo trabajo?

—¡Diablos, sí, tienes un trabajo! Soy demasiado vieja para cubrir tus turnos.

Señalé la sala de traumatología que había al final del pasillo, con un oficial en la puerta.

—¿Asumo que es Connor el que está ahí?

—Sí, Banshee destrozó esa muñeca. Rompió el radio y el cúbito, y desgarró la mitad de los músculos y tendones. Entrará al quirófano en unos minutos. Va a ser una larga recuperación, y probablemente nunca recupere por completo la función de esa mano.

Le rascó las orejas a Banshee mientras daba el reporte. Banshee irradiaba felicidad. Si disfrutaba más del rascado de las orejas o del informe sobre Connor, era imposible de discernir.

Me encogí de hombros.

—Las acciones tienen consecuencias. Disparas un arma cerca de Banshee bajo tu propio riesgo.

—Desde un punto de vista más logístico, ¿estás bien para trabajar en tu turno de mañana, o necesitas algo de tiempo libre? Puedes tomarte todo el tiempo que necesites.

—Gracias, pero voy a estar aquí. Prefiero estar trabajando que sentado solo en casa.

—Anímate, no estás solo. Ven esta noche a mi casa, a las seis. Es noche de pizza familiar, y tú y Banshee están invitados a unirse a nosotros.

Intenté rechazar la oferta.

—No quiero ser una molestia.

—No es molestia. Es noche de pizza con la familia y los amigos. Además, mis hijos se mueren por conocer a Banshee. ¿Nos vemos a las seis?

—Ahí vamos a estar. Gracias, por todo.

Platiqué con algunas personas más y el equipo de quirófano vino a recoger a Connor para operarlo. Lo llevaron en camilla, medio drogado, con el brazo vendado y con dos oficiales detrás. Es difícil creer cuánto sufrimiento ha causado este hombre. Le di la espalda y salí con Banshee a mi lado.

CAPÍTULO 38

Martes 14 de junio
11:44 a. m.

Me senté a comer en Marty's Diner cuando entró CJ, buscándonos a Banshee y a mí. Como de costumbre, estaba fantástica, con una chamarra rosa sobre una camisa azul. Saludó primero a Banshee rascándole detrás de las orejas.

—Eres un buen chico, ¿verdad? —Se volvió hacia mí—. ¿Qué pasa, amigo? Tú pediste la reunión.

Señalé el menú.

—Pide algo y luego hablamos.

CJ se decidió por una hamburguesa y aros de cebolla para acompañar mi sándwich de queso a la parrilla y mis papas fritas. Banshee tendría que conformarse con pollo a la parrilla.

—¿Qué pasa Doc? ¿Hay que acabar con otra banda criminal aquí en la ciudad?

Le brillaron los ojos.

—No. Espero que mis días de luchar contra el crimen en Montana hayan terminado. De hecho, creo que mis días en Montana están llegando rápidamente a su fin.

La decepción ensombreció sus ojos, pero CJ comprendió.

—¿Es hora de seguir adelante?

—Creo que sí. Es hermoso vivir aquí, pero hay demasiados malos recuerdos. Pienso terminar mi contrato y seguir adelante.

—No me sorprende, pero te voy a extrañar. Nos encantaría tenerte aquí a tiempo completo. Tienes una oferta abierta sobre la mesa si alguna vez quieres volver.

—Gracias. De verdad lo aprecio. Puede que algún día te tome la palabra.

Travis sonrió desde la entrada y le hice señas para que se acercara a nuestra mesa.

—Acerca una silla y siéntate con nosotros.

—No quiero interrumpir tu almuerzo.

CJ intervino.

—Siéntate, por favor. Doc piensa dejar Montana para vivir nuevas aventuras.

Travis negó con la cabeza.

—No me sorprende. Han sido unos días difíciles para ti.

—Ya no hay que hablar de mí. Necesito que me pongas al día de todo lo relacionado con los Felton.

Travis se reclinó en su silla y suspiró.

—Te doy la versión resumida. Como sabes, Connor ha sido acusado de asesinato capital del Alguacil, así como de las otras siete personas a las que disparó en el bosque. Parece que fue lo suficientemente listo como para dejar fotos de todas sus pobres víctimas en su teléfono. Incluso las tenía guardadas en un archivo llamado «Trofeos» entre sus favoritos.

—Me alegro de que pudieran entrar en su teléfono —observé.

Travis se rió.

—Fue un verdadero reto. Al parecer, su contraseña era 1-2-3-4.

CJ negó con la cabeza.

—No sabía que conocía tantos números.

Travis continuó.

—No hace falta decir que Connor está bien chingado. Ni siquiera Morquist pudo liberarlo. La fiscalía le ofreció a Rogelio un trato para testificar contra los Felton y evitar los cargos de asesinato, pero sigue enfrentándose a los cargos por tráfico de drogas. Rogelio le está soltando al Estado todo lo que sabe.

—¿Pudieron identificar a las otras víctimas? —preguntó CJ.

—Sí. Rogelio los identificó a todos. Los cinco hombres trabajaban en el rancho y fueron sorprendidos robando producto. John les dijo que se largaran, pero Connor los llevó a la zona del parque y les disparó. Como John lo sabía, también fue acusado de los asesinatos, así como de tráfico de drogas y lavado de dinero. Las condenas para Connor y John están prácticamente garantizadas.

—Ten cuidado. Dijeron lo mismo de mí. ¿Y qué pasa con la pareja enterrada con los demás cuerpos?

—Mala suerte. Iban de excursión por el rancho, olieron la hierba al pasar junto a los invernaderos y se detuvieron a probarla. Los vieron alejarse y Connor los persiguió.

—Entonces, ¿qué pasa con Carol y el rancho?

Travis se rió.

—Carol es una superviviente. Negó cualquier conocimiento de las drogas, el lavado de dinero y los asesinatos. Dice que pasó los días allí borracha y drogada con analgésicos y que no recuerda mucho. Es la coartada más sólida imaginable. Ya ha pedido el divorcio. Los federales confiscaron el rancho debido al lavado de dinero interestatal. Esperaban que Carol se opusiera a ellos, pero ella odia el rancho. Llegó a un acuerdo para renunciar a todas sus reclamaciones a cambio de inmunidad y un pago único de dos millones de dólares. Los federales son ahora los orgullosos dueños de un rancho de 16,000 hectáreas.

Se burló CJ.

—¿Carol se va con dos millones de dólares?

—Así es. Tiene sentido en todos los aspectos. Los federales lo poseen de forma absoluta y pueden subastarlo cuando quieran, y Carol tiene suficiente dinero para gastar en alcohol durante sus últimos años de vida.

—No creo que su hígado pueda soportar otros dos millones de dólares en licor —señalé.

—La clave es la moderación —dijo Travis mientras daba un sorbo a su cerveza.

—Bien, esta es la gran pregunta. ¿Qué pasa con la fundación? —preguntó CJ.

Travis suspiró.

—En eso hemos estado trabajando. Técnicamente, el dinero está sucio, porque procede de las drogas y del lavado de dinero, pero gran parte se utilizó para cosas buenas, como el nuevo hospital y la sala del tribunal. Al principio, los federales querían recuperarlo todo, pero les explicamos que eso llevaría a años de luchas legales y a la quiebra de la ciudad, así que llegamos a un acuerdo. Todos los activos empresariales propiedad de la fundación pasarían a manos del gobierno y se venderían a inversores privados, y el gobierno se quedaría con esos ingresos. Todo el dinero que hay actualmente en la fundación, y todas las organizaciones sin ánimo de lucro controladas por la fundación, seguirán en su lugar con un nuevo consejo que supervise los fondos.

Silbé.

—Alguien va a estar a cargo de mucho dinero. Espero que lo utilicen sabiamente.

—Ciertamente voy a hacer todo lo posible para gastarlo sabiamente.

Sinceramente feliz por Travis y la fundación, me reí.

—¿Ahora estás a cargo de la fundación?

—Mi nuevo trabajo es albacea de la Fundación Waterford. Me voy a pasar los próximos años gastando el dinero de otros.

CJ lo abrazó.

—¡Felicidades! No podían haber elegido a una persona mejor para el puesto.

—Estoy de acuerdo. La ciudad tiene suerte de tenerte al mando. Una última pregunta: ¿se sabe algo de Tomás, el tipo que mató a Kirsten?

Travis se inclinó hacia delante con dura seriedad oscureciendo sus ojos.

—Oficialmente, todavía lo están buscando. Desapareció del mapa. Los federales creen que pudo haberse escabullido hacia México.

CJ y Travis estudiaron mi reacción con compasión. Quería que los federales lo encontraran, pero no voy a recuperar a Kirsten de ninguna manera. La extrañaba tanto que me dolía el pecho. Levanté mi Coca-Cola Light.

—Por Kirsten.

CJ levantó su limonada y Travis su cerveza mientras decían al unísono:

—Por Kirsten.

Chocamos nuestros vasos y bebimos. De alguna manera, el recuerdo compartido de ella trajo un consuelo fugaz.

—Entonces, Doc, CJ mencionó que estabas siguiendo adelante. ¿A dónde te diriges ahora?

Rasqué las orejas de Banshee.

—Banshee siempre ha querido ver Las Vegas. ¿No es así, muchacho?

Banshee ladró emocionado al oír su nombre.

—Las Vegas, será.

• • •

En la parte trasera de una camioneta blanca oxidada y destartalada, cinco trabajadores suspiraron aliviados mientras cruzaban la frontera hacia México. La camioneta llegó al pueblo y, en el primer semáforo, una figura solitaria bajó y se alejó caminando. Tomás ya había planeado reconstruir su negocio, pero ahora solo pensaba en vengarse.

FIN

AGRADECIMIENTOS

Para quien esté pensando en visitar Waterford, lamento informarle de que es puramente ficticio, pero muchos otros idílicos pueblecitos de Montana estarían encantados de darte la bienvenida.

La escena del tiroteo en la escuela fue extremadamente difícil de escribir. Como obra de ficción, tuve la oportunidad de salvar la vida de todos los estudiantes. Lamentablemente, esto no ocurre en los tiroteos que se producen en las escuelas, a pesar de los heroicos esfuerzos de los primeros intervinientes.

CJ sigue el modelo de una buena amiga que es el emblema de todo lo bueno de la medicina de urgencias. Las palabras no hacen justicia a su carisma y energía positiva, pero pueden captar la magnitud de su colección de zapatos.

Travis es mi personaje favorito, y no tengo ni idea de dónde ha salido. Su papel creció a medida que escribía. Esperemos ver más de él.

Me tomé la libertad de abreviar los procesos legales para que la historia fluyera mejor. Muchos escritores de talento comparten historias con descripciones jurídicas más precisas. Solo soy un médico que intenta mantener a mi protagonista fuera de la cárcel para el próximo libro.

Como siempre, muchas gracias a todos los que han hecho posible este libro. Jo Lane se encargó de la edición y, como siempre, sus sugerencias mejoraron la historia. Mi esposa, Tamara, me proporcionó valiosos comentarios sobre la edición y, de hecho, escuché casi el 90 %. Un hombre más inteligente lo escucharía todo. Por último, nada de esto sería posible sin la ayuda de mi agente, Cindy Bullard, de Birch Literary, y de Black Rose Writing. Sus esfuerzos sacan historias al mundo y lo convierten en un lugar mejor.

SOBRE EL AUTOR

Gary Gerlacher es un médico de urgencias pediátricas que se formó y trabajó en varios servicios de urgencias de Texas antes de abrir sus propias clínicas de urgencias pediátricas. Sus 30 años en la medicina se han centrado en ampliar el acceso a una asistencia de alta calidad para todos los niños, y sus relatos ofrecen una visión única del funcionamiento interno de los servicios de urgencias. Tiene tres hijos adultos y actualmente reside en Dallas con su esposa, Tamara, y dos perros de rescate. Para estar al día sobre futuros libros, visita GaryGerlacher.com.

NOTA DE GARY GERLACHER

El boca a boca es crucial para el éxito de cualquier autor. Si disfrutaste *Linaje Defectuoso*, por favor deja una reseña en línea, en cualquier lugar que sea posible. Incluso si es solo una frase o dos. Marcaría una gran diferencia y sería muy apreciado.

Doc y Banshee continúan sus aventuras en *Sin City Treachery*, ya disponible.

Gracias.
GARY GERLACHER

Esperamos que hayas disfrutado leyendo este título de:

www.blackrosewriting.com

Suscríbete a nuestra lista de correo, *The Rosevine* (solo disponible en inglés), y recibirás libros GRATIS, ofertas diarias y te mantendrás al tanto de las noticias sobre los próximos lanzamientos y nuestros autores más populares. Escanea el código QR a continuación para suscribirte.

¿Ya estás suscrito? Acepta nuestro sincero agradecimiento por ser un fan de los autores de Black Rose Writing.

Consulta otros títulos de Black Rose Writing en **www.blackrosewriting.com/books** y usa el código de promoción **PRINT** para recibir un **20 % de descuento** en tu compra.